WARRIORS

貓戰士

三力量
三部曲之III

驅逐之戰
Outcast

艾琳·杭特 (Erin Hunter) 著
高子梅 譯

晨星出版

獻給潔西卡
特別感謝基立・鮑德卓

見習生（六個月大以上的貓，正在接受戰士訓練）

莓掌：乳白色公貓。導師：棘爪。

榛掌：灰白相間的嬌小母貓。導師：塵皮。

鼠掌：灰白相間的公貓。導師：蛛足。

煤掌：灰色母虎斑貓。導師：雲尾。

蜜掌：淺棕色母虎斑貓。導師：沙暴。

罌掌：雜黃褐色的母貓。導師：刺爪。

獅掌：琥珀色眼睛的金色虎斑公貓。導師：灰毛。

冬青掌：綠眼睛的黑色母貓。導師：蕨毛。

松鴉掌：藍眼睛的灰色虎斑公貓。導師：葉池。

狐掌：毛色泛紅的公虎斑貓。導師：松鼠飛。

冰掌：白色母貓。導師：白翅。

貓后　（正在懷孕或照顧幼貓的母貓）

蕨雲：綠眼睛、身上有深色斑點的淺灰色母貓，她和塵皮生下小冰和小狐。

黛西：來自馬場的乳白色長毛母貓，她和蛛足生下小玫瑰（深乳色的母貓）和小蟾蜍（黑白相間的公貓）。

蜜妮：藍色眼睛，嬌小的銀灰色虎斑寵物貓。

長老　（退休的戰士和退位的貓后）

長尾：有暗黑色條紋的淺色公虎斑貓，因失明而提前退休。

鼠毛：嬌小的黑棕色母貓。

本集各族成員

雷族 *Thunderclan*

族長　**火星**：有火焰般毛色的薑黃色公貓。

副手　**棘爪**：琥珀色眼睛、暗棕色的公虎斑貓。見習生：莓掌。

巫醫　**葉池**：琥珀色眼睛、白色腳掌、嬌小的褐色母虎斑貓。見習生：松鴉掌。

戰士　（公貓，以及沒有年幼子女的母貓）

松鼠飛：綠色眼睛，暗薑黃色的母貓。見習生：狐掌。

塵皮：黑棕色的公虎斑貓。見習生：榛掌。

沙暴：淡薑黃色的母貓。見習生：蜜掌。

雲尾：白色的長毛公貓。見習生：煤掌。

蕨毛：金棕色的公虎斑貓。見習生：冬青掌。

刺爪：金棕色的公虎斑貓。見習生：罌掌。

亮心：白色帶薑黃色斑點的母貓。

灰毛：深藍色眼睛，淺灰色帶深色斑點的公貓。見習生：獅掌。

溪兒：灰色眼睛，棕色虎斑母貓，曾是急水部落的貓。

暴毛：琥珀色眼睛，暗灰色公貓，曾是河族貓。

栗尾：琥珀色眼睛，雜黃褐色的母貓。

蛛足：琥珀色眼睛，四肢修長的黑色公貓。見習生：鼠掌。

白翅：綠色眼睛，白色母貓。見習生：冰掌。

樺落：淺棕色公虎斑貓。

灰紋：灰色的長毛公貓。

風族 *Windclan*

族長 **一星**：棕色的公虎斑貓。

副手 **灰足**：灰色母貓。

巫醫 **吠臉**：短尾的棕色公貓。見習生：隼掌。

戰士 **裂耳**：公虎斑貓。

鴉羽：暗灰色公貓。見習生：石楠掌。

白尾：嬌小的白色母貓。見習生：風掌。

夜雲：黑色母貓。

見習生 **石楠掌**：棕色虎斑母貓，石楠似的藍眼睛。導師：鴉羽。

風掌：黑色公貓。導師：白尾。

隼掌：雜色的灰色公貓。導師：吠臉。

影族 *Shadowclan*

族長　**黑星**：白色大公貓，腳掌巨大黑亮。

副手　**枯毛**：暗薑黃色的母貓。

巫醫　**小雲**：非常嬌小的公虎斑貓。

戰士　**橡毛**：嬌小的棕色公貓。

花楸爪：薑黃色公貓。

藤尾：黑白褐三色母貓。

蟾蜍足：暗棕色公貓。

貓后　**褐皮**：綠色眼睛，雜黃褐色母貓，是小焰、小曦、小虎的媽媽。

雪鳥：純白色母貓。

長老　**高罌粟**：有雙長腿、淡褐色的母虎斑貓。

族外的貓

斑紋：體型龐大的銀色公虎斑貓，有黑色條紋和琥珀色眼睛。

彈耳：瘦小的淺棕色公貓，有一雙很大的尖耳朵。

花兒：綠色眼睛、棕白相間的母貓。

波弟：身形肥胖、鼻頰灰白的公虎斑貓，非常年老的獨行貓。

河族 *Riverclan*

族長　豹星：帶有少見斑點的金色母虎斑貓。

副手　霧足：藍眼睛的暗灰色母貓。

巫醫　蛾翅：琥珀色眼睛、漂亮的金色母虎斑貓。見習生：柳掌。

戰士　櫸毛：淺棕色公貓。

見習生　柳掌：灰色母貓。導師：蛾翅。

長老　（已經退休的狩獵貓和護穴貓）

暴雲：白色母貓。

雨兒：有斑點的棕色公貓。

急水部落 *The Tribe of Rushing Water*

部落巫師　**尖石巫師**：棕色虎斑貓，琥珀色眼睛。

狩獵貓（負責獵捕食物的公貓和母貓）

灰濛：淺灰色虎斑公貓。

翅影：灰白色母貓。

護穴貓（負責守衛洞穴的公貓和母貓）

鷹爪：棕色的公虎斑貓。

鋸齒：暗灰色的公貓。

飛鳥：棕灰色的母虎斑貓。

鷹崖：暗灰色公貓（溪兒的哥哥）。

陡徑：暗棕色的虎斑公貓。

無星之夜：黑色母貓。

半大貓（部落的見習生）

尖嗓：黑色公貓（狩獵貓）。

水花：淺棕色虎斑母貓（狩獵貓）。

卵石：灰色母貓（護穴貓）。

貓媽媽（正在懷孕或照顧幼貓的母貓）

鷺翔：棕色虎斑母貓（有三隻剛出生的貓）。

撲兒：暗薑黃色母貓（有兩隻年紀較大的小貓）。

被遺棄的兩腳獸窩
月池
舊雷族小徑
雷族營地
天空橡樹
風族營地
斷半橋
兩腳獸地盤
馬兒地盤
轟雷路
雷族
河族
影族
風族
星族

綠葉
兩腳獸地盤
兩腳獸窩
空地
兩腳獸小徑
兩腳獸小徑
影族營地
半橋
小轟雷路
綠葉
兩腳獸地盤
湖
半橋
小河
小島
河族營地

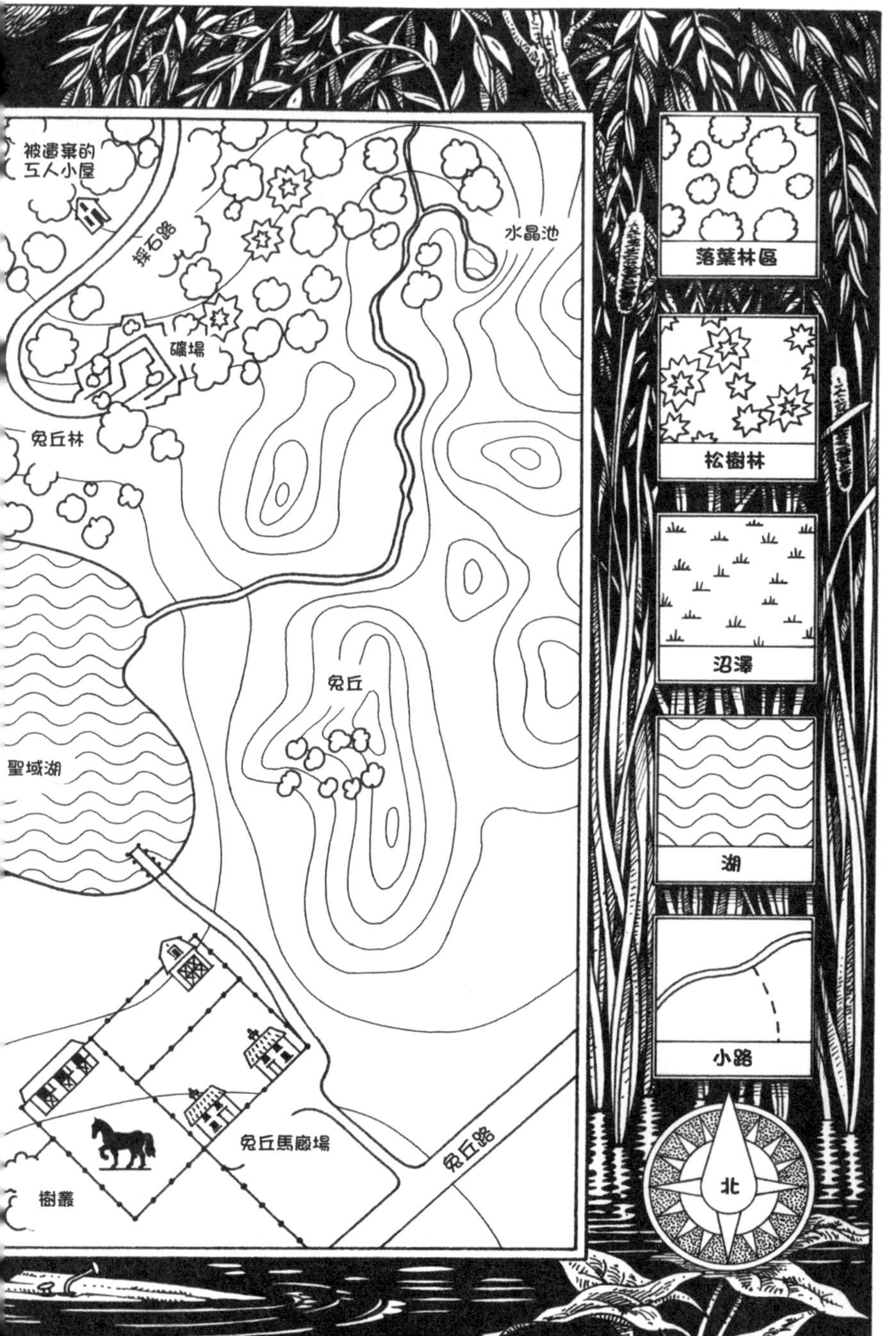
被遺棄的
五人小屋
採石路
水晶池
礦場
兔丘林
兔丘
聖域湖
兔丘馬廄場
兔丘路
樹叢
落葉林區
松樹林
沼澤
湖
小路
北

觀兔露營區
聖域農場
塞德勒森林區
小松路
小松乘船中心
小松島
艾柏河
飄特喬奇路

序章

「小偷！這裡是我們的領地。」一隻灰色公貓啐口罵道。他頸毛倒豎，嘴脣後縮，發出怒斥咆哮聲，目光掃過那群正蹲伏在陡峭小路上的貓兒，他們的利爪出鞘，眼睛因飢餓而發亮，其中一隻母貓嘴裡還叼著一隻兔子屍體。「這塊領地是我們的，獵物也是。」

一隻銀色虎斑貓傲慢地瞪著對方。「如果這是你們的領地，為什麼沒有任何邊界記號？所以說這裡的獵物是大家的。」

「你在睜眼說瞎話！」一隻黑色母貓往灰色公貓貼近，並肩而立，急甩尾巴。「還不快滾開！」卻又從牙縫裡低語說：「鷹崖，我們不能跟他們正面衝突，別忘了上次的教訓。」

「我知道，無星之夜。」灰色公貓答道。「可是我們能怎麼辦？」

一隻體型巨大的棕色公虎斑貓擠到鷹崖身邊，發出嘶聲怒吼。「只要你們敢越雷池一步，我們就撕爛你們。」他咆哮道。

鷹崖用尾尖輕觸他的肩膀。「冷靜點，鷹爪，」他發聲警告。「我們最好別開戰。」

更多貓兒出現在小徑彎道，將銀色虎斑貓身後的狹窄空間擠得水洩不通。

「陡徑，」鷹崖彈彈耳朵，指示一隻小型虎斑公貓走過來。「快回去洞穴，通報入侵者又回來了。」

「可是……」陡徑顯然不想離開他的同伴，尤其對方數量遠超過他們。

「現在就去！」鷹崖厲聲命令。

陡徑趕緊轉身，朝小徑上方跑去。

太陽正要西下，累累岩石被夕陽餘暉染上血色紅霞，在崎嶇山路上投下長長的陰影。遠處流水淙淙，劃破寧靜，天際蒼穹，老鷹長嘯一聲。

「這是我們可以容忍的最後底線，」鷹崖喵聲說道。「請你們現在就離開，到別的地方去狩獵。」

「要單挑嗎？」銀色虎斑貓忿忿地說。

「你們要是再繼續逗留，就別怪我們不客氣了。」鷹爪嘶聲說道。

鷹崖的巡邏隊在他身後一字排開，擋住去路。但入侵者也不是省油的燈，他們開始散開，攀上兩旁的大圓石。鷹崖蹲伏下來，繃緊全身肌肉。必要時，他會開戰，即便上次經驗慘痛。

「等一下！」

一隻虎斑公貓從鷹崖的巡邏隊裡走了出來，站在入侵者面前。雖然他鼻頰的毛因老邁而變得灰白，但肌肉還是結實有力，頭抬得高高的。

「我是急水部落的巫師，我叫尖石巫師。」他抬高音量，嘶啞的聲音迴盪在岩間。「這裡是我們的領地，我們不歡迎你們。」

「領地要靠捍衛才能擁有。」銀色虎斑貓駁斥道。

「別忘了上次溪水結冰之前，我們是怎麼趕走你們的？」尖石巫師大吼著，「除非你們自願離開，否則別怪我們再次動手。」

銀色虎斑貓瞇起眼睛。「趕走我們？我記得好像不是這樣吧。」

「當初是我們自願離開的，」一隻蹲坐在大圓石上的棕白色母貓補充道。「我們找到一個好地方度過枯葉季，那裡有更多的獵物。」

「但現在我們決定回來。」虎斑公貓甩著尾巴。「憑你們？骨瘦如柴的，身上都是跳蚤，也想攔阻我們？」他的爪子在石頭上霍霍磨著。

「急水部落向來以山為家，」尖石巫師喵聲說。「我們……」

但話還沒說完，就被淹沒在一片尖聲嘶吼中，原來那隻棕白色母貓突然從大圓石跳了下來，撲向無星之夜，鋒利的爪子緊緊掐住對方肩膀。虎斑公貓也發出可怕嘶吼，身子撲向鷹崖。鷹崖在地上滾了幾圈，爪子緊緊抓住攻擊者，空氣裡瞬間充斥貓兒廝殺打鬥的聲響。

蒼穹之外，殺無盡部落只能無奈觀戰。

第一章

松鴉掌伸個懶腰，感覺到陽光灑在他毛髮上，和風徐來，到處都充斥著綠色植物生長的氣味。在他上方，有隻鳥兒正在啼唱，耳裡隱約聽見湖水拍岸的聲響。

「松鴉掌！」

湖浪聲中傳來輕盈的腳步聲，松鴉掌想像得出導師葉池一定是在淺岸處戲水。

「松鴉掌！」她又喊一次，聲音離他更近了。「快到我這裡來，水冰冰涼涼的好舒服！」

「謝了，我才不去呢。」松鴉掌小聲說。

水對他來說，不是只將腳浸在湖裡那麼簡單而已，波濤的聲音會令他想起冰冷的水正在淹沒他，被水溼透的毛髮沉重地將他身子往下拖拉，嘴和鼻子裡都是水，嗆得他快奄奄一息。他曾在夢裡淹過一次，跟一名叫落葉的古代戰士在地下通道裡迷路，更曾為了拯救風族的小貓而差點溺水。

我這輩子一定是跟水有仇。

「好吧。」葉池的腳步聲後退又衝刺似地在淺水處蹦蹦跳跳，像隻小貓一樣興高采烈。

松鴉掌沿著湖岸找一種叫做錦葵的藥草，可是當他嗅聞風裡的氣味時，卻聞不到熟悉的辛辣味。葉池的腳步聲愈來愈小，他索性離開水邊。除了找藥草之外，他還有別的要事。他不斷緊挨地面嗅聞搜尋，穿過草叢，沿著矮木叢而行，最後來到一棵根部長滿樹瘤的大樹前面。

在這裡！

他用牙齒緊咬棍子的一端，將它從樹根後方拔出來，樹根將它卡在岸上，才沒被兇惡的波濤給吞噬。他在棍子旁邊蹲了下來，腳爪撫過上頭的刮痕，尋找五長三短的記號，那代表曾被大水困在地道裡的五個見習生和三隻小貓。記號都被劃掉了：每隻貓兒都脫困了。松鴉掌還記得在做這些記號時，古代戰士磐石的氣味一直縈繞身邊，當時他可以感覺得到那位古代貓靈的無毛腳掌正牽引著他的腳掌。

可是松鴉掌同樣能感覺到那唯一還沒被劃掉的記號。曾為他們指引方向的古代戰士落葉，到現在仍在地道裡徘徊不去。

他閉上眼睛，想聽出曾對他低語的那些聲音，但什麼也沒聽見，只有樹梢間的風聲和湖面的水波聲。「落葉？磐石？」他低聲呢喃。「祢們在哪裡？為什麼不跟我說話？」

還是沒有聲音。松鴉掌把棍子拉到空曠處，一路滾到湖邊，將它沖洗乾淨，再仔細嗅聞棍身，可是以前的聲音全都消失不見了。

松鴉掌吞吞口水，像找不到母親的小貓一樣快哭出來。他想跟磐石說話，想知道以前住在湖邊的貓兒的事蹟，也想知道為什麼其他的古代貓都到別處，甚至死了，落葉卻被留在洞裡。

他相信祂們就是他在月池附近感覺到的那群貓，祂們的足跡刻印在通往月池的蜿蜒小路上。祂們的年代遠比四大部族還要久遠，甚至比星族還古老。祂們一定有許多智慧可以與他分享！甚至幫他解開那個預言的謎底，也就是他從火星夢裡所得知的那個詭譎預言。

將有三隻貓兒，你至親的至親，星權在握。

「松鴉掌，你到底在做什麼啊？」

松鴉掌猛地驚醒。他一直專注在那根棍子上，滿腦子想的都是古代貓，根本沒聽見葉池走近的聲音。他發現原來她離他很近，甚至聞得到她身上傳出來的惱怒氣味。

「對不起。」他喃喃說道。

「松鴉掌，我們需要很多錦葵，不能因為目前沒有開戰，就認為貓兒不會生病或受傷。巫醫必須隨時做好萬全準備才行。」

「我知道了，可以嗎？」松鴉掌回嘴道。**是誰阻止這場戰爭的？**他在心裡暗地質問。**要不是我和其他貓兒找到那些迷路的小貓，風族和雷族早就開戰了。**

他不想跟他導師解釋。但他感覺得到她的目光正凌厲看著他把棍子滾上岸，放進樹根底下。放好後，他從她身邊離開，沿著湖岸上方走，張開下顎，嗅聞路邊的植物。

才走幾步，他就停下來，用空洞的雙眼望向湖的對岸，野風強勁，他的毛髮被吹得服貼在身上。

祢們在哪裡？他的心正在向古代貓發出吶喊，**求求祢們，跟我說話！**

「松鴉掌！嘿，松鴉掌！」

這不是他想聽見的聲音。但卻沒發出氣惱的嘶吼，回頭去看榛掌。他已經聞到她，也聽見她正朝著他跑來。**跌跌撞撞的，活像隻快昏倒的狐狸。**

「你看我抓到什麼？」榛掌的聲音聽起來很開心，不過有點含糊，好像嘴裡叼了什麼。松鴉掌懶得告訴她，他本來就**看不見**，不過他早從那強烈的氣味聞出她抓到的是田鼠。

「這是我最後一次狩獵評鑑。」這位見習生的聲音現在變得清楚多了，顯然已經把嘴裡的獵物放下來。「要是我們的成績不錯，莓掌、鼠掌和我今天就能成為戰士了。」

「好棒哦。」松鴉掌試圖表現出興奮的語氣，不過他還是有點生氣她破壞了他和古代貓溝通的機會。

「我相信塵皮一定會滿意我的成績，」榛掌繼續說道。「這隻田鼠好大哦！足夠餵飽黛西那兩隻剛出生的小貓了。」

「小貓還不能吃田鼠，」松鴉掌提醒她。**她是鼠腦袋嗎？**「他們才出生四天而已。」

「對哦，不過這也夠黛西自己吃了。」榛掌還是一副興奮模樣。「反正她得吃得營養點，才有奶水餵小貓啊。你去看過他們沒有？他們是我所見過最可愛的小東西了。黛西說要把他們取名為小玫瑰和小蟾蜍。」

「我知道。」松鴉掌簡單回答。

「我真等不及他們趕快長大，可以到育兒室外面玩。」榛掌繼續說道。「你想火星會讓我收其中一隻小貓當見習生嗎？等他們長大，我應該有足夠的戰士經驗可以當他們導師了。」

「他們是你同母異父的手足，」松鴉掌澆她冷水。「火星恐怕……」

「榛掌！」一個尖銳聲音打斷了他，松鴉掌聽見榛掌的導師塵皮正穿過蕨叢，窸窣作響地走了出來，身上傳來情緒不悅的氣味。

「妳是在狩獵？還是在聊天？」他質問道。

「對不起，塵皮，你看見我抓到的田鼠嗎？好大一隻哦。」

松鴉掌聽見塵皮走上前來，聞了一下。

「很好，」那位戰士說道。「但這不代表妳可以坐下來閒扯。林子裡還有很多獵物等著妳抓，我先把這個帶回營裡，妳繼續抓獵物。」

「好，那待會兒見囉，松鴉掌！」

松鴉掌沒忘記向回頭走掉的榛掌加油打氣，「祝妳好運！」但其實他的心早又飛回古代貓的身上。祂們的沉默不語令他憂心。**難道是我做錯了什麼？磐石和落葉在生我的氣嗎？**他的心被各種問號不斷啃蝕，卻在這時找到了一株錦葵，於是張口咬下它的莖幹，準備帶回營裡。

「做得好，松鴉掌。」他才剛達成任務，葉池的聲音就在他身後響起。「我們走吧。」

松鴉掌用嘴叼起那株錦葵，至少這樣就不必開口說話了。他一路跟著導師，心不在焉，幾乎沒去注意獵物氣味或矮木叢裡小動物的搔刮聲響。他一心只想尋找古代貓的蹤跡。

這時一隻鳥兒突地發聲警告，松鴉掌嚇得回神，隨即有雙翅膀撲撲拍打他的鼻頭，他身子趕緊往後一彈，連錦葵都被扔在地上。

「嘿，」莓掌的惱怒聲從幾條尾巴遠的地方傳來。「你剛把我的歌鶇鳥給嚇跑了，你難道沒看見我正在追蹤牠嗎？」

「我本來就看不見啊。」松鴉掌惱羞成怒地嗆回去。「你忘了我根本就是瞎子嗎？」

「但你的本領比瞎子強多了，」葉池不高興地說。「你做事為什麼不能專心點？今天一整個早上，你就像隻兔子一樣心神不寧。」

「希望他沒搞砸我的評鑑。」莓掌抱怨道。「要不是他，我早就抓到那隻歌鶇鳥了。」

「我知道。」棘爪喵聲說道。

松鴉掌老遠就聞到雷族副族長的氣味。鼠掌和他的導師蛛足也在不遠處。**不會吧！難道所有雷族的貓兒都看到我剛剛笨手笨腳的樣子？**

「沒必要為了一隻跑掉的獵物哭喪臉吧。」棘爪繼續說道，這時腳步更近了。「一個戰士是不會為了一點挫敗就氣餒的。走吧，莓掌，看看你能不能到那邊的樹根裡抓到老鼠。」

「好吧，」但松鴉掌聽得出來，雖然導師都這麼說了，但莓掌還在生氣。「松鴉掌，拜託你別再擋我的路了，好嗎？」

「是的，遵命。」松鴉掌沒好氣地回諷他。

「我們該回營地了。」葉池用肩膀推推松鴉掌。「走這裡。」

謝了，我知道營地在哪裡。

松鴉掌又拾起藥草，跟著導師穿過荊棘隧道，進入岩石堆積而成的山谷裡。他穿過巫醫洞口的藤蔓，將藥草放在洞穴後方。

「我要去吃點獵物了，可以嗎？」他喵聲說道。

「等一下，松鴉掌。」葉池把嘴裡的藥草放好，坐在他前面。松鴉掌聞得出來她情緒的不耐與沮喪。「我不知道你最近怎麼了？」她開口說道。「自從你和其他貓兒在湖邊找到風族的小貓之後……」

她的聲音帶有疑問的語氣，但松鴉掌感覺得出來裡頭帶有強烈的好奇。葉池顯然知道事情不如他和夥伴們所說的那麼單純。可是他絕對不會告訴她，那三隻小貓其實是在雷族和風族領地下面的地道裡迷了路。他知道獅掌和冬青掌以及風族的石楠掌和風掌也都會三緘其口，畢竟他們都不敢透露獅掌和石楠掌其實已經在地道裡幽會了好幾個月。

所以不能老實說他們差點被地道裡積雨成災的洪水給淹死，以致於他到現在夜裡都還會夢到可怕的洪水。

「松鴉掌，你還好吧？」葉池繼續說道。她的怒氣漸消，起而代之的是如洪水氾濫般真心的關切。「如果真的有什麼心事，你應該會告訴我吧？」

「當然會，」他咕噥道，卻暗地裡希望導師不會察覺到他在撒謊。「我真的沒事。」

葉池顯得懷疑。松鴉掌感覺到自己的毛髮出於自衛地豎了起來。但這位巫醫只是嘆口氣，就喵聲說道：「你出去吃東西吧，等天涼一點之後，我們再去兩腳獸的舊巢穴採集貓薄荷。」

她話還沒說完，松鴉掌就站起身，低頭走出洞外。他走到獵物堆，將一隻肥美的老鼠拖到巫醫洞外大口啖食。才剛過了正午，山谷裡依舊很溫暖，他吃飽，側躺下來，用腳掌清理自己的鬍鬚。

此時煤掌和冬青掌剛穿過荊棘隧道走進來。松鴉掌老遠就聞到她們從訓練場上沾染到的青苔氣味。

「不好意思，我每次都打敗妳，」冬青掌喵聲說道。「妳不會生氣吧？」

「不會啦，」煤掌堅稱道。「要是妳故意放水讓我贏，我才會生氣呢。」

她的聲音聽起來很勇敢，但松鴉掌從腳步聲聽得出來，她的腿傷讓她很不舒服，但這種傷巫醫幫不上忙，只能靠時間慢慢療癒。或者說煤掌生來就不是當戰士的命，這難道跟以前的煤皮一樣？

育兒室裡傳來的尖銳叫聲，分散了松鴉掌對煤掌的注意。黛西的小貓才出生四天，叫聲就很宏亮。他們的父親是蛛足。本來塵皮提議，他可以代他評鑑鼠掌，好讓他有更多時間陪在育兒室裡，但蛛足堅持不肯。松鴉掌覺得蛛足好像不太習慣跟他的小貓在一起，彷彿還不能適應自己已經升格做父親。

不管如何，松鴉掌都認為育兒室實在太擁擠了。蕨雲前陣子生的小貓小冰和小狐，雖然已經快成為見習生，卻還待在那裡面。至於蜜妮正懷著灰紋的孩子，最近也才剛搬進去。松鴉掌知道火星很自豪雷族愈來愈強大，不過也擔心不能餵飽所有族貓。

荊棘隧道傳來更多窸窣聲響，獅掌蹣跚走進營裡，他的導師灰毛緊跟在後。

「兩隻老鼠和一隻松鼠！」灰毛喵聲說道。「獅掌，這樣的狩獵成績讓我很滿意。」

除了言語讚美之外，灰毛的語氣聽起來其實並不熱絡。松鴉掌總覺得哥哥和灰毛之間並不像一般師徒那樣相處融洽，這當中有某種讓他摸不著頭緒的東西，他猜不透灰毛的心思。

或許這不重要。松鴉掌將這問題拋向腦後，這時獅掌從他身邊一躍而下，同時嘴裡叼著一隻老鼠。

「累死了！」獅掌大聲說道。「我還以為我得一路追著那隻松鼠，追到影族領地去。」

「那麼賣力幹嘛？」松鴉掌問道。「你今天又不需要被評鑑。」

「我知道，」獅掌滿嘴的肉，含糊說道。「可是重點不在這裡，好戰士本來就該盡力餵飽自己的族貓。」

松鴉掌很清楚獅掌想成為最傑出的戰士，自從上次在地道裡找到小貓，獅掌就一直給自己壓力。他不必刻意推敲，也明白是什麼理由：獅掌決定全心專注在戰士訓練上，藉此彌補他和風族見習生石楠掌曾經幽會的事實。

松鴉掌有些同情。他自己是巫醫貓，有權結交他族的朋友，但他一點也不想。他自認不會傻到去信任別族的貓兒。

落石的聲響讓他警覺到火星正從擎天架下來，他的聲音離戰士窩很近。

「我們需要組一支邊界巡邏隊，你們哪一個……」

松鴉掌身旁的獅掌立刻跳了起來。「我去！」

松鴉掌本來還納悶為什麼是火星組織邊界巡邏隊，然後才想起副族長棘爪正在林子裡評鑑莓掌。

「謝了，獅掌，」火星喵聲說道，「不過我看得出來你今天已經體力透支。」

獅掌只好坐了下來，松鴉掌感覺得到他很失望。

「我去好了。」灰紋從戰士窩裡鑽了出來。

「我也去。」松鼠飛尾隨在後。

「我帶蜜掌一起去。」松鴉掌聽見沙暴從見習生的窩那邊走來，她的見習生跟在旁邊。

「很好，」火星說道。「你們最好勘查一下風族的邊界，雖然上次找到小貓之後，風波已經平息，但這種事很難說。」

「我們會重新標好氣味記號，」灰紋允諾道。「要是我們看見……」

突然，荊棘隧道外傳來的興奮喵嗚聲和枝葉窸窣聲。松鴉掌坐起身，分辨來者的氣味。莓掌第一個走進空地，榛掌和鼠掌擠在後面，接著是他們的導師棘爪、塵皮和蛛足。

「我們成功了！」莓掌的勝利歡呼聲迴盪在山谷岩壁。「我們全都通過評鑑，從現在起，我們就是戰士了。」

「莓掌，」棘爪語氣嚴峻。「這件事必須由火星來決定。」

「對不起。」莓掌洩氣地將頭和尾巴垂得低低的。「可是我們一定能成為戰士，對不對？」

「也許我們應該先評鑑一下你的嘴巴能不能閉上。」塵皮啐口道。

「沒關係。」火星顯然被逗得很樂。「如果你們的導師願意現在跟我開會，我們隨時可以召開戰士命名儀式。」

「那邊界巡邏的事情怎麼辦？」灰紋問道。

「可以等黃昏再去，畢竟現在還算平靜，不是嗎？」

所有見習生都興奮地聚集在窩外。獅掌和松鴉掌也走過去加入他們。

松鴉掌才走近，就聽見莓掌說：「……還有兩隻田鼠，我本來還可以再抓到一隻歌鶇鳥的，都怪松鴉掌把牠嚇走。」

松鴉掌氣得頸毛倒豎，但他還沒開口反駁，冬青掌就搶先幫他說話。「這有差嗎？反正你已經通過評鑑了。」

松鴉掌的尾尖抽了抽。**謝了，不過我自己有嘴可以說。**

「我抓到一隻超大的田鼠。」榛掌情緒亢奮到根本沒注意莓掌和松鴉掌之間的箭拔弩張。「我還逮住一隻剛要飛走的燕八哥哦，塵皮說他從沒見過這麼好的身手。」

「好棒哦！」蜜掌喵聲說。

「我抓到一隻松鼠。」鼠掌自誇道。但松鴉掌記得這位見習生曾為了追一隻松鼠而爬上天空橡樹，結果嚇得不敢下來，最後導致煤掌從樹上跌下來。因此松鴉掌心裡想，鼠掌抓到的這隻松鼠，一定是在地上抓到的，如果他猜錯，就罰他一整個月都去幫長老抓蝨子。

「我真希望我們現在就能接受評鑑，你是不是也這樣想？」冬青掌低聲問獅掌。「有時候我會懷疑我們可能永遠也當不了戰士。」

「我懂妳的心情，」獅掌的語氣也是充滿嫉妒，但又突然很果斷地下結論：「反正我們一定得更賣力，就只能這樣了。」

松鴉掌沉默著，他知道他未來的道路跟他們不一樣。他必須花很久的時間才能完成巫醫訓練，而且除非葉池死亡，否則他永遠當不了正式的巫醫。雖然他一想到哥哥姊姊晉升的速度會比他快，心裡有些不是滋味，但也絕不會因此希望他導師早點死掉。

更何況，那個預言不是說他和哥哥姊姊一出生就星權在握嗎？預言裡可沒說他們得先當上戰士，才能星權在握啊。

火星的聲音在擎天架上方響起：「請所有已成年的貓都到擎天架下方集合！」族貓開始聚集，空地裡立即充斥各種氣味。松鴉掌聞到鼠毛和長尾這兩位長老正從榛木叢下方的窩裡出來。葉池也從巫醫窩裡走了出來，坐在洞口藤蔓的前面。

這時黛西的氣味蓋過了其他氣味，原來她正走進這群見習生當中。

「莓掌，你看看你！」她大聲說道。「你的毛亂七八糟的，還有榛掌——妳也是，妳是把湖邊那裡的刺果全都黏在身上帶回來了嗎？」

接著松鴉掌便聽見用力舔舌的聲音。

「沒關係啦，我自己弄就行了。」莓掌出聲抗議。

「你會弄才怪，」黛西斥罵道。「我可不准你們這樣邋邋遢遢地就去參加戰士命名儀式。別的貓兒還以為我沒把你們教好呢。」她又開始舔莓掌，隨即停下動作唸叨道：「鼠掌，你也一樣，你看看你的尾巴成了什麼樣子？」

「希望火星別聯想到我的尾巴，」莓掌緊張地說道。「我怕他用它拿來取名。」莓掌的尾巴只有短短一截，因為當他還是小貓時，曾偷溜出營狩獵，結果尾巴被捉狐狸的陷阱給夾斷了。

「什麼？難道要叫你莓尾嗎？」罌掌提議道。「這名字挺難聽的！」

「不會吧！」莓掌哭喪著臉。「火星不會這麼狠吧？」

「別傻了。」黛西喵聲說。

「別擔心，我相信火星不會的。」亮心突然插話。松鴉掌只注意到其他貓兒的氣味，沒留意到她的。「當年野狗攻擊我，事後，藍星封給我的戰士名是無容，可是等火星就任族長之後，就把它改成亮心，所以我相信他不會故意給你一個可笑的戰士名。」

「我也希望不會！」莓掌還是有點懷疑。

松鴉掌被亮心的話這麼一提醒，突然緊張起來。「你認為葉池會不會幫我取個跟瞎子有關的巫醫名？」

「譬如什麼？瞎松鴉嗎？那不就跟莓尾一樣可笑了嗎？」他的姊姊回答道。

「妳認為這名字很可笑，可是葉池……」

「你們都給我安靜，」灰紋打斷他們。「命名儀式就要開始了。」

獅掌推推松鴉掌。「走吧，我們到前面找個好位置，我想看清楚儀式過程。」

「好啊，反正馬上就輪到我們了。」冬青掌語氣熱切。

松鴉掌跟著哥哥姊姊以及其他見習生一起擠到前面去。他感覺得到那三隻即將成為戰士的見習生一臉的得意。

這時他發現蕨雲就坐在育兒室的洞口，照顧著小冰和小狐。

「今天真是雷族的好日子。」火星一開口說話，族貓們的興奮低語聲才止住。「部族必須靠新戰士的加入才能延續下去。棘爪，你的見習生莓掌已經做好準備了嗎？」

「他已經完成訓練了。」棘爪回答道。

松鴉掌感覺得到當火星逐一詢問另外兩位導師塵皮和蛛足時，那三個見習生的情緒有多亢奮。然後他聽見他們的腳步聲走到火星面前。

「我，火星，雷族族長，懇請祖靈庇佑這三位見習生，」族長的聲音迴盪在山谷上方的林梢間。「他們受過嚴格的訓練，完全恪遵祢們訂下的崇高守則，因此我鄭重推薦，將他們晉升為戰士。莓掌、榛掌、鼠掌，你們願意矢志遵守戰士守則，保衛這個部族，甚至為部族犧牲生命，也在所不惜嗎？」

「我願意！」三隻年輕的貓兒齊聲回答，其中莓掌的聲音最為響亮。

在那一瞬間，松鴉掌感覺到自己嫉妒到連毛髮都倒豎起來。有一天他也會有自己的命名儀式，成為真正的巫醫，但絕不是站在族貓面前宣誓他將不惜犧牲性命也要效忠部族的那種。

「本著星族賜予我的權力，我將賦予你們新的戰士名號，」火星繼續說道。「莓掌，從此刻起，你將更名為莓鼻。」

「哇，謝謝你！」新戰士的感謝聲竟大到突兀地打斷族長的宣言。

族貓們全都莞爾一笑，但松鴉掌卻聽見莓鼻的導師棘爪發出不悅的聲響。

火星一直等到笑聲暫歇，才又繼續說道。「星族以你的勇猛及膽識為榮，歡迎你成為雷族的全能戰士。」

然後靜默了一會兒，松鴉掌知道這時火星正把他的鼻頭置於莓鼻的額前，莓鼻則回舔族長的肩膀。接著火星再繼續賜榛掌和鼠掌新的名號，分別是榛尾和鼠鬚。

「雷族以你們為榮，」火星完成儀式。「希望你們矢志效忠自己的部族。」

「鼠鬚！榛尾！莓鼻！」全族族貓歡呼慶賀三名新戰士的誕生。

松鴉掌感覺得到他們很自豪能承擔如此重責大任，族貓們也都相信這個部族會愈來愈強大，大遷移的艱辛終將成為過往雲煙。

只是在山谷裡仍有某種如雲似霧的東西徘徊不去——早在雷族之前便已存在的古老貓傳說，祂們很久以前曾在這座林子裡出沒。如果說落葉已經讓這傳說從地道裡復活，大家會歡迎祂的到來嗎？

以前那些貓兒究竟遭遇過什麼事？松鴉掌不免納悶。祂們都到哪裡去了？

第二章

獅掌穿過溼氣甚重的長草堆，一路往前走。水氣滲進了毛髮，害他全身冷得發抖。雲霧籠罩整座林子，但林子上方有微光乍現，顯示太陽正在升起。

黎明巡邏隊正往風族領地走去。灰毛和莓鼻走在最前面，他們低聲交談，連獅掌都聽不見。過了一會兒，莓鼻轉過頭。「獅掌，別慢吞吞的，」他大聲說。「還有小心狐狸陷阱哦。」

「你自己小心就行了。」獅掌咕噥道。那隻乳白色公貓三天前還只是個見習生，現在卻表現得像他導師一樣。**別以為我會聽他的！**

獅掌故意拖慢腳步，繞著一叢刺藤轉，突然看見地道的入口，過往回憶瞬間如潮湧現，獅掌不由得想起以前在地道與石楠掌幽會的情景，他的心頓時痛了起來，真希望可以回到從前，那時她是他的石楠星，是暗族的族長，而他是她最忠誠的副族長。

他在洞口徘徊了一會兒，終於忍不住衝動，鑽了進去，他沿著地道不斷往前爬，終於來到上次地道淹水時坍塌的地點。他張開嘴巴，可是什麼也沒聞到，只有潮溼的泥土和蟲子。

「獅掌！我知道你在裡面！」莓鼻大喊道。「快給我出來！」

獅掌本來不想理他，但自己也知道這個行為有多蠢。他不想繼續待在這個令他窒息的潮溼洞穴裡，於是慢慢地往後蠕動，直到能站直身子，甩掉身上的泥巴。

莓鼻就站在他面前，一身乳白色的毛髮豎得筆直。灰毛離他只有幾條尾巴之遙，藍色的眼睛顯得冷靜自持，讀不出任何表情。

「你在做什麼？探險嗎？」莓鼻質問道。「要是坍了，怎麼辦？你以為我們能把你挖出來，就像上次一樣嗎？」

獅掌曾在一次大白天舉辦的大集會裡，掉進老獾的巢穴而差點被活埋。但那次情況不同，更何況，救他出來的也不是莓鼻。

「你不要再命令我了，行嗎？」他忿忿地回嘴。「你又不是我導師。」

「那就別表現得像隻小笨貓一樣！」

獅掌很想揮這隻公貓一巴掌，但還是忍住衝動，將爪子戳進土裡。「不要叫我小貓，」他怒吼道。「你自己都還乳臭未乾，就想……」

「夠了，」灰毛打斷道。「莓鼻，謝了，導師的工作還是由我來做吧。不過他說得對，獅掌，從這裡到風族的路上會有很多洞穴你沒必要一看見洞就去聞。除非裡頭有可疑的氣味。」

「是沒有，只不過也可能會有！」獅掌為自己辯解。

灰毛不再多說，只是不耐地抽抽尾巴。「我們走吧。」

獅掌又瞪莓鼻一眼，就乖乖地走在他導師後面。他渴望能再見石楠掌一面，是這種渴望將他拉進了洞穴裡，但他知道自己再也不會去了——不光是因為泥漿堵塞了地道。

他發誓一定要成為有史以來最偉大的雷族戰士。可是如果他最好的朋友是他族的貓兒，根本不可能達到這個目標。

ϟϟϟ

「跳起來！盡你所能地往上跳——對，就是現在！」

獅掌騰空一躍，旋身落地，剛好直接迎向對手，趁著罌掌還沒轉身之前，先一拳揮向她的後臀。他的眼神快速瞄過空地邊緣，隱約看見一個虎斑條紋的暗影及那雙熠熠發亮的琥珀色眼睛。

謝了，虎星！

罌掌縱身撲向他，但獅掌往前一跳，腹部刷過地面，從她下方滑過再勾住她的後腳，前掌瞄準肚子，一舉將她扳倒在地。

「做得好，獅掌。」灰毛讚許地點點頭，但藍色眼睛始終冰冷。

我到底哪裡做錯了？獅掌覺得納悶。他知道因為之前每晚去找石楠掌而讓自己體力不支，使得灰毛曾經對他很不滿。**可是我現在已經改啦，我一直很努力啊！**

「我以前從沒見過這一招。」刺爪走向那兩個見習生。「從哪裡學來的？」

「呃……大概是我自己想出來的吧。」獅掌喃喃說道。

其實，是他和鷹霜在較量技巧時，虎星教他的。這兩隻如幽靈般的貓兒常常來找他，常常告訴他，跳得更高一點，攻擊得更猛一點，或者要他快轉身閃開。這些不間斷的練習讓他的肌肉變得愈發結實。其實不需要其他貓兒提醒，他也知道自己的技巧進步神速，早已遠勝所有見習生。但他又解釋不出來這些技巧是從哪兒學來的。

「你可以放開我了吧。」罌掌喵聲說。

「哦，對不起。」

獅掌趕緊放開她。罌掌跳了起來，甩掉身上的青苔。「你可以教我那一招嗎？」

「當然可以。只要有貓兒跳向妳，妳就貼平身子，但要記得往前滑行。」

「像這樣？」罌掌試圖學會這個動作。

「對，但動作要再快一點。」

趁著雜黃褐色的母貓練習之際，獅掌又看了空地邊緣一眼，卻發現虎星的幽靈已經離去。

獅掌拖著一綑刺藤穿過隧道，走進營地。他的腳疼痛不已，因為他一大早就去參加黎明巡邏隊，接著又去接受技巧訓練，然後草草吃了幾口獵物，又被灰毛派去修補長老窩。

正當他拖著刺藤，穿過空地時，小狐用牙齒緊緊咬住另一頭的刺藤，腳爪不斷戳它，喉嚨裡發出低沉的怒吼。

「影族入侵！」小冰尖聲大喊，從弟弟旁邊衝過來，跳上刺藤。「快滾開我們的營地！」

白翅正穿過空地，不由得停下腳步朝這兒張望，頸毛豎得筆直，最後卻尾巴一甩地走了。雲尾也把頭探出戰士窩，警覺地睜大藍色眼睛，結果看見原來是兩隻小貓在搗蛋，不禁抽抽耳朵，一臉嫌惡地消失在洞口。

「喂，你們把所有貓都嚇醒了啦，」獅掌喵聲說。「我要用這些刺藤來修補長老窩。」

「我們可以幫忙嗎？」小冰問道。

「是啊，我們很快就要當見習生了。」小狐緊接說道，終於放開了刺藤。

「好，但要小心一點，別被刺扎到了。」

獅掌繼續拖著那叢植物，穿過空地，兩隻小貓也想幫忙，但小小身子總是差點害他踩到，反倒加重了他的負擔。

等到他們終於把它拖到長老窩，兩隻小貓似乎早就忘了要幫他忙的這件事，反而雙雙衝到正在長老窩洞口曬太陽的鼠毛和長尾身邊。

「我們要聽故事！」小狐纏著他們。「跟我們講大遷移的故事，還有兩腳獸的……」

「不要，我要聽舊森林的故事。」小冰打斷道。

鼠毛呵個欠。「你跟他們說故事吧，」她對長尾說道。「這樣他們才能安靜一點，別的貓兒也能睡個好覺。」她閉上眼睛，把鼻子埋進尾巴裡。

長尾嘆口氣，坐好姿勢，將腳掌塞進胸前，轉身面對小貓，即便盲眼的他根本看不見他們。「好吧，你們想聽什麼故事？」

「虎星的故事！」小狐興奮地毛髮都豎了起來。

「對啊，虎星的故事！」小冰也想聽。「告訴我們他是怎麼統治森林的？」

獅掌看見瞎眼的長尾猶豫了一下，尾巴甩了甩。儘管他正忙著在把刺藤塞進長老窩外的忍冬樹籬間，但還是忍不住好奇。

「虎星是個很厲害的戰士，」長尾終於開口說了。「他是森林裡最強壯的貓兒，也是技巧最好的鬥士。我年輕的時候，一直以為他會成為雷族族長，也希望自己能像他一樣。」淺色的虎斑貓尷尬地說道。

「可是他很邪惡欸！」小狐突然冒出一句，眼睛睜得圓圓大大的。

「我們那時候並不知道啊，」長尾這樣解釋。「他殺了雷族副族長紅尾，但我們都以為紅尾是戰死的……」

獅掌一聽到這些血腥的陰謀，胃不禁翻騰起來。他的腳根本無法移動，再也無心做事，再也無法假裝這一切對他來說只是傳說而已，他就像小貓一樣也被這故事給迷住了。因為在林子裡與他如影隨形的正是這隻傳說中的貓，就是他在教他如何成為一名戰士！

「是虎星的野心毀了自己！」長尾結論道。「要是他多點耐心，等權力自動送上門來，肯定能成為森林裡最偉大的族長。」

獅掌鬆了口氣。他根本沒必要躲開虎星，這隻虎斑貓現在不會再有野心了。他已經死了，不可能再為非作歹了。而且他也從沒要求他破壞戰士守則，甚至很不高興他去洞穴密會石楠掌，一心只想把獅掌調教成最優秀的戰士。也許虎星是後悔過去的作為，所以想幫助雷族，以彌補以前的錯誤。

獅掌不再管那兩隻小貓，把他們留在那裡繼續纏著長尾問問題，自己反倒若有所思地走出營外去採集更多的刺藤。

第三章

冬青掌進入育兒室，把一隻燕八哥擱在黛西面前。小玫瑰和小蟾蜍躺在母親懷裡吸奶，小小的尾巴伸得筆直。

「謝謝妳，」黛西喵聲道，同時伸出一隻腳掌將黑色的小貓推得更靠近。「這隻鳥好像很肥。」

「我們可以吃一點點嗎？」正和姊姊玩耍的小狐問道。「我好餓哦！」

「當然不可以，」他們的母親蕨雲答道。「你們已經大到可以自己去拿獵物了。」

「我們可以嗎？」小冰的頭顱從蕨叢裡突地抬起。「我可以自己吃完一整隻兔子哦。」

「很好，」蕨雲喵道。「那也幫蜜妮拿一些過來！」兩隻小貓衝往刺藤入口，她趕緊在後面這樣交代。

躺在地衣臥鋪上的蜜妮眨眨惺忪睡眼。她的肚子看起來很大，冬青掌猜再過不久，她的小貓就要出生了。

「謝謝妳。」蜜妮對蕨雲喵聲道謝。

蕨雲嘆口氣。「也該是這兩隻小貓升格當見習生的時候了，他們需要導師管教。」

冬青掌默聲同意，然後離開育兒室，一路走到獵物堆那兒，想替長老拿點食物，卻見小冰和小狐為了搶花雞而打起來了。

「不是要幫蜜妮拿吃的東西嗎？」冬青掌提醒他們。

「哦，對不起。」小狐爬了起來，伸爪抓起幾隻老鼠的尾巴，叼在嘴上，一路跑過空地。小冰發出得意的喵聲，坐下來享用那隻花雞。

冬青掌開始用鼻子嗅聞獵物堆，想找個食物給長老們。育兒室的氣味仍殘留在她身上，她感覺到整個營裡都是小貓和待產母貓的氣味。

部族也希望我生小貓嗎？她不禁納悶。她知道小貓是部族的未來希望，可是一想到自己未來得當貓媽媽，就覺得整座林子的重量好像都壓在她肩上了。

她正要把一隻兔子從獵物堆裡拖出來時，蜜掌朝她跑來。「這要給誰的啊？」蜜掌問道。

「給長老。」

「我剛給過他們一隻松鼠了，」蜜掌告訴她。「如果育兒室的貓兒也吃飽了，那我們的工作就全都做完了。」

冬青掌把兔子丟回獵物堆。「獵物所剩不多，」她喵聲說。「我想問蕨毛要不要去狩獵。」

雖然黎明時分剛下過大雨，但烏雲已經散去，陽光正是璀璨。野風拂來，將林子裡的獵物氣味也送過來。冬青掌坐立不安，好想趕快出去。

「有一支狩獵隊正要回來。」蜜掌告訴她，尾巴指指營地入口。

灰紋首先現身，嘴裡銜著一隻松鼠和兩隻老鼠，後面跟著亮心和莓鼻，分別帶回兩隻田鼠和一隻兔子。

「哇，妳看！」蜜掌的眼睛睜得大大的。「莓鼻抓了一隻好大的兔子哦，他真是厲害！」

「莓鼻？」冬青掌的語氣驚訝。自從那隻乳白色的公貓在五天前當上戰士之後，就老愛在營裡頭頤指氣使的。

蜜掌不好意思地眨眨眼睛，前爪在沙地上蠕來動去。「我真的很喜歡他，」她承認道。「可是他連正眼都不瞧我一眼，更別提他現在已經有戰士身分了。」

冬青掌倒是認為莓鼻的眼睛根本是長在頭頂上，誰都沒被他放進眼裡。要是他知道蜜掌喜歡他，恐怕會更跩了。

「妳條件很好……」但她才正要開口，蜜掌就飛也似地衝向空地中央找莓鼻，根本不等她把話說完。

冬青掌嘆口氣。她們只是見習生而已，找伴侶貓這種事似乎還太早。她現在只想先證明自己足以勝任戰士的重責，有足夠的膽識保衛部族，也有純熟的狩獵技巧可以餵養族貓。她想擔負起經營部族的重任，讓未來的雷族愈來愈強大……

這時冬青掌突然一陣錯愕，腳爪動也不動，**沒錯！**她想到，**未來我想當的是族長，而不是生養小貓的貓后。**

這個企圖心令她震懾。不過如果她真的願意全心為部族付出，就算想當族長，又有何不可？她從獵物堆轉身離開，因為她實在受夠了蜜掌對莓鼻一臉崇拜的可笑模樣。這時她看見母親松鼠飛正從戰士窩裡出來。

冬青掌跳到她身邊。「松鼠飛，我可以跟妳聊聊嗎？」

她的母親耳朵抽了抽。「當然可以。」

「妳有小貓，」冬青掌喵聲說道，「但妳也能兼顧戰士的工作，妳是怎麼做到的？」

松鼠飛瞇起眼睛，有一瞬間，冬青掌彷彿看見那雙綠色眼眸的深處有某種一閃即逝的光，她無法理解。不過她母親說話的語氣顯得很平靜：「妳為什麼想知道這個？」

「我只是好奇……」冬青掌覺得有點尷尬。「我只是覺得好像每隻貓兒都認定母貓一定要生養小貓，可是我不確定那是不是我想要的。我只想成為戰士。」

令她懊惱的是，松鼠飛捲起尾巴，一副快笑出來的模樣。「別這麼早就為自己做好打算，」她的母親喵聲道。「星族已經為妳鋪路，相信到時會出現許多妳意想不到的轉折。」

「可是……」

「看看妳身邊……」松鼠飛繼續說道。「有很多母貓都生了小貓之後，又回到戰士窩裡。」

可是她們能成為一族之長嗎？

「別想太多了，」松鼠飛結束談話，將尾尖擱在女兒肩上。「只要專心受訓就行了。」

說了也是白說，冬青掌沮喪地想道。**一點幫助也沒有。**

冬青掌狩獵回來，發現族貓已經開始往空地中央聚集。火星正站在擎天架上方，火焰色的毛髮在陽光下閃著金光。

冬青掌帶著自己的獵物走到獵物堆。「發生什麼事？」她問雲尾，後者正在和他的伴侶貓亮心分食一隻歌鶇鳥。

「小冰和小狐要升格當見習生了。」亮心答道。

「也該是時候了，」雲尾咕噥說。「他們前幾天胡說八道影族來襲，害我嚇一大跳。」他的伴侶貓抬起一隻前掌輕輕戳他。「雲尾，小貓就是這樣，你也知道他們總有一天會成為優秀戰士的。」

他的回答卻是冷哼一聲。

冬青掌環顧其他見習生，蜜掌緊挨莓鼻而坐，但莓鼻根本無視她的存在，轉頭找樺落說話。松鴉掌從巫醫窩洞口的藤蔓裡走出來，沒一會兒功夫，葉池也走到他身邊。冬青掌往他們的方向走了幾步，但又轉念一想，萬一他們是在討論巫醫方面的事情，她這樣冒然走上前去，未免不妥。

罌掌和煤掌坐得離沙暴及灰紋很近。冬青掌仍在環目四顧，這時瞄見獅掌正從見習生的窩裡出來，在沙暴和灰紋那兒找了個位置坐下，於是也跳了過去。

蕨雲帶著小狐和小冰從育兒室裡出來。塵皮尾隨其後，看起來很得意的樣子。

小貓們激動到眼睛閃閃發亮，那一身光滑的毛皮在陽光下熠熠閃爍。兩隻小貓都努力表現出成熟的樣子，只不過走到一半時，小冰還是忍不住跳了一下，她的父親隨即趕上前去，用尾巴彈彈她耳朵，她才趕緊恢復端莊的舉止，和她弟弟慢慢走上前去。

火星從擎天架的亂石堆上一躍而下，大聲喚兩隻小貓過來。「松鼠飛，」他開口說，「妳早就該收見習生了，所以妳將成為狐掌的導師。」

松鼠飛走出群眾，頭和尾巴抬得高高的。當她往火星走去時，小狐也跑上前與她會合。

「松鼠飛，全族族貓都很讚賞妳的膽識與忠誠，」火星繼續說道。「妳要盡其所能將這些特質傳授給狐掌。」

狐掌抬起身子，與松鼠飛互觸鼻頭，然後這兩隻貓兒才退到空地一旁。

松鼠飛終於當上導師了，冬青掌告訴自己，**而且也有自己的小貓，真是不容易。**

火星的目光移到一隻年輕的白色母貓身上。「白翅，妳也可以準備收第一個見習生了，妳將成為冰掌的導師。」

白翅眼裡閃爍著喜悅的光芒，緩步朝她的見習生走去。她們互觸鼻頭，也跟著另一對師徒走到空地一側。其他族貓湧上前去，向他們道賀，大聲歡呼見習生的新名字。

冬青掌注意到莓鼻和樺落仍待在原地不動。

「喝！」樺落出聲嚷道，音量大到附近貓兒都聽得見。「我不懂為什麼火星選擇白翅？我也很適合當導師啊。」

「火星都是選最適任的貓兒來擔任這份工作，」沙暴走過他身邊時，這樣告訴他。「白翅年紀比你大，而且別忘了，她本來可以早一點當戰士的，是她主動要求延期，好讓當時還是見習生的你不至於落單。」

樺落嘴裡咕噥，冬青掌聽不見他說什麼。

「你很快就會有自己的見習生了，」沙暴向他保證道。「因為族裡現在有很多小貓。」

樺落不敢再抱怨，但仍一臉不悅。莓鼻在他耳邊低語，兩隻年輕公貓就相偕離開了。

冬青掌嘆口氣。她不知道樺落最近怎麼了，他以前很有趣的，那時他才當上戰士沒多久，還沒忘記見習生的甘苦。**但現在他就像莓鼻一樣討厭**。

等到冬青掌終於能擠上前去跟那兩位見習生道賀時，貓兒們都已經散去，各自回到工作崗位。冬青掌感覺到被碰了一下肩膀，轉身一看，原來是她的導師蕨毛。

「火星要我們黃昏時，陪他去巡邏。」金黃色的虎斑公貓喵聲道。「妳準備好了嗎？」

冬青掌的心不禁狂跳，興奮到每根毛髮都豎得筆直。見習生向來少有機會跟族長一起巡邏，這是她向火星展現自己所學的大好機會。她趕緊扭頭舔舔自己的肩膀，順順毛髮。早知道她就先把自己打理好，但沒時間了。火星正朝她和蕨毛走來，她只希望身上的毛別亂翹，也沒可笑地沾到什麼亂七八糟的雜草。

「我們走吧，」族長說道。「我們得把影族邊界的氣味記號重新標記。」

冬青掌跟著兩隻公貓穿過荊棘隧道，走進林子，這時太陽正要下山，紅色霞光漫灑林地，投下一條條的長長樹影。林子裡寂靜無聲，只有枝椏間的風聲沙沙作響，還有矮樹叢裡隱約傳來的獵物蠢動聲。

冬青掌故意不去理會那些誘人的獵物氣味，畢竟他們不是出來狩獵的，她集中精神，眼觀四面，耳聽八方，同時嗅聞空氣，好確定這附近沒有異常氣味出現——尤其得注意有沒有影族戰士出沒在雷族領地。

火星停下腳步。「你們聽！」

冬青掌身子動也不動，伸長耳朵。她聽見了，頸毛倏地倒豎，遠方隱約傳來貓兒打架的斷聲怒吼。

「在那裡！」火星喵聲道，尾巴一掃，指出方向。「我們走！」

他往前一躍，穿過蕨叢，蕨毛一路尾隨，冬青掌緊追在後，拔足飛奔，身子刷過路上蔓生的刺藤與地上的青草。嗥叫和斥罵聲愈來愈大。

他們繞過榛樹叢，她看不見族長在哪裡。這時她聽見火星喊道：「住手！」她趕緊衝進空地，在邊坡煞住腳步。就在下方由蕨叢圍繞而成的窪地裡，有五隻貓兒正在廝殺扭打。影族和雷族的氣味鋪天蓋地而來。冬青掌一臉錯愕，看見莓鼻的乳白色身影和樺落的虎斑毛皮竟在其中。這兩隻雷族戰士顯然不敵那三隻兇狠的影族貓兒。

冬青掌急著想助同族夥伴一臂之力，正要跳上前去，卻發現火星的尾巴擋住她的去向。

「不要去，」他喵聲道。「那是影族的領地。」

冬青掌只能眼睜睜地在旁觀戰，急得腳爪猛戳地面。莓鼻和樺落跑到影族領地做什麼？她張開下顎，吸進空氣，聞到雷族和影族的氣味記號淡淡交疊，於是知道自己正站在邊界上。

火星再次抬高音量喊道：「住手！」

兩方貓兒這才彈開，冬青掌總算鬆了口氣。她認出裡頭有影族副族長枯毛，還有戰士橡毛及花楸爪，後者在望向火星之前，還不忘再往樺落的耳朵揮上一掌。

「到底怎麼回事？」火星質問道。

「我還想問你呢，」枯毛反駁道。「為什麼你們的戰士擅入我們的領地？」

「我知道為什麼。」橡毛尾巴猛地一甩地說。「雷族根本不在乎邊界。」

「才不是呢……」冬青掌正要反駁，但蕨毛尾巴一抬，堵住她的嘴，不讓她說話。

火星的目光嚴厲掃向莓鼻和樺落。他的聲音雖然冷靜，卻如枯葉季的湖水一樣冰冷。冬青掌知道他很生氣。「你們兩個怎麼解釋？」他問道。

莓鼻爬起來甩甩身子，他有隻耳朵正在流血，身上被扯禿了好幾處的毛髮。「我們不知道這裡是影族的領地，」他為自己辯解。「你應該告訴影族戰士，叫他們把氣味記號標清楚。」

「別族該怎麼做，輪不到我來管。」火星這樣回答，枯毛卻是氣得毛髮倒豎。「莓鼻、樺落，如果你們小心一點，就會注意到氣味記號是在這裡。」

莓鼻的表情憤憤不平，但他總不能為了幫自己開罪而反駁族長的話。

「對不起，火星。」樺落喵聲說道，同時垂下頭去。

「這裡的氣味記號很淡，」火星承認道，然後看看對面的貓兒。「我們和影族都是。」

「我們是晚班巡邏隊，」橡毛插嘴道。「就是要來這裡重新標示氣味記號的。」

「結果就發現雷族戰士跑進我們領地來了，」花楸爪補充道。「他們在偷抓獵物。」

「是真的嗎？」火星質問道。

樺落點點頭。冬青掌倒是很高興看見他一臉羞愧的樣子。

可是莓鼻好像還搞不清楚自己的禍闖大了。「我在追一隻老鼠，」他解釋道，「結果他們一出現，就把牠嚇跑了。」

「錯不在他們，」火星做下注解。「枯毛，發生這種事，我覺得很抱歉。這兩個戰士經驗不足，不過我保證他們下次一定會小心。」

「我希望你會處罰他們。」花楸爪語氣尖銳。

「我會的。」火星答道。

「很高興聽見你這麼說。」

這時突然有另一個聲音加入對話，冬青掌嚇了一跳。就在離他們幾條狐狸身之外的影族領地裡，黑星從蕨叢裡鑽了出來，緩步走進空地裡。這隻身材壯碩的白色公貓經過那兩隻莽撞越界的戰士身邊，直接走向邊坡，面對火星。他的頸毛倒豎，其中一隻巨大的黑色腳爪，正戳著地上的草屑。

「你好，黑星。」火星垂頭致意。「我一定會讓我的戰士明白，不准再越過邊界。」

「我們又不是故意的！」莓鼻反駁道。

黑星的喉嚨發出低沉的怒吼，冬青掌還以為他會攻擊火星。

沒想到他開口時，語調聽起來既疲憊又沮喪，嗅不出一絲火藥味。「火星，我們根本不該來這裡，星族帶錯地方了，這裡真的很難分辨邊界位置，以前森林的邊界位置好認多了。」

火星的眼色一沉。「但是森林已經沒了，黑星，」他輕聲說道，突然間，他們的對話竟像兩個老朋友在回憶往事，不再是互相敵對的族長。「我也像大家一樣懷念過去，但我們已經在這裡落地生根，再說，舊森林也是星族指引貓兒過去的，就像祂們指引我們來這裡一樣。」

「不，不是這樣！」黑星本來服貼的頸毛又豎了起來。冬青掌不免好奇究竟是什麼原因讓他這麼躁怒？感覺他不是在氣雷族貓兒擅入影族領地的這件事。「所有星族的貓兒都曾經在那座森林裡住過，所以早在正式分立成四大部族之前，就有一群古代貓住在那裡了。」

古代貓？冬青掌突然感到不安，腳爪微微刺痛。以前在舊森林裡生根的貓兒當初是從哪裡來的？而曾經在湖邊的貓兒又到哪裡去了？月池邊有祂們的足印，地底通道也跟祂們有某種關聯。當初她和松鴉掌就是在地道裡找到風族的小貓。她知道當時他們在躲洪水時，松鴉掌並沒把實情全部說出來。她不禁打起寒顫，突然明白這地方也曾經歷無數世代，就像落葉季裡紛飛落地的枯葉，層層疊疊，掩蓋了深不可測的幽暗歷史。

「妳還好嗎？」蕨毛在她耳邊低語。「別擔心，這事會和平收場的。」

冬青掌趕緊直起身子。「我沒事。」

黑星向火星垂頭致意，退了回去。「帶你的戰士走吧，」他咆哮道。「如果再讓我們逮到一次，我們就不會輕易放過了。」

「相信我，他們會受到嚴厲的處罰。」火星的聲音森冷，用尾巴向樺落和莓鼻示意，要他們上來。莓鼻昂首闊步地穿過邊界，瞇起眼睛，表情仍然憤憤不平，倒是樺落停下腳步，向黑星垂頭致意。

「很抱歉，」他喵聲說道。「我保證我們以後不會再犯了。」

「諒你也不敢。」影族族長怒聲斥道，轉向自己的戰士。「你們繼續巡邏吧。」他厲聲道，隨後消失在蕨叢裡。

影族貓兒開始重新標示氣味記號，火星帶著這兩個年輕戰士離開邊界處，和敵營戰士刻意拉開幾條尾巴的距離。

「回營地去，在擎天架下面等我回來。」

「遵命，火星。」樺落喵聲道。

他和莓鼻終於消失在榛樹叢裡。莓鼻臨走前，還回頭狠瞪了他的族長一眼，但火星已經轉身，沒有看見。

「我們去巡邏吧，」火星喵聲道。「這次一定要把氣味記號標示清楚。」

冬青掌跟著他走進坡頂邊緣的蕨叢裡。她想到那兩位族長在談起舊森林時那種幾近懷舊的感傷情緒。黑星認為他們不屬於這裡，因為這不是他們的祖靈曾經住過的地方。但這裡一定有別的貓兒曾經住過，不過那也是很久以前的事了——祂們現在都到哪裡去了？

第四章

冬青掌從見習生窩洞口的刺藤叢裡鑽出來。天空有烏雲正緩緩移動，她嗅得出風裡有雨的氣味。她打了個寒顫，坐下來舔舔其中一隻腳掌，再用腳掌搓搓自己的臉。

黎明巡邏隊正由塵皮帶隊離開，後面跟著鼠鬚、沙暴和蜜掌。樺落和莓鼻從長老窩裡現身，嘴裡各叼著一大團地衣。

冬青掌捲起尾巴，只覺得好笑。**太好了！火星罰他們去做見習生的工作**。她看著他們穿過空地，消失在荊棘隧道裡。「別忘了把新鮮地衣的水擠乾點哦！」她故意諷道。「不然要是讓鼠毛發現自己的毛溼了，一定會扒掉你們一層皮！」兩隻貓兒都沒答腔，但莓鼻進入荊棘隧道時，尾巴不屑地甩了一下。

等到其他貓兒也都出來活動時，天空已經下起細雨。獅掌跟在冬青掌後面從見習生的窩裡出來，似乎還睡眼惺忪。他一路跌跌撞撞地穿過營地，走進如廁的通道裡。蕨毛和暴毛也從戰士窩裡出來，往獵物堆走去。

冬青掌跳了起來，跑到她導師面前。「我們要去狩獵嗎？」

蕨毛搖搖頭。「獵物都躲進洞裡了，也許要晚一點去。」

可是冬青掌就是很想做點什麼，她不想一整個早上都待在營地裡。「那我可以自己出去嗎？」她問道。

「如果妳想去就去，」她的導師這樣回答。「不過別越過邊界，我們可不希望再發生昨天那種事。」

「我會小心的。」冬青掌答應道。

「記得中午前回來，」她的導師補了一句。「我們還要上課。」

「我知道。」說完冬青掌就衝了出去。

她離開山谷，一路小心嗅聞獵物的蹤跡，這時雨勢已經愈來愈大，雨滴啪嗒啪嗒地打在樹葉上，地上凹洞都被雨水注滿，樹枝和草叢也都掛著水滴，冬青掌的身子都溼了。她現在終於相信蕨毛說的沒錯，這時候根本就抓不到獵物，不過她並不在乎，她只想到營地外頭走走。

最近有很多事情都變得愈來愈複雜了。她知道自己必須專注在訓練上，卻老在煩心別的事——包括未來……她能不能成為族長；以及遠古的一切……那些古代貓的蹤跡。她彷彿看見自己站在擎天架上方，大聲召喚自己的族貓……

冬青掌根本無心獵物，發現自己在林子裡只會被淋成落湯雞而已。她甩掉耳朵上的水珠，鑽進沙岸旁的洞穴裡，蹲著望向洞外的綿綿細雨。她伸出舌頭去舔毛髮，想弄乾自己，保持身體的溫暖，卻聽見洞內深處傳來腳步聲，身子不禁一僵。有個至少跟她體型一樣大的生物正從洞穴裡面爬上來。**我這個笨蛋！**她暗罵自己。反正身上都溼了，幹嘛那麼急著躲進洞裡避雨，沒先查探一下。

她繃緊肌肉，大口吞進空氣，以為會聞到狐狸味或什麼更可怕的東西，卻只嗅到熟悉的氣味。她吁了口氣，放鬆地轉過身來，面對洞口。

「松鴉掌！你在底下做什麼？」

她弟弟擠到她旁邊，身上都是泥巴和陳腐的狐狸味。「沒什麼，」他咕噥說。「躲雨啊。」

「你騙誰啊！」冬青掌氣他睜眼說瞎話，「你的毛是乾的，根本就是在還沒下雨前，就跑進洞裡了。」松鴉掌沒有回答，她只得繼續追問：「你是想再進地道裡去，是不是？」

松鴉掌的腳爪刮著沙地，「是又怎樣？」

「那很危險！」冬青掌厲聲道。「別忘了獅掌上次的經驗，獾的舊巢穴塌了下去，害他被活埋。還有別忘了我們上次在洞穴裡差點被淹死。另外……」

「這些我都知道。」松鴉掌打斷道。

「可是你的所作所為看起來像不知道啊，現在雨下這麼大，地道裡一定又會淹水，你卻莽撞地跑到下面去！老實說，我真不知道你為什麼這麼鼠腦袋。」

「妳別再嘮叨了，」松鴉掌咕噥道。「反正我不會再進去了，這只是一個舊的狐狸窩而已，根本通不到別的地方。」

「可是你還是下去啦，」為什麼松鴉掌就是搞不懂自己的問題所在？「我不懂，洞裡面根本沒什麼特別的東西。」

「有，它有！」他蹲在她面前，睜大藍色眼睛瞪著她，冬青掌剎時以為他根本沒瞎。他猶豫了一會兒，抽動耳朵才繼續說。「古代貓曾告訴過我，我去月池時，腳下踩的是祂們的足印。我在風裡聽過祂們的聲音。但自從我們救回小貓之後，就再也聽不見了，所以我必須回到那個地道裡。」

冬青掌心疼地舔舔他的耳朵，她不忍聽見他聲音裡的悲切，好像他失去什麼珍貴的東西。松鴉掌扭過頭去。「妳不會懂的。」

「那你就解釋給我聽啊！」

松鴉掌猶疑了，前爪在地上無意識地畫著圈圈。「洞裡還有其他的貓。」他終於承認。

冬青掌一頭霧水。「這話是什麼意思？」

「我是指古代貓的靈魂，祂們以前住在這裡。其中一隻叫落葉，祂去地底參加祂的戰士命名儀式，結果再也沒出來過，是祂告訴我迷路的小貓在哪裡。」

冬青掌聽得毛骨悚然，光想到洞裡的恐怖經驗就已經夠糟了，更何況還有貓的鬼魂。

「另一隻貓叫磐石，」松鴉掌繼續說。「祂很老……非常老。祂也在洞穴裡。是祂告訴我，我們逃得出去，祂還幫我想辦法。」

冬青掌深吸一口氣，也許沒什麼好害怕的，如果松鴉掌說的是實話，那就表示如果沒有古代貓的幫忙，不管是他們還是小貓，都不可能活著出來。

「你為什麼現在想回去？」她問道。

「我想知道為什麼祂們不再跟我說話，」松鴉掌可憐兮兮地說道。「而且祂們以前住在這裡，也許可以告訴我們，哪裡才有最好的狩獵場或居所。」

「這種事靠我們自己就行了。」冬青掌看看洞外，雨已經停了，林間霧氣正隨著天空烏雲的漸散而慢慢消失。陽光灑在雨珠上，晶瑩剔透，閃閃發亮，整座森林沐浴在金色微光裡。

「我們該回營裡去了。」她說道。

「妳難道不明白嗎？」松鴉掌提高音量。「這件事很重要，真的很重要。」

冬青掌差點就想出聲附和他。當黑星提到古代貓的時候，她也曾深陷其中，想知道更多有關祂們的事——不過這絕不值得拿她或松鴉掌的生命去冒險。

「你也很重要，」她喵聲道。「雷族需要你，松鴉掌。你不應該拿自己的生命去冒險，那不值得。」

「好吧。」松鴉掌咕噥道，但表情依舊倔強，冬青掌強忍嘆氣，她太清楚他那個表情了。松鴉掌現在只是暫時聽她的話，終究還是會一意孤行。她只好推推他。「我們走吧。」

松鴉掌站了起來，甩掉身上的泥巴。冬青掌領著他走進空地，幫他看路，避開窪地。

「冬青掌？」

她停下來，回頭看他。「什麼事？」

「妳不會把我告訴妳的事，說出去吧？」

冬青掌不知該如何回答。她很想把松鴉掌想找出貓靈的事告訴火星或葉池，因為如果想阻止松鴉掌繼續做蠢事，最好的方法就是找族長或導師出面。但松鴉掌是她弟弟，她一向對他忠貞不二。

「我不會說的，」她承諾道。「我答應你。」

* * *

「真是見鬼了！」冬青掌撲向那隻老鼠，低聲咒罵，眼睜睜看著牠從她爪間竄逃，鑽進地洞裡。這是她第二次的失誤了，她開始懷疑自己的腳爪已經不再聽她使喚。

「冬青掌，妳的腳步聲一定得再輕一點。」蕨毛從來不發脾氣，但這次顯然有點不耐。「別忘了，老鼠會先感覺到腳步聲，而不是聽見妳的聲音或聞到妳的氣味。」

「我知道。」冬青掌說道。**這是見習生學習狩獵的基本技巧。**「對不起。」

蕨毛、溪兒和暴毛把所有見習生都帶到林子裡上狩獵課。冬青掌忘了是誰先提議要來場狩獵比賽。她只知道獅掌目前一路領先，抓到一隻前所未見的大松鼠，至於其他見習生也都成績不差，只有她，目前為止只抓到一隻小老鼠。

「妳是不是有心事啊？」蕨毛問道。「妳今天不太專心。」

「沒有，」冬青掌撒謊。「我很好啊。」

我不會有問題的，她告訴自己。**只要別老想著怎麼當上族長這件事就行，雖然虎星以前也有過這種野心，但有野心不見得是壞事，不是嗎？我知道我和他有血緣，但我不會像他那樣為達目的不擇手段。還有松鴉掌怎麼辦？要是他為了找古代貓而送命，我絕對沒辦法原諒自己！**

溪兒一臉同情，用鼻頰碰碰冬青掌的耳朵。「我第一次來這裡時，也覺得很頭大，」她自己承認道。「我習慣在光禿的山坡上狩獵，所以剛到林子裡時，根本抓不住訣竅。但暴毛教我一件事，那就是追蹤獵物時，妳可以用滑行的方式前進。這樣一來，老鼠就感覺不到妳的腳步聲。像這樣。」她補充道，然腳掌輕輕磨過地衣地。

「我從來沒想過可以這樣走欸。」冬青掌喵聲道。「我會試試看。」

「還有千萬不要靠近長草堆和蕨叢。」溪兒繼續說道。「因為如果妳碰到葉子，只要一振動，就會嚇跑獵物了。」

冬青掌點點頭。她早就知道這些技巧，只因為有心事，所以早就將它們拋到九霄雲外。

「妳很快會抓到訣竅的，」這隻虎斑母貓向她保證道。「如果在山裡頭，妳一定是個很棒的狩獵者，因為妳的後腿很有力，跳得很高。」

「你們狩獵時，需要跳躍嗎？」煤掌也走過來聽，這樣問道。

「需要啊，在雷族這裡，你們抓的都是地上的禽鳥，可是在我們部落裡，都得趁牠們正要起飛或落地時，跳上去抓住牠們。」溪兒的語調有種得意。「我們都是靠這種方法去抓隼鳥，有時候甚至連老鷹也抓。」

「老鷹的體型有多大？」獅掌也上前來加入她們。「牠們會抓貓去吃嗎？」

「大部分的老鷹，力氣不會大到抓得走一隻成年貓。」溪兒坐了下來，尾巴圈著腳爪，其他見習生也都圍她而坐，聽她娓娓道來。「但牠們可能會抓小貓或半大貓，不過小貓都是待在洞穴裡跟貓媽媽在一起，所以很安全，而且每次狩獵時，至少都有一隻護穴貓隨行。」

「什麼是半大貓？」罌掌問道。

「什麼是護穴貓？」蜜掌也追問道。

「你們就是半大貓啊，」溪兒解釋道，尾巴掃過所有見習生。「還在學習當戰士的年輕貓兒都算是半大貓。至於護穴貓就是專門保護洞穴安全的貓，他們體型比較壯碩，受過訓練，知道如何擊退老鷹和隼鳥。暴毛當年住在部落時，就是擔任護穴貓，而我是狩獵貓。」

冬青掌一臉疑惑。「你的意思是貓兒們都各司其職？不像我們必須同時兼顧狩獵和作戰？」

「沒錯，」溪兒答道。「當小貓出生時，我們的族長就幫他們決定好未來的工作。身強體壯的貓，就當護穴貓，速度靈巧的貓，就當狩獵貓。」

「所以妳不能自己選擇囉？我不喜歡這樣。」獅掌喵聲說道。

「如果你從小在那種環境下長大，想法自然就不同了。」溪兒向他解釋。

獅掌還是一副不可置信的模樣，但還沒來得及答腔，罌掌就搶先打斷。「說說你們族長和巫醫的事吧，他們也是星族選出來的嗎？」

溪兒搖搖頭。「急水部落並不認識星族，」她解釋道，然後等到他們的驚訝聲褪去之後，才又繼續說道。「我們的天空是由殺無盡部落在掌管。我們沒有所謂的族長和巫醫，在部落裡，是由同一隻貓兒負責這兩種工作，他被稱之為行醫貓，叫做尖石巫師。」

「或稱巫師。」暴毛走到他伴侶貓旁邊，插嘴說道。

「名字怎麼這麼奇怪啊？」罌掌大聲說道。

她姊姊蜜掌推推她。「講話別那麼沒禮貌，人家只是部落名稱跟我們的不一樣而已。」

「尖石巫師就住在瀑布後方的洞穴深處，」暴毛解釋道。「裡面都是尖銳的石頭，有的從地上冒出來，有的從洞頂垂下，下雨時到處都是小水窪。巫師會看著水裡的倒影，讀出祖靈的啟示。」

「所以他算是巫醫對不對？」冬青掌喵聲道。**一隻貓兒竟能擁有這麼巨大的力量！**「他有副族長嗎？」

「沒有，可是他會有一隻半大貓跟著他——也就是見習生。」溪兒告訴她，「殺無盡部落會顯神跡告訴他，叫他選出一隻小貓來繼任他的職位。」

冬青掌好生嫉妒，他們的生涯規畫簡單多了！如果是按照他們的方法，當初她就不會犯錯，自以為能當巫醫，結果到頭來還是戰士工作最適合她。當時她常為了學習各種藥草知識而頭痛不已。雖然戰士訓練同樣也不輕鬆，但至少不會覺得力有未逮。當然要當上戰士，也得詳記各種格鬥和狩獵技巧，以及戰士守則的細節，而且如果她想成為族長，更得進一步瞭解各族間的微妙關係，以及如何率領戰士，如何圓滑地與他族貓兒打交道，還有如何處理危機。

前一天火星在邊界冷靜處理危機的方式令她印象深刻，即便犯錯的是族貓。他正是冬青掌想要效法的楷模……一位信守戰士守則，崇尚和平，不會無故陷族貓於戰事的英明族長。身為一族之長，不可以自私，不可以貪婪，一切都要考慮到部族，但也不能忽略他族的權利。

「我想那邊的樹根底下應該有隻老鼠。」暴毛打斷她的思緒，用耳朵指指旁邊那棵山毛櫸的樹根。「妳要不要去抓抓看？」

「好啊。」

其他見習生各自散開，騰出空間給冬青掌。她的頰鬚微微動了動，嗅聞空氣。**是田鼠，不是老鼠**，她很確定，很快就找到牠的位置，那隻胖嘟嘟的小動物正在樹根底下的腐葉裡騷動。她偷偷摸摸地爬過去，照溪兒教的方法，腳掌往前慢慢滑行。那隻田鼠一開始沒注意到她，可是當她蹲下去，準備撲上去時，田鼠突然止住動作，倏地竄走。

冬青掌氣得怒吼一聲，第一次的跳躍，只剛好撲上田鼠先前的所在位置，於是她又跳了一次，趕在牠鑽進岩縫前，拿前爪活逮住牠，一掌將牠擊死。

「做得好！」蕨毛喵聲道。

冬青掌全身上下都得意極了，叼起獵物，轉身走向她導師。

「看吧，我就說妳的後腿很有力。」溪兒點醒她，同時用尾尖碰碰她肩膀。「妳的跳躍動作很棒哦！」

「我想今天應該差不多了，」蕨毛說道。「我們把獵物帶回營裡吧，部族今晚又可以飽餐一頓了。」

冬青掌帶著田鼠和老鼠，跟著他走回空地，目光不時看向旁邊的溪兒。她一定很愛暴毛，才會願意放棄一切，跟著他來到陌生的國度，適應新的生活。

好奇心像狐狸牙齒一樣不斷啃蝕她。她好想走訪那個部落，看看那些打從一出生就知道自己未來命運和職責的貓兒們是怎麼生活的。

可是他們住得好遠！冬青掌發出一聲長嘆。**我怎麼可能徒步走到那麼遠的山裡呢。**

第五章

夜裡冷冽的空氣颼颼灌進松鴉掌的毛髮。他知道蒼穹之上，半圓月正高掛清澈的夜空。葉池和他正沿著風族與雷族之間的溪流慢慢走著。

松鴉掌滿心期待，胃部緊張到有些翻騰。古代貓磐石會在月池跟他說話嗎？一想到可能只會見到星族的貓兒，他的尾巴就不耐地抽動。現在星族對他來說並不重要，畢竟祂們只是一群移居他地的部族貓而已。預言裡說，他會成為星權在握的貓兒，這就表示他的力量將會大過星族，所以他幹嘛浪費時間去夢裡跟祂們相會呢？

他必須進一步找到曾經在月池聚會的其他古代貓，祂們才是真正具有強大力量的貓兒，可以幫助他瞭解未來的命運。

但那也是獅掌和冬青掌的未來命運。松鴉掌盡量不去理會他心裡出現的小小聲音。他的哥哥姊姊必須自己找到屬於他們的力量來源。

他已經選擇當巫醫，所以這對他來說，應該是正確的路。

「葉池，等等我們！」

遠方的呼喚聲從風族領地傳來。葉池停下腳步，松鴉掌站在旁邊，嗅聞空氣，發現有三隻貓兒：吠臉、隼掌和柳掌。八成是柳掌從河族出發時，在路上先遇見風族的貓兒。

「蛾翅呢？」當其他貓兒趕上來時，葉池緊張問道。「她沒生病吧？」

「她沒事，」柳掌答道。「只是櫸毛被蜜蜂螫到，傷口有點感染，蛾翅想留下來照顧他。」

哈！松鴉掌心想，**騙誰啊！**他知道蛾翅為什麼不跟她見習生一起來，有戰士傷口感染只是她的藉口，真正的原因是蛾翅根本沒那個能耐夢見星族，她一定是認為與其那麼辛苦地爬到月池去，還不如待在窩裡睡覺算了。

「哈囉，松鴉掌。」柳掌喵聲道，語氣顯得客氣冷淡。

「嗨，柳掌。」**好吧，我知道妳不喜歡我，反正我也對妳沒什麼好感。**

「嗨，松鴉掌。」隼掌的語氣聽起來親切多了。「雷族的獵物多嗎？」

「還蠻多的，謝謝關心。」松鴉掌回答。

他還沒想到接下去該說什麼，便有另一隻貓兒朝他們跑來，帶著強烈的影族氣味。

「我還以為我會趕不上你們呢。」小雲氣喘吁吁。

「我們會等你的。」葉池喵聲道。

貓兒們開始往月池出發。松鴉掌感覺到隼掌正走在他身邊。「嘿，松鴉掌，」他開口道。

「當瞎子是什麼感覺啊？」

這還用問啊，就是看不見啊！松鴉掌一聽見這個蠢問題，頸毛不禁倒豎起來。「就什麼都是黑漆漆的，不過我的聽覺和嗅覺沒問題，所以可以靠它們幫忙。」

「真辛苦啊。」

這位見習生的同情語調令松鴉掌不自覺地縮放著爪子。從對方的聲音及腳步來判斷，他很清楚隼掌的耳朵在哪裡。**你想嚐嚐我爪子的滋味嗎？**

「也還好啦。」但他卻這麼說。

然後他加快腳步，趕上小雲。事實上他很想跑到最前面去，但這樣就顯得太自大了，等於承認他曾在夢裡來過這裡——而他在夢裡眼睛是看得見的。他真等不及快點到月池。

可是當他步下蜿蜒小徑，感覺到自己的腳爪再度疊印上古代貓的足跡，鼻頭輕觸池面，安適地在池邊躺下後，竟發現自己難以入眠。他聽見池邊的其他貓兒都陷入深眠狀態，吐出均勻的鼻息，只有他還清醒著。

「拜託，」他咕噥道。「你究竟是怎麼了？」這一次他不想再進入別隻貓兒的夢裡，他想有自己的夢：他想在地底下醒來，在曾經遇見磐石和落葉的地道裡醒來。如果現在不能夢到祂們，那就得再等一個月的時間，才有機會再到月池來。

他閉上眼睛，希望快點睡著，但還是感覺得到腳下潮溼的岩面，聽見瀑布的聲音及周遭貓兒的鼻息聲。他張嘴打個呵欠，再度睜開眼睛，立刻興奮地毛髮豎了起來，因為他看得見了。

不過他覺得失望，因為他不是在地底洞穴裡，他根本沒離開月池。他看見他同伴的蜷伏身影，還有映照在水池上的熠熠星光。

「然後呢？」他質疑道。

這時一個溫和的聲音從他身後傳來。「你在找我？」

松鴉掌倏地轉身，差點被自己的腳掌絆到。古代貓磐石就站在他面前，正用扭曲的長爪摩搓著光禿的岩面。由於少了地底洞穴陰影的遮蓋，站在這片開闊空地上的磐石，完全曝露出身上皮膚的粗糙與不堪，在那張醜陋的臉上，兩隻外凸的眼睛正閃著銀光。松鴉掌突然害怕地發起抖來，納悶磐石此刻究竟是看得見他，還是只是感覺得到他的存在。

「祢為什麼不再跟我說話了？」松鴉掌問道。「我試了好幾次，可是祢都不理我。」

磐石彈彈祂那根狀似鼠尾的尾巴，沒理會這問題。「我現在來了，」祂用粗嘎的聲音說道。「祢要跟我說什麼？」

「祢是星族的一份子嗎？」

磐石眨眨眼睛。「不是，我只和以前來過這裡的貓說話。」

「祢是指那些以前去過地道裡的貓兒，譬如落葉？」

「不，」磐石的聲音粗糙得像石頭在摩擦。「比祂們還要古老的貓兒。」

「祂們是從哪裡來的？」松鴉掌有些懊惱地問道。「難道還有另一群貓靈比所有貓都古老？難道和落葉在一起的那些貓，以及急水部落的貓，還有四大部族的貓，全都是從祂那一代繁衍下來的？」

磐石把銀色目光移到松鴉掌身上。「故事是永遠推溯不完的，總是一代比一代久遠。」祂低沉說道。

這根本不是答案！「那祢是從哪裡來的？」

老貓靜默一會兒，目光越過月池，彷彿也越過那橫梗在松鴉掌與古代貓之間的時間深淵。

「你會在山裡找到答案的，」他終於說道。「不過那些答案可能不是你想要的。」

「這話是什麼意思？快告訴我！」松鴉掌追問道。

但磐石的形體已經慢慢消散，月光斑駁照在祂身上，那雙熠熠銀光的凸眼如輕煙淡渺，最後只剩岩面和水面上的閃爍星光。松鴉掌在陡峭的寒風中發抖。

「快回來！」他大聲喊道。

沒有任何回應。星光漸退，他的鼻腔裡充滿樹木和蕨叢的氣味，原來他在一座昏暗的森林裡，就佇立在蕨叢和草叢之間。月光透過頂上枝椏，斑駁灑在地上，這裡的空氣很溫暖，到處都是誘人的獵物氣味。

葉池正在他前方循著蕨叢間的一條蜿蜒小逕行走。她停了下來，回頭看他。「我還在想你會不會跟上來呢。」她喵聲說道。

松鴉掌正要答腔，葉池前方的灌木叢裡突然一陣窸窣作響，一群星族貓兒衝進空地。獵物一見到祂們，立刻抱頭四竄。

一隻藍毛母貓停下腳步。「妳好，葉池。」葉池垂頭致意，但母貓沒等她回答，向前一躍又走了。另一隻壯碩的白色公貓也在經過時，親切地用尾巴彈彈松鴉掌的耳朵。

大部分的星族戰士都在忙著捕捉獵物。月光下的祂們，目光炯炯有神，毛色光滑，結實的肌肉如波擺盪。松鴉掌看著祂們撲向獵物，然後叼起屍首，轉身離開。他想祂們一定是要把獵物帶回星空裡的獵物堆裡。

葉池走了過來，用鼻頭碰碰他肩膀。「你看到那邊的那隻銀色虎斑貓嗎？」她用尾巴指著一隻漂亮的母貓，後者正撲上一隻肥美田鼠。「那是羽尾。祂是暴毛的妹妹，當初就是死在山裡。」

松鴉掌好奇地看著那隻母貓，心想祂是否知道山裡貓兒祖靈的故事。

「我們可以跟祂說話嗎？」

「祂可能不會等我們。」葉池答道。「祂想把獵物帶回星族營地裡。」

「我想問祂……」松鴉掌還沒來得及說完，羽尾就跳走了。但祂沒跟在其他星族貓兒的後面，祂走的方向不太一樣，那頭的樹木和灌木叢更顯茂盛。「祂要去哪裡？」

「我不知道。」葉池一臉疑惑。「羽尾，等一下！」

她追著銀色虎斑貓，松鴉掌跟在她後面。他們鑽進濃密的矮樹叢，來到空地裡。一條河流貫穿其中，就在河對岸，樹木不見了，取而代之的覆滿矮木叢的岩坡。

「羽尾！」葉池又喊道。

母貓在岸邊停下腳步，轉頭看他們。

「祢要去哪裡？」葉池氣喘吁吁，衝到祂那裡。

羽尾放下嘴裡的田鼠。「這隻不是為星族抓的獵物，」祂解釋道。「我有責任照顧其他貓兒，他們也需要我們幫忙，即便已經事過境遷好幾個月了。」

其他貓兒？

葉池用鼻頭輕觸羽尾的耳朵。「祢是說急水部落嗎？祢為他們做得還不夠多嗎？祢為了救他們脫離尖牙的魔掌，犧牲了自己的生命！」

「就因為有共同過往，才更放不下，」羽尾答道，藍色眼睛溢出溫柔的光。「縱然時間短暫。」

她的鼻頰抵住葉池的，然後拾起獵物，輕輕一跳，躍過那條河，沒身於矮樹叢的陰影裡。

搞什麼啊?!松鴉掌想道。**這樣我哪有機會問祂話啊。**

葉池發出一聲輕嘆，回頭往林子裡走去，松鴉掌雖跟著她，眼角餘光卻不意瞄到微弱的銀光，他回頭一看，只見古代貓蹲在一株灌木叢底下，兩隻盲眼正直愣愣看著他，然後弓起身子站了起來，往羽尾的方向走去。

松鴉掌不禁全身打起寒顫，不知怎麼搞的，總覺得湖邊這些貓兒的命運是由星族、古代貓、急水部落共同組成，但這對松鴉掌來說，也算合理，畢竟他若想星權在握，就得掌控所有祖靈，不管是過去的還是現在的。他再次鑽進矮樹叢，陰影從四方籠罩而來。蒼翠鮮綠的森林氣味消失了，他感覺到腳下岩面的冰冷，聽得到瀑布的水花聲，於是知道自己又回到了月池，睜開眼睛，一片黑暗。

他聽見身邊其他貓兒從夢中甦醒的聲音。大家都不太說話，他們爬上小徑，蜿蜒穿過高地回到湖邊，一路上葉池也沒跟他說話。松鴉掌感覺得出來焦慮就像螫貓的蜜蜂一直圍繞著她。

他等不及要跟其他貓兒道別，回到自己領地。等到終於只剩下他和葉池時，他開口問道：

「妳覺得這個夢境代表什麼意義？妳會告訴火星嗎？」

葉池有點猶豫，開口時，語氣尤其顯得不安。「聽起來好像是急水部落遇到麻煩了，」她回答道。「我不知道該不該告訴火星。不管那裡發生什麼事，應該都不會影響到雷族。」

松鴉掌氣餒地抽抽尾巴。如果他的導師打算假裝沒做過這個夢，那他怎麼可能從中找到自己的命運呢？「可是暴毛和溪兒怎麼辦？要是山裡頭真的出事了，應該要讓他們知道才對。」

「我也不曉得。」她的喵聲很小，語氣不太確定。「你也許說得沒錯，也許我該告訴火星。但這和雷族無關，所以我想他應該不會採取什麼行動。」

錯了，它和雷族的關係恐怕不像葉池想像的那麼簡單，松鴉掌心裡想道，然後跟在他導師後面，沿著邊界的河流，往營地走去。

至少跟我有關。

他齜牙咧嘴，彷彿正大口咬住什麼肥美的獵物。若想知道和他權力有關的事實真相，只有一個方法，那就是不管怎麼樣，都得想辦法去一趟山裡。

第六章

罌掌向前一撲，獅掌看得出來她是想使出他教她的那一招，那也是虎星教他的招數。可是當她從下面去勾蜜掌的後腿時，蜜掌的速度竟然比她還快。只見蜜掌倏地往後一躍，正面迎向罌掌，先賞她鼻頭兩拳才又閃開。

「妳的速度要再快一點。」莓鼻喵聲道。

獅掌不禁豎直毛髮。那兩個年輕戰士才剛被火星解除懲罰，不必再做見習生的工作。但莓鼻難道除了在訓練場上大呼小叫之外，就沒別的事好做了嗎？這傢伙正趴坐在空地邊緣的石頭上，拉起嗓門批評見習生的技巧演練。

「這動作不錯，」他態度高傲地對蜜掌說道。「妳剛剛那一招使得很好。」

「謝謝你，莓鼻！」蜜掌滿臉崇拜地對著那位乳白色戰士眨眨眼睛

獅掌忍不住嫉妒。記得不久之前，他還是蜜掌最傾慕的對象。如今他被迫放棄跟石楠掌的那段感情，沒想到才沒過多久，連蜜掌也開

始對他不屑一顧了。

「輪到你了，獅掌！」他的思緒被莓鼻的聲音打斷。「讓我們看看你有什麼能耐。」

什麼時候輪到你來當我的導師啦？獅掌環顧空地，尋找灰毛的蹤影，這個訓練課程應當是由灰毛來教，但此刻他正在幾條狐狸身以外的地方教導冬青掌。

「快來啊，你這個懶惰蟲。」莓鼻催促他。「如果你只會整天坐著，這輩子休想當上戰士。」

是嗎？獅掌咬牙切齒。**你只會坐在那裡頤指氣使，害我都要以為戰士的工作都是這樣光說不練呢。**

「來吧，煤掌。」獅掌喵聲道，用尾巴招呼坐在空地邊緣的灰色見習生。

煤掌跳了起來，毛髮因興奮而豎得筆直，連尾巴的毛都蓬起來。她信心滿滿地走上前，彷彿受傷的腿一點事也沒有。她一接近他，立刻瞄準他的耳朵，用沒出鞘的腳爪猛揮一掌，他閃過去，試圖用頭撞她肩膀，想讓她失去重心，沒想到煤掌站得很穩，反倒用兩隻前爪抱住他頸子，將他推倒在地。獅掌於是改用腳踢她肚子。煤掌終於鬆手，從他身上跳開，等他爬起來。

「妳打得很好！」他氣喘吁吁，雖然他知道自己最後一定會打贏她。

煤掌知道自己的戰技又恢復以往，神情顯得得意。「我們再練一次！」

「你知道嗎，獅掌，你的動作通通不對。」莓鼻打斷道。「你根本不該讓她把你推倒，如果這是一場真正的戰鬥，她早就咬斷你的喉嚨了。」

獅掌跳起來，轉身面對他，怒火中燒。「我想這大概是你和影族打了一架之後所領會到的心得吧。」他故意奚落他。

莓鼻跳下岩石，平貼雙耳，頸毛豎得筆直。「你用這種態度跟戰士說話?!」他啐口罵道。「那你就別老裝作自己無所不知的樣子！」獅掌嗆回去。「你又不是我的導師，管好你自己就行了。」

他離對方只有兩條鼠尾的距離，其實他大可衝向莓鼻，用鷹爪狠刮這隻乳白色戰士的鼻子。但他知道如果真的出手，絕對會惹上麻煩。於是他背過身去，衝到空地邊緣，站在那裡弓起身子，大口喘氣，試圖壓下心中的怒氣。

「等我當上戰士，」他暗地裡發著狠誓。「你就會知道誰的戰技最強了。」

「輕鬆點，獅掌。」一個冷靜的聲音像冷水一樣適時澆熄他的怒火。一開始，獅掌以為那是虎星，於是轉身想找暗色的虎斑身影，沒想到是暴毛站在橡樹下方的斑駁陽光裡。

獅掌不好意思地向他垂頭致意。「對不起，」他喵聲道。「可是我真的受不了莓鼻那副頤指氣使的模樣，好像他是族長似的。」

暴毛發出一聲狀似認同的喵嗚聲。

「我知道我不應該讓他激怒我，但我就是嚥不下這口氣。」獅掌自承道。「有時候我也會被別的見習生激怒，不是冬青掌，是別的見習生。因為我一直有種感覺，總覺得自己一定得表現得比他們都好才行。」

有一部分的他其實不想對這位資深戰士太過掏心剖腹，因為暴毛根本不必在乎他怎麼想。

「為什麼?」但這隻灰毛公貓卻問道。

「我也不知道為什麼，」獅掌有點猶豫，心亂如麻，最後才又說道：「不，我想我大概知道為什麼。真的，我知道，因為我是火星的孫子。他是有史以來最偉大的族長，每隻貓兒都認為我應該像他一樣傑出，因為我和他有血緣關係。」

「那虎星呢？」暴毛追問道。

獅掌的爪子戳進地裡。暴毛怎麼可能知道他密會虎星和鷹霜的事？「虎……虎星？」他吞吞吐吐。

暴毛對他眨眨眼，「我知道你父親以前也遇到類似的問題。棘爪一直擔心族貓不相信他，因為他們很恨虎星。」

獅掌從沒想過這件事，很難想像他父親年輕時也曾有過自我懷疑。

「我父親那時候的處境如何？」他走到暴毛身邊，跟他一起坐在陽光底下。他肩上的毛髮又平順了下來，已經差不多快忘了剛剛與莓鼻的齟齬。「你們曾一起去探險，有什麼感想？」

「很可怕，」過往記憶在暴毛的琥珀色眼睛裡一閃即逝，裡頭有恐懼、有勇氣、有幽默、也有友誼。「其實我也不確定哪種經驗比較可怕？究竟是跟別族貓兒一起學習相處？還是和他們結伴走過陌生的危險地帶？不過等我們回來之後，大家都變了很多。」他停頓一下，用舌頭舔舔肩上的毛髮，然後繼續說道。「一開始我們總是看彼此不順眼，不過你父親一向能想出最好的辦法，於是久而久之，我們就自動讓他成為我們的領袖。」

「多說一點當時的經過。」獅掌追問道。

「有四隻貓分別來自各族，因為他們都做了個夢，這個夢告訴他們一定要去太陽沉沒之地，」暴毛開始說。「他們都以為會聽見午夜的啟示，沒想到午夜竟然是一隻獾的名字。」

獅掌點點頭。他們雖然從沒見過那隻幫他們找到新家的獾，不過他母親曾說過這個故事。

「我相信過程一定很艱辛。」獅掌喵聲說道，試圖想像和他族貓兒一起相處的感覺。沒錯，他和石楠掌是要好過，但如果是風掌或影族其他戰士，他就不敢想像了。

「其實也沒那麼糟啦，」暴毛答道。他面帶興味地捲起尾巴。「有一回，你母親被兩腳獸的籬笆卡住了，她氣得一直破口大罵，但就是脫不了身。」

獅掌笑出來，想像松鼠飛一副無計可施的氣憤模樣。「是我父親救了她嗎？」

暴毛搖搖頭，「不是，棘爪當時想把那根籬笆柱子挖出來，我卻提議用牙齒咬斷那些看起來亮晶晶的網子，結果最後是褐皮和羽尾在你母親身上塗了一些羊蹄葉，才幫她脫困。」

「我真希望當時我也在場。」獅掌喵聲說道。

「我也很懷念啊。即便那時，我們都是在恐懼中度過，不然就是餓肚子，身心俱疲，不過當時我們都知道我們是在為自己的部族盡一份力。」

「所以你和我父親成了好朋友。」

暴毛抽抽頰鬚。「一開始，我們沒那麼好，我甚至有點嫉妒他。」

「為什麼？」獅掌訝異問道。

「因為我太喜歡你母親了，不過就連瞎眼的兔子也看得出來，棘爪才是她最欣賞的對象，雖然他們大部分時間都在吵架。」

「你喜歡松鼠飛？」獅掌不可思議地眨眨眼睛，要是暴毛是他父親，而非棘爪，**我的命運**

一定大不同……

「我從沒見過像她那樣的貓，」暴毛自承道。「聰明、勇敢，而且果斷，雖然當時她還只是個見習生。後來我在山上的急水部落遇見了溪兒，才明白我跟溪兒才是天生一對。」

他的琥珀色眼睛暗了下來，不再說話。獅掌不明白他為什麼突然這樣？他不是才剛講到溪兒嗎？「怎麼了？」

暴毛發出一聲長嘆。「我妹妹羽尾也跟我們一起去旅行，」他解釋道。「她是一隻心地很善良的漂亮母貓，最後卻死在山裡。」

獅掌伸長尾巴，擱在灰色戰士的肩上。「當時出了什麼事？」

「有隻大山貓把急水部落裡的貓當成獵物，於是部落裡出現預言，說有一隻銀色的貓會來拯救他們，剛開始，他們以為那是我，結果原來是羽尾。她為了救他們而犧牲性命。」他的聲音在發抖。「我只能把她留在那裡，長眠山裡。」

「我很遺憾。」獅掌喵聲道，但也不免會想，要是冬青掌死了，自己會傷心到什麼程度？

暴毛舔舔自己的胸毛，頭一扭才又說道：「時間終究會沖淡一切，日子還是得繼續過下去。」

「我可以問個問題嗎？」

「當然可以，」暴毛的語氣又恢復了精神。「你想問什麼都可以，只要我能幫得上忙。」

「謝謝，」獅掌感到很窩心，就像剛飽食一頓那麼滿足。「跟你聊天比跟雷族貓兒聊天自在多了……哦，對不起，我說錯話了。」他尷尬地扭動腳爪。「我不是那意思……」

「沒關係，」暴毛喵聲道。「我知道你的意思。我本來就是這裡的過客，不管我對火星、對你父親還有對雷族多忠心，也終究無法改變這個事實。」

「你覺得哪裡最像你的家？」獅掌好奇問道。「是河族？急水部落？還是雷族？」

暴毛沒有立刻回答，眼神若有所思，然後舔舔其中一隻腳掌，又抓抓耳朵。「本質上，我是一隻河族的貓，」他終於回答。「那是我出生成長的地方，我在那裡成為戰士，但那都是在舊森林的事了，現在已經找不到那裡。如今我只對雷族忠心，因為你們對我和溪兒都很好。尤其能和灰紋住在一起，更有助於培養我們父子間的感情。」

「你會永遠住在這裡嗎？」

「我不知道，這兒終究不是溪兒的家。如果她不想待下去，我不會勉強她。」

「你們為什麼不回山裡呢？」

陰鬱的神色爬上暴毛的眼眸。「事情不像你想的那麼簡單。」

「你們可以回去看看啊。」獅掌提議道。

「不可能，太遠了。」暴毛立刻回答，然後站起身。「走吧，我們該回營地了。」

獅掌回頭一看，只見訓練場上的課程都結束了。灰毛和其他見習生正往營地方向走去，莓鼻早已不見蹤影。

「你先走，」他對暴毛喵聲道。「我待會兒再回去。」

「好吧。」暴毛往前一躍，趕上灰毛和其他貓兒的腳步。

「謝謝你，暴毛！」獅掌在他身後喊道。

暴毛搖搖尾巴，代替回答，隨即消失在灌木叢裡。

獅掌轉身，反向走進林子裡。他稍稍停下腳步，確定暴毛真的已經走遠，才又舉步前進，往風族的邊界飛奔而去。他氣喘吁吁地停在河邊，看著對岸開闊的高地，太陽正在西沉，河面被染成血紅一片。獅掌的長影投向河的對岸。他沐浴在溫暖的陽光下，微風拂亂他的毛髮。

前方的高地看起來荒涼而冷漠。那裡沒有遮蔽物、沒有柔軟的青苔，沒有供獵物躲藏的矮樹叢。獅掌知道他住不慣風族的，他會想念林子。他現在就聽得見它們的聲音，樹枝在他身後嘎吱作響，風裡傳來樹葉的沙沙響聲。他不可能放棄這些，不管他多愛石楠掌。

而他也明白她不可能住在雷族。她熱愛的是遼闊的高地、平坦的草原，在寬廣的野地裡追逐兔子。暴毛一定很愛溪兒，才會捨得放棄自己的家園，陪她留在山裡。

獅掌抬頭凝神遠望，隱約看見地平線上模糊幽暗的稜線，那裡是連綿的山脈。有一次出外巡邏時，溪兒曾指給他看過。他不免好奇她是否有過回家的衝動。

山裡到底有什麼？他不免好奇揣想。他這一輩子聽了太多有關尋找午夜的故事，以及四大部族如何長途跋涉，找到湖邊的新家。

獅掌感覺到某種悸動，也好想出去冒險。他渴望去探索雷族以外的地方，甚至是四族以外的領域。外頭一定有許多新鮮事等待他發掘，它們不在戰士守則的規範裡，也超出巫醫和長老們的所知所聞。

他心不甘情不願地舉步離開邊界，轉身走回營地。**總覺得那些山好像在召喚我一樣……**但他要怎麼回應它的召喚呢？

第七章

「我有個計畫。」冬青掌大聲說道，她和煤掌已經把長老窩裡的舊臥鋪清空了，現在正在一棵橡樹底下採集新鮮地衣。林間仍有薄霧縈繞，頭頂上的太陽正費力地從雲層裡探出頭來。

煤掌停下腳邊動作，爪子埋進柔軟的綠色地衣裡。「什麼計畫？」

「就是如何成為戰士的計畫啊。」冬青掌擱下那球剛收集好的地衣，走了過去，坐在她朋友旁邊那株扭曲變形的樹幹上。「我一直覺得要做的事情太多又太雜亂，又要學戰技，又要學狩獵，還要背一堆戰士守則。我沒辦法同時分神處理這麼多事，所以我決定一次只專心在一件事情上。」

煤掌眨眨眼。「我不懂妳在說什麼。」

冬青掌嘆口氣，她倒是覺得自己說得夠清楚了。「我要先從狩獵開始。因為如果族貓吃不飽，就沒有體力防守邊界，上戰場打仗。所以我要先不斷練習我的狩獵技巧，直到非常嫻熟，再開始學別的東西。」

煤掌又開始去扒地上的地衣。「我覺得這主意很爛，」她喵聲說。「妳怎麼可能都不管其他事情呢，對不對？難道妳要把整理臥鋪的事全丟給我做，自己跑去狩獵啊？」

冬青掌收起爪子，往煤掌附近一揮，差點就打到她的耳朵。「當然不是，我知道我還是得做這些事，也要上各種訓練課，只是我會把心思特別專注在狩獵上。」

煤掌輕輕哼了一聲，似乎覺得很好笑。「我倒想看看如果蕨毛知道妳不打算專注在戰技訓練上，他會有什麼反應？」

冬青掌懊惱地抓起地衣，往她朋友身上一砸。本來以為煤掌也會砸回來，沒想到這隻年輕母貓竟停下腳邊工作，抬頭看她，藍色眼睛顯得嚴肅。

「冬青掌，老實說，我不認為這是個好主意。身為戰士，本來就該同時處理很多事情，不可能有什麼先後順序。我知道我不太會解釋，可是……」

「沒錯，妳是解釋得不太好，」冬青掌嗆了回去，但又突然止住，煤掌是她最好的朋友，她不想跟她起爭執。「對不起，煤掌，」她繼續說道。「我只是想這方法對我來說會比較有效。如果妳不同意，可以不必照我的話做。」

煤掌伸長身子，用耳朵摩挲冬青掌的鼻子。「沒關係，妳知道我一定會盡力幫妳忙的。」

等到冬青掌和煤掌換好長老們的臥鋪，刺爪和蕨毛已經在空地中央召集見習生了。

「我們要去狩獵嗎？」冬青掌熱切地問道。

刺爪回答道：「不是，我和雲尾要帶見習生去空地教一些進階性的格鬥技巧，妳和獅掌也可以過來看看。」

「如果妳想去，就一塊兒來吧。」蕨毛補充道。

煤掌興奮地跳了起來。「我們一起去！」

這時她的導師雲尾走到她後面，用尾巴輕彈她的肩膀。「妳得小心自己的腿，如果做不到我的要求，一定要告訴我哦。」

煤掌的興奮情緒瞬間被澆熄。「雲尾，我的腿沒問題，我不會因為它就當不成戰士吧？」

「我希望不會，到時再看看囉。」雲尾的回答很讓她洩氣。

冬青掌用鼻頭抵住煤掌。「別擔心，妳會成為戰士的，相信我。」

灰毛帶著獅掌，從見習生的窩走了過來。「準備好了嗎？」灰色戰士問道。「蜜掌呢？」

「沙暴帶她去狩獵了。」蕨毛答道。「晚一點就會加入我們。」

天上的雲已經散去，薄霧也被陽光蒸發。在林子深處的草地上，仍有露珠滴垂。冬青掌的身子輕輕刷過蕨叢，水珠剛好掉在她頭上，她輕輕彈彈耳朵，甩掉它。矮樹叢裡充滿各種氣味與聲響，她好想將自己的計畫付諸實現，而不是去上戰技訓練課，因為她多數時間也只能在場邊觀戰而已。

空地上湧入四個見習生和他們的導師，顯得有些擁擠。冬青掌坐在曬得到陽光的那一頭，與蕨毛在一起。獅掌和灰毛離他們只有幾條尾巴遠。冬青掌差點就要打起呵欠，雲尾和刺爪正在向兩名資深見習生示範動作：雲尾往空中一躍，身子一扭，直接落在刺爪肩上。

「現在妳來試試。」他對煤掌說道。

煤掌面對她導師，身子蹲了下來，然後往空中一躍，扭身的姿勢非常正確，但因跳得不夠高，身子沒能落在雲尾肩上，反而笨拙地掉在地上，結果雲尾毫不費力地伸出腳掌按住她胸口，將她壓制在地上。

「第一次試就有這種成績，算不錯了。」他評論道，然後讓她站起來。「只是妳的跳躍動作需要再多點力道。是因為那隻腿的關係嗎？」

煤掌眨眨眼。「沒有，腿沒問題，下一次，我的動作一定會很標準。」

「別忘了，」刺爪補充道，「在真正的戰鬥裡，妳的對手是不可能站著不動，等妳跳到他身上，所以妳必須判斷他的位置會在哪裡。」

「讓我試試看好嗎？」罌掌喵聲道。

隨著訓練課程的進行，冬青掌注意到一旁的獅掌一副坐立難安的樣子。「那個我也會，」他告訴灰毛。「我可以試試看嗎？」

灰毛猶豫了一下。「那是進階課程。」他直言道。「你沒必要在還沒準備好之前就學。」

「我已經準備好了。」獅掌毛髮豎起地堅持著。

灰毛聳聳肩。「可別說我沒警告過你哦。」

冬青掌緊張地看著獅掌和他導師走進空地，但和其他練習中的見習生拉開一定距離。

「來吧，證明給我看。」灰毛喵聲道。

獅掌立刻一躍而起，金色毛髮在陽光下發出火焰一樣的光芒，接著騰空扭身一轉，完美落在灰毛肩上。灰毛發出一聲驚嘆，連冬青掌也目瞪口呆。獅掌怎麼會把這一招學得這麼精湛？

「你看！」獅掌跳回地上，向導師語出挑戰。「這太簡單了，可以教點更難的嗎？」

「你要學更難的？」灰毛的語氣有些不悅，藍色眼睛有兇光一現。

冬青掌只覺得汗毛直豎，**灰毛是在開玩笑吧？**

「我絕對可以的。」獅掌信誓旦旦。

灰毛立即撲向獅掌，往他耳朵狠狠一刮。獅掌身子馬上滾到一旁，後掌順勢往灰毛身下一扒，然後一躍而起，跳向空中，像雲尾剛剛示範的動作一樣，分秒不差地落在他導師肩上。灰毛用後腿站起，甩掉獅掌。冬青掌看見弟弟砰地一聲摔在地上，當場嚇得身子縮了一下。這時灰毛立刻跳到獅掌身上，兩隻貓兒開始扭打，往其他見習生那兒滾了過去。

罌掌讓到一旁，避開他們。刺爪趕緊用尾巴繞著她肩膀，護著她走到空地另一邊。雲尾和煤掌也移到一旁，完全忘了他們自己也在上訓練課程，反而在旁觀戰。

灰毛簡直把獅掌當成了真正的戰士在較量——就連獅掌也一樣！冬青掌看得目瞪口呆，只見他咬住灰毛的尾巴，用力一甩，力道之大，灰毛立即失去平衡，跌倒在地。這一招是莓鼻和他弟弟妹妹升格為戰士之前，才剛學會的招數之一，她曾看過他們練習，所以以為自己起碼得再等一個月，才能學到這一招。

冬青掌看見灰毛的身上多了紅色的傷痕，嚇得身子動也不動。獅掌竟膽敢亮出爪子，跟戰士打架，這下麻煩大了！但她同樣注意到她弟弟也在流血。灰毛的藍色眼睛閃著兇光，彷彿忘了眼前根本不是真的戰役。

「他們在傷害彼此欸！」她轉身對蕨毛說。「你快想想辦法，阻止他們。」

但蕨毛還來不及做什麼，灰毛已經往獅掌身上撲了過去，兩隻前掌緊緊壓在他胸前，將他鉗制在地上。「這一招夠難了吧？」他氣喘吁吁。

可是獅掌不肯屈服，他的後腳不斷踢打灰毛的肚子，身子扭來扭去，想要擺脫這隻體型龐大的貓。灰毛抬起前掌，正打算往獅掌的耳朵搥下去。

「夠了！」蕨毛向前一躍，聲音尖銳，顯然很震驚。「灰毛，讓他起來，獅掌，把你的爪子收起來，比賽結束了。」

灰毛轉頭瞪著蕨毛，藍色眼睛裡的兇光終於消散，身子退了回去。獅掌跟著爬起來，這時蕨毛仍擋在他們中間，深怕他們又打起來。獅掌的胸口劇烈起伏，好像喘不過氣，肩膀單側的毛髮都被扯禿了，傷口上仍有鮮血汩汩流出。冬青掌看見他身子下方仍留有灰毛的爪印。

可是灰毛也在流血，包括一隻耳朵和一隻後腿。等他氣喘稍歇，才大聲說道：「打得很好，獅掌，你已經能像戰士一樣作戰了。」接著環顧四周，又補充道：「我希望其他見習生都看到了。你們從今以後一定要好好學習，要像獅掌一樣優秀才行。」

煤掌和罌掌互看一眼。她們都嚇到說不出話來，就連冬青掌也不敢上前誇獎弟弟。這種技巧課程已經完全變調，粗暴到令她難以想像。

「走吧，」灰毛用尾巴向獅掌示意。「你已經夠厲害了，不必再接受什麼訓練，回營之後，你可以優先挑選你想吃的獵物。」

「謝謝你，灰毛！」獅掌還在恢復元氣，但已經不再氣喘吁吁，毛髮又服貼平順了起來。

「我會把這件事告訴火星，」他的導師說道。「相信等你當上戰士，雷族一定會以你為榮的。」

獅掌琥珀色的眼睛亮了起來。他走到灰毛身邊，頭和尾巴都抬得高高的。旁觀的貓兒們全都噤聲不語，目送他們消失在通往營地的矮木叢裡。

然後雲尾才長吁一口氣，彷彿憋了很久似的。「好吧，我們現在來看看你們的學習成果。」

「你會不會像灰毛那樣跟我們對打？」罌掌緊張兮兮地問道。

蕨毛趕緊代答。「當然不會。」冬青掌看得出來他到現在毛髮仍豎直，八成是因為看到這場戰鬥太兇猛，要不就是她弟弟的作戰技術高超到令他不敢相信。「我們只需要繼續練習這些技巧，不過爪子都要收起來哦。」

冬青掌也加入他們，卻發現自己很難專心。她的腦海裡到現在都還甩不掉灰毛的那雙兇狠目光，彷彿忘了是在和自己的見習生作戰。

⚡⚡⚡

等到訓練課程結束，冬青掌一馬當先地跑回營地，想確定她弟弟沒事。

結果發現獅掌竟躺在窩裡睡覺，身子半藏在地衣和蕨葉底下。他睡得很沉，就連冬青掌走過去嗅聞他肩上傷口，也沒驚醒過來。他的傷口已經不再流血，乾掉的血漬在傷口附近結成血塊，毛髮被扯得七零八落，到處都有斑斑血跡。顯然他剛剛沒到葉池那兒先處理傷口。

「你這個鼠腦袋。」冬青掌心疼地低聲說。

然後開始用舌頭舔他肩膀，直到傷口乾淨為止，而他還是睡得呼呼作響，聞風不動。這一點並不令她意外，因為他真的太累了。冬青掌用鼻頭輕輕碰他耳朵，決定讓他繼續睡覺，然後自己從刺藤叢裡鑽出去，在獵物堆那裡看見她父親。

「嗨，」棘爪喵聲道。「我正要組一支狩獵隊，有興趣參加嗎？」

如果是稍早前，冬青掌肯定不會放過這機會，但現在她另有心事。「有件事我要告訴你，」她開口說道，將獅掌和灰毛打了一架的事情全盤托出。「我認為灰毛不應該這麼嚴厲地對待獅掌。」她一次說完。「我覺得他們好像想拚個你死我活的樣子。」

棘爪發出安慰的喵嗚聲。「你別擔心，我剛在林子裡遇見灰毛，他已經全告訴我了。他真的很為獅掌感到高興。」他的眼睛瞇了起來，表情半樂半窘：「他告訴我，獅掌會成為像他父親一樣偉大的戰士，我想這應該算是恭維吧。」

冬青掌非常挫折。「可是你沒親眼看見啊，」她反駁道。「那真的很可怕欸！」

棘爪的尾尖彈了彈。「戰鬥本身就很可怕，」他直言道。「如果是和別族打起來，對方絕對不會把爪子收起來的。」

「可是我們現在又不是在和別族作戰。」

「早晚都會打起來的，所以我們必須隨時做好準備，總有一天獅掌需要將所學的都派上用場，我的每個孩子都讓我感到驕傲：獅掌是一流的戰士，葉池也告訴我，松鴉掌已經學會所有藥草的知識……」

「那我呢？」冬青掌問道，試圖甩開莫名的嫉妒。**難道我一無是處嗎？**

棘爪傾身向前，在她額前舔了一舔。「妳是我的小軍師啊，」他開心地說道。「我相信妳的睿智——會幫我適時管束妳的兩個弟弟！」

冬青掌總算開心了。這的確是她當族長所必須具備的條件。

「好了，」棘爪喵道。「現在可以加入狩獵隊了嗎？」

「為什麼莓鼻不能來呢？」蜜掌抱怨道。

「因為他是全林子裡最討厭的毛球。」冬青掌在牙縫裡咕噥道，不敢讓她的朋友聽見。

沙暴和蜜掌也加入棘爪和冬青掌的狩獵隊。剛剛技巧訓練課快結束了，蜜掌才匆匆過來，結果她現在一直嚷嚷著莓鼻的技巧有多厲害。冬青掌發現自己很難偵測到獵物，因為蜜掌老是喋喋不休那位乳白色戰士的事情。

「莓鼻才剛從黎明巡邏隊回來，」沙暴解釋道，她顯然比冬青掌有耐心多了。「需要好好睡一覺啊。」

「可是如果他也能來，一定可以抓到更多獵物。」蜜掌還在叨唸。「他的狩獵技術很厲害。」

「好吧……既然他沒來，我們就只好盡力而為囉。」沙暴喵聲道。

冬青掌心想蜜掌一定沒聽出這位薑黃色母貓語氣背後的挖苦成分，因為她還在那裡繼續列舉莓鼻的種種優點，聽得冬青掌都想用尾巴塞住她嘴巴。她只好跑到最前面去，躲開蜜掌的

「魔音傳腦」。

正午才剛過，冬青掌腳下的草地還很沁涼，但身上的毛髮已被頭頂上的金色陽光給曬得暖烘烘的。她往前躍了幾步，巡邏隊被她拋在後頭，消失於視線之外。她在一處高地停下腳步。前方的樹木長得很茂密，樹幹間全被蕨叢和荊棘給填滿。那一瞬間，她突然不知道自己身在何處。她已經離剛剛經過的地道入口很遠了，卻找不到任何可以辨識的地標。這時她突然聞到流水的氣味，這才恍然大悟自己已經來到雷族狩獵場的邊緣，離風族邊界很近。

四周靜悄悄的，她不安地豎直毛髮，想跑回去找巡邏隊。**妳又不是小貓！**她暗罵自己。**這是雷族的領地欸，有什麼好怕的。**

她會回去的，她告訴自己，但得先抓隻獵物才行，才好證明自己不是個一聽見風吹草動就逃之夭夭的膽小鬼。於是她抬起頭，張開下顎，深吸一口氣。

有貓兒的氣味！冬青掌小心嗅舔這氣味，懷疑是不是風族擅入雷族領地。但不像風族的，也不像是冬青掌所知道的貓兒氣味。莫非是無賴貓入侵領地？

「妳還好嗎？」

冬青掌聽見她父親的聲音，寬心了下來，長吁口氣。她轉身看見棘爪正朝她走來，結實的肩膀輕輕刷過蕨叢，沙暴和蜜掌緊跟在後。

「我沒事，」冬青掌答道，試圖掩飾她因聞到陌生氣味而產生的驚慌情緒。「我聞到貓的氣味，但這氣味對我來說很陌生。」

棘爪嗅聞空氣，目光突然銳利地看向沙暴，後者也有同樣動作。薑黃色母貓上前一步，在他耳邊低聲說了幾句話，棘爪隨即點頭，琥珀色眼睛裡出現惱色。

「快回營地，愈快愈好，」他對兩個見習生說道。「要火星多派些戰士過來。」

「但不要派暴毛和溪兒。」沙暴補充道。

冬青掌不懂這兩個戰士的語氣為什麼那麼急迫。他們豎起毛髮，空氣裡的緊張氛圍像綠葉季裡的閃電乍現。

「那是什麼氣味？」蜜掌問道。「究竟怎麼回事？」

「如果真有危險，我們不能丟下你們。」冬青掌反駁道。

「快照我的話去做！」沙暴厲聲說道。

「不會有危險的！」棘爪冷靜補充道。「我們只是需要更多戰士而已，快去！」

冬青掌和蜜掌驚慌地互看一眼，隨即一起衝進林子裡，往營地跑去。冬青掌的毛髮因恐懼而倒豎，心撲通撲通跳得比跑步速度還快。

「火星！」她才鑽進荊棘隧道，就等不及大聲喊道。「火星！快點來！」

冬青掌在擎天架下方緊急煞住腳步，看見正在長老窩外睡覺的鼠毛被她嚇得醒來，身子猛地站起。雲尾也從戰士窩裡衝出來，毛髮倒豎，爪子刨抓地面。在他身後還有亮心、栗尾，也都從枝椏間探出頭來，瞪大眼睛。黛西的兩隻小貓正在育兒室附近的陽光下玩耍，只見她趕緊伸出尾巴，圈住小貓，試圖護著他們，將他們帶回窩裡。

火星從擎天架上方的窩裡走了出來。「發生什麼事了？」他問道。

「有陌生的貓……」冬青掌上氣不接下氣說著。

「就在風族邊界附近。」蜜掌補充道。

「棘爪說……」這時冬青掌突然聽見後方有吼叫聲，倏地轉過身去，只見許多貓兒穿過荊棘隧道，進入營裡：灰紋帶頭，後面跟著樺落和白翅……

但冬青掌卻拱起背，豎起毛髮，因為這三隻雷族貓兒竟還帶了另外兩隻陌生的貓兒進來，一隻是體型龐大的暗色虎斑公貓，另一隻是嬌小的黑色母貓。灰紋和另外兩名戰士緊緊圍住他們，不准他們再越雷池一步。母貓正要開口說話，灰紋卻發出嘶聲，喝令她住嘴。

冬青掌伸縮著爪子，尾巴拍來打去。這兩隻陌生貓兒的氣味就跟她在風族領地邊緣聞到的氣味一模一樣，原來入侵者是他們。

第八章

松鴉掌聽見營地入口傳來騷動聲，身子不禁一僵。當時他正抬起一隻腳，掌間仍黏著水薄荷，卻動也不動地定在原地。「出什麼事了？」他喵聲問。

葉池沒有回答。刺爪剛剛過來找她，說他肚子痛。所以松鴉掌可以想見，除非葉池把病患處理好了，否則就算是一大群獾入侵營地，她也一樣老神在在。

「松鴉掌，水薄荷呢？」她大聲問道。

「在這裡。」松鴉掌一把抓起更多的水薄荷，塞給他導師，然後衝了出去。他穿過藤蔓，跑進空地，耳裡聽見其他戰士走出窩裡的樹葉沙沙聲，還有見習生們為了想看清楚前面狀況而不斷上下跳躍的聲響。緊張的低語聲傳遍空地各角落，此外，他還聞到擎天架下方的冬青掌和蜜掌身上所傳來的驚恐氣味。

灰紋正在說話，音量很大，幾近怒吼。

「不准再踏前一步，除非你告訴我們，你們來這裡有何目的。」

松鴉掌的毛髮不禁倒豎，因為他聞到陌生貓兒的氣味。似乎是灰紋和他的巡邏隊逮到兩隻無賴貓擅入雷族領地。松鴉掌小心嗅聞空氣，這氣味很強烈，但又隱約帶有一絲熟悉的苦味，好似在哪裡聞過。

松鴉掌全神貫注，試圖將入侵者的情緒吸過來，就像在吸取對方的氣味一樣。他感覺得到裡頭摻有恐懼、猜疑，還有某種難以形容的絕望。他們一定是費了很大力氣才來這裡，他們沒有別的選擇了。

他們一定是有求於雷族。

這兩隻貓兒還沒來得及開口，又有別的貓兒穿過荊棘隧道，走了進來。這次是暴毛和溪兒，他們的嘴裡還叼著獵物。

「鷹爪！無星之夜！」溪兒大聲喊道，田鼠從她嘴裡掉落。「你們來這裡做什麼？」

雲尾第一個開口，語調懷疑，而且尖銳。「妳認識這兩隻貓？」

「火星，我們在風族邊界聞到的就是他們的氣味，」冬青掌搶在陌生者開口之前打斷說道。「所以棘爪派我們回來警告大家，有入侵者闖入。」

「他們不是入侵者。」葉池從窩裡走出來，身子輕輕刷過松鴉掌，冷靜說道。「他們是從急水部落來的。」

火星從族長窩外的岩石堆上跳了下來。「我知道，這位是鷹爪，對不對，而這位就是無星之夜？」

「沒錯。」這聲音很冷靜，卻帶著奇怪的口音。

松鴉掌感覺得到空地裡的緊張氛圍正逐漸消散，還隱約聽見幾位資深貓兒的低語聲，他們都參與過大遷移，曾和山裡的急水部落有過短暫相處。

「難怪我總覺得好像不知在哪裡見過那隻黑色母貓。」塵皮低聲說道。

「他們來這裡做什麼？」栗尾問道，語氣疑惑，但嗅不出敵意。

「我想我們很快就會知道了。」蕨毛答道。「一定是很重要的事，才會長途跋涉而來。」

「暴毛，溪兒，」火星再度開口。「你們先把獵物放回獵物堆，我相信你們一定有很多話想跟老朋友聊。」

「可是看起來不像老朋友欸，」冬青掌在松鴉掌耳邊低語，她已經跳到他身邊，他正專注聽那些對話。「溪兒看起來很苦惱，暴毛的表情就像聞到狐狸屎一樣不屑。」

「他剛剛推了溪兒一把，」獅掌也走到他身邊補充道。「可是她不太願意接近他們欸。」

松鴉掌從他哥哥的腳步聲聽得出來，他和灰毛格鬥後的傷口讓他的身子仍有點僵硬，但還是感覺得出來獅掌的信心滿滿，彷彿很清楚自己的驍勇善戰。

「他們現在正在互碰鼻子，」冬青掌低聲敘述。「可是表情看起來還是很……」

松鴉掌沒聽見她後面的話，因為他腳下的地面突然變形傾斜，同時感覺得到血液在耳朵裡急速流竄，血腥味充斥鼻腔，他站在火紅的陽光下，突然發現自己竟然看得到眼前的景象！

四周都是互相廝殺的貓兒，他聽見尖叫聲還有揮爪聲。鮮血飛濺在他身上，又熱又黏。腳下是堅硬的岩石，松鴉掌的爪子緊緊抓住地面，試圖站穩。他四腳趴站在一座傾斜的大岩石上，身子不斷下滑，只好爬過狹窄的岩縫，卻差點陷進縫裡，結果竟不經意瞄見，腳下就是萬丈深淵，前方什麼也沒有，只有被夕陽染成血色的開闊蒼穹。

懼高的松鴉掌開始頭暈目眩，再加上四面八方的兇暴廝殺聲，把站在岩石上的他嚇得動彈不得。他到底在哪裡？這不是夢，可是湖邊的空地全不見了，彷彿從來沒存在過。這時場景又突然一變，他驚慌地咬住牙，不敢出聲，黑暗又回來了，但不是因為他眼睛看不見，而是身處在洞穴裡，瀑布的水聲迴盪在岩間，月光穿過洞口熠熠發亮的水幕，迤邐進來。

貓兒們全都圍著他而坐，緊張地小聲交談。松鴉掌聞得到他們的氣味，就跟剛剛到營地的兩個闖入者一模一樣。他們也坐在他對面：虎斑公貓和嬌小的黑色母貓。這時他的目光瞄到洞穴另一頭出現動靜。一個肌肉結實的灰色戰士站了起來。從氣味來判斷，那是暴毛。**所以和他在一起的那隻虎斑母貓，應該就是溪兒囉。**

暴毛正在洞穴前方跟一隻坐在大石頭上的岩灰色公貓說話。「你指望他們自己離開，是不可能的，」他喵聲說道，「他們想定居這裡，根本不管會帶給我們多少麻煩，所以我們得讓他們知道，他們必須尊重我們的領地。」

「那該怎麼做？」另一隻貓兒問道。

「等一下，我們才不要跟別族貓兒比鄰而居呢，」是那隻虎斑公貓在說話。「這整座山都是我們的。」

「不再是了，鷹爪。」暴毛遺憾地說道。

「我們必須學會適應。」溪兒補充道。

暴毛垂頭同意。「所以我建議……」他開口道。

可是石頭上那隻岩灰色的公貓卻抽動著尾巴。「殺無盡部落並沒有給我這樣的旨意。」他駁斥道。

「或許那些入侵者崇拜的祖靈跟你的不一樣。」暴毛的語調雖然充滿敬畏，但松鴉掌感覺得出來他的沮喪如荊棘一樣尖銳。「急水部落以前都會趕走迷路的獨行貓，」灰色戰士繼續說道。「但這次不一樣，我們得想別的方法。」

那隻叫做無星之夜的黑色母貓趨身向前，伸長脖子，看著暴毛。「你的建議是什麼？」

「為什麼要問他？」一隻瘦弱的棕色花斑貓蹲在洞口的水幕旁邊，這樣問道。他鼻頰的毛因上了年紀而有些斑白，而且還少了一隻眼睛。「他才剛來山裡而已，哪裡懂我們這裡的規矩？」

「所以我們才該聽聽看啊，」鷹爪回嗆對方。「暴毛以前住的地方，有許多不同的貓兒，所以他應該比我們更清楚如何處置這些外來的貓。」

「沒錯！」陰暗處有隻貓兒這樣喊道。

愈來愈多的貓兒出聲發表看法，有些持反對意見，有些贊成暴毛的說法，最後整個洞穴裡都是貓聲。這時暴毛低聲對溪兒說了幾句話，她則用鼻頭碰碰他的肩膀。

松鴉掌彈彈耳朵。「快說啊，」他低聲咕噥。「快讓他說話啊！」

終於那隻站在岩石上的岩灰色公貓揚起尾巴，要求肅靜。「我們就聽聽看暴毛怎麼說。」他大聲宣布。

「謝謝你，尖石巫師。」暴毛垂頭致意，然後轉身面對其他部落貓，猶豫了一會兒，才開口說道：「以前我住在森林裡共有四大部族，每一族的貓兒都知道不能侵犯別族領地，只要擅入別族領地，就會被趕出去。」

「那我們要怎麼做呢？」那隻瘦弱的老貓質問道。「這些入侵者根本我行我素。」

「雨兒，必須讓他們知道我們的厲害，」暴毛解釋道，藍色眼睛炯炯有神。「甚至不惜一戰，這樣他們才能了解，不是永遠離開這裡，就是要保持一定距離，別來招惹我們。」

令松鴉掌意外的是，溪兒這時竟上前一步，站在她的伴侶貓旁邊。她住在湖邊山谷時，一向很沉默，但此刻她的眼睛卻炯炯有神，尾巴抬得高高的，很自信地環顧自己的同胞。

「暴毛會教我們，」她喵聲道。「他所擅長的戰鬥技術是那些入侵者所無法想像的。」

「他可能會害死我們。」那隻叫雨兒的老貓咕噥抱怨道。

「部落貓已經在山裡住了無數個季節，」溪兒堅稱道。「難道要就此放棄，離開這裡？」

洞穴四周立即傳來拒絕投降的怒吼聲，幾乎所有貓兒都站起身來，他們毛髮倒豎，張牙舞爪。只有少數幾個仍坐在原地，冷眼旁觀，譬如那隻灰色的老貓就是其中之一。而在這一片騷動聲中，尖石巫師仍坐在岩石上聞風不動。松鴉掌讀不出他的表情，也感覺不到他的情緒。

這時松鴉掌發現月光正漸漸隱退，部落裡激昂的吼叫聲變成了恐怖、憤怒的嘷叫聲。冷冽寒風吹亂他的毛髮，一隻貓兒從他旁邊衝了過來，將他撞倒。空氣裡瀰漫著血腥的氣味。

松鴉掌眨眨眼，發現自己又回到空曠的山腰。天空有曙光乍現，雲層盤桓山頂不去。他側躺在一條溪流的岸邊，尾巴垂進滔滔奔流的溪裡。他懊惱地嘶吼一聲，爬了起來，甩掉身上的冰屑，在溼滑的岩石上勉強站穩身子。

他身處的是狹窄的溪谷，到處都是廝殺喊打的貓兒。他看見附近的鷹爪在一隻銀色公貓的緊追不捨下，身子滾了一圈又一圈，但仍不斷用後腳猛踢入侵者的肚子。曾有那麼一瞬間，那個入侵者的喉嚨曝露在鷹爪的攻擊範圍內，只可惜他動作太慢，沒來得及將尖牙戳進去。

見習生的技巧都比他強多了！松鴉掌心想道。

在山谷下方，離他幾條狐狸尾巴之外的地方，暴毛正跳上一座大圓石。「快跳上他們的肩膀！」他大聲喊道。「別被他們壓在地上！」

然後又跳了下去，加入戰局，伸爪刷地劃過一隻虎斑母貓的毛皮，旋即轉身，迎戰另一隻壯碩的黑色公貓，後者嘴裡叼著一隻體型嬌小的部落貓，不斷甩來甩去，把她當成了獵物。

溪兒就在附近，無星之夜在她後面，僅隔一步之遙，她們偷偷繞著一座大圓石，打算偷襲兩名入侵者，動作就像在偷襲獵物。松鴉掌看得咬牙切齒，這兩隻纖瘦的母貓從來沒受過技巧訓練，但仍勇敢地撲向敵人，但那兩名入侵者的體型幾乎是她們的兩倍大，只見他們揚起爪子，狠狠揮向她們。

松鴉掌被另外兩隻正在扭打的貓兒撞到一旁，被岩縫間的有刺灌木給纏住了毛髮。突然其中一隻貓兒跌在他身上，重量很重，他怎麼推也推不開。對方的下顎滲出濃濃的血腥味，松鴉掌本來以為他死了，但他竟又一扭身子，爬了起來，蹣跚逃進岩石後方的陰暗處。

松鴉掌好不容易爬了起來，掙脫灌木叢，但也因此扯禿了一些毛髮。另一隻部落貓從他身邊逃開，那是一隻強壯的灰色公貓，毛髮被撕扯得七零八落，單側肩膀全是血。一隻黑白相間的貓兒追了上來，往他肚子旁邊一撞，將他撞倒在地。

「快用爪子劃他肚皮！」松鴉掌斷聲喊道。

但部落貓沒聽見他的聲音，他還在奮力抵抗，不輕言示弱，即便那個入侵者已經爪子一揮，在他脅腹劃出一道傷口。但他根本不懂怎麼甩掉攻擊者，結果他的對手朝他的喉嚨用力一咬，隨即跳開，部落貓立即軟綿綿地半跌在溪水裡，鮮血將他的灰色毛髮浸染成暗色一片。

松鴉掌又看見暴毛了，他就在一群部落貓裡，其中也包括鷹爪。灰色戰士正在大聲地為他們加油打氣，想再殺出一條血路，將入侵者趕下山去，但後者卻像洪水一樣源源不斷湧入。

「撞倒他們！」暴毛喊道。「別讓他們……」他試圖下達指令，但有兩隻攻擊者突然從對面撲上來，他的聲音頓時被淹沒，身影消失在尖牙利爪裡。

部落貓一個接一個地敗下陣來，往上游的陡坡鼠竄而逃。其中一隻在經過那隻灰色公貓的屍體身邊時，停下腳步，發出絕望的哭號，才又逃回山上，消失在陰暗裡。

「逃得好，快逃啊！」銀色虎斑公貓跳上大圓石，洋洋得意地揶揄那群正在鼠竄的部落貓。「快逃啊，別再回來了！」

「一群沒用的兔崽子！」一隻棕白相間的母貓追罵道，然後跳到銀色公貓的旁邊。「現在這裡是我們的天下了！」

「不！別走！」暴毛尖聲喊道，甩掉身上的攻擊者，鮮血跟著飛濺出去。「我們可以把他們趕走的！」

但沒有貓兒肯聽他的話，除了溪兒。她就站在他身邊，哀求她的戰友們回來。她忽地回頭一看，嚇得頸毛倒豎，原來又有一波入侵者湧了上來。

「暴毛，沒用的！」溪兒哭號道。「我們沒辦法以寡敵眾！」

「妳快走！」暴毛粗聲吼道，尾尖輕觸伴侶貓的肩膀。

「我不能丟下你。」溪兒的眼裡滿是驚恐，爪子扒著地上薄薄的表土。

暴毛沮喪嘶吼。「快走！」他拿肩膀去撞溪兒。「妳先走！我馬上就來！」然後朝著只離他一條尾巴遠的入侵者發出最後一聲怒吼，隨即跟在溪兒後面，朝上游奔去。

入侵者根本沒打算追他們，反而站在那裡得意洋洋地看著最後一隻部落貓逃逸無蹤。

松鴉掌身子搖搖晃晃的，等到視線又變得清楚時，發現自己又回到洞穴裡了。他的身上仍沾著黏稠的血跡，但戰爭的喧囂聲已然消失。銀色月光穿過瀑布，漫將進來，瑩瑩反照在穴壁上。如今這裡只剩下流水聲。

尖石巫師盤踞岩石上，毛髮凌亂，一隻耳朵有暗色的凝結血塊。其他部落貓都圍著他而坐，身子縮成一團。松鴉掌發現到每隻貓兒都在戰役中掛了彩。洞穴中央躺了幾具冰冷的屍體。暴毛屈身站在其中一具前。松鴉掌立即認出那是他親眼目睹慘死的那隻暗灰色公貓。

「鋸齒，」暴毛喃喃說道。「你是我的好朋友，祝你一路好走，與殺無盡部落永遠同在。」他低下頭，用鼻子輕觸那具屍體的灰色毛髮。溪兒靜靜走到他身邊。

「休息一下吧。」她喵聲道。

可是灰色戰士還沒移動腳步，尖牙巫師的聲音就從洞穴的另一頭傳來。「暴毛！」灰色公貓抬頭望去。

「暴毛，你還有什麼話要說？」

暴毛的眼裡覆上愁雲。「你要我說什麼？大家都盡力了，他們是我所見過最勇敢的戰士，但我們必須再想別的辦法，才能……」

「不行，」尖石巫師的語調冰冷。「不會再有別的辦法了，至少不能再用你的辦法。我們聽從你的建議，結果輸了，而且白白犧牲掉許多同胞。」他的尾巴指向地上那幾具屍體。

「我早告訴過你們會這樣。」雨兒蹲在尖石巫師所在的石頭下方。「可是你們都不聽！」

「我很抱歉……」暴毛試圖解釋。

「我們不會再用你們部族那一套了。」尖石巫師打斷道。「而且山裡也容不下你們部族貓了，如果你繼續留在這裡，只會帶來更多死亡與厄運。你給我離開這裡，不准再回來。」

「什麼？」暴毛不可置信地瞪著他。「你竟然把這一切都怪到我頭上……」

「夠了！」尖石巫師怒斥。「現在就給我離開這裡！」

溪兒上前一步。「尖石巫師，你這樣做是錯的，暴毛盡了最大的努力來幫忙我們，他跟我們一起出生入死，甚至也可能跟鋸齒及其他犧牲者一樣冰冷地躺在那裡。」

「如果我們當初沒聽他的話，這些貓兒或許就不會死了。」尖石巫師的目光比冰霜還冷。

「溪兒，他說得沒錯。」鷹爪站在尖石巫師所在的岩石旁邊，非常不安地抽動耳朵。「部族貓的方法並不適合我們。」

溪兒瞪大眼睛，松鴉掌感受得到她的悲痛。「鷹爪，你是我哥哥。」她的聲音顫抖。「你難道不明白嗎？」

鷹爪用前掌扒著地面。「我是為我們的部落著想。」

「無星之夜？」溪兒轉身懇求那隻黑色母貓。「我們從小就是朋友，我們曾一起狩獵，一起戰鬥，難道妳也看不出來這個部落需要暴毛嗎？」

無星之夜瞇起綠色的眼睛。「我看是妳需要暴毛吧。」

溪兒垂下耳朵，張開下顎，發出吼聲。「妳是說，我對我的部落不忠？」

無星之夜扭過頭去，不予回應。

「夠了！」尖石巫師喵聲道。「暴毛，我們不歡迎你，你必須立刻離開。」

溪兒尾巴的毛蓬了起來。「如果他走，我就跟他一起走！」她嘶聲說道。

「溪兒，別意氣用事。」暴毛低聲勸她。

但狩獵貓的目光熾熱。「你以為在經歷了這一切之後，我還能待得下去嗎？」

「暴毛說得對，妳不應該意氣用事。」尖石巫師站起來，俯視岩石下方的其他貓兒。「妳真的想把自己的一生交付給這隻貓和他的部族嗎？妳敢相信他嗎？」

「我用我全部的生命相信他！」溪兒說道。

尖石巫師鄙夷地彈彈尾巴。「妳的智商比小貓還不如，難道妳沒看到這隻部族貓對我們部落造成的傷害有多大？」

暴毛拱起背，嘶聲回道：「你似乎忘了我妹妹為貴部落犧牲掉自己的生命。要不是有部族貓，你們早就被尖牙給生吞活剝了。」

松鴉掌注意到包括鷹爪在內的幾個部落貓，神情看起來都很不安，但沒有一個敢開口。

「走吧，溪兒。」暴毛催促他的伴侶貓，往洞口水幕走去。「我們走吧，我們去找我們的部族。」

「溪兒，如果妳現在敢離開，就一輩子別再想回來。」尖石巫師出聲警告。

溪兒連看都不看他一眼，就跟著暴毛走了。

「很好，」尖石巫師在他們身後喊道。「我會告訴殺無盡部落，妳背棄了我們，所以對我們來說，你們兩個等於死了。」

第九章

「松鴉掌，嘿，松鴉掌！」松鴉掌感覺到被誰推了一把，冬青掌身上的氣味飄了過來，還帶有一絲氣惱的氣味。

他腳步突地一個踉蹌，一時之間仍無法適應又變回瞎子的事實，四周又變回原來山谷的氣味與聲響。但他還未從洞穴裡那種悲憤及背叛的情緒中平復過來，全身仍在發抖。

溪兒！他心裡想。**我感受到的正是她的情緒！這不是夢，我一直都醒著。難道是我進入她的記憶裡？**

他呼吸急促，一想到自己竟然擁有這種能力，就不禁興奮起來，但他現在沒時間多想。

「松鴉掌，都這種時候了，你還在做白日夢！」冬青掌喵聲道。「我們最好仔細聽，才能搞清楚這兩隻陌生貓跑到我們這裡來幹什麼。」

松鴉掌這才知道他剛剛好像感覺在急水部落住了好幾天，但其實只是一瞬間。闖入者仍蹲在獵物堆旁，跟暴毛、溪兒及火星在一起。

「我知道是怎麼回事了，」他低聲說道。「但我不認為暴毛和溪兒會高興見到他們。」

「你這話什麼意思？」冬青掌好奇問道。「為什麼他們不想見到自己的同胞呢？」

要把這事說清楚，起碼會說到天黑，但松鴉掌還沒來得及答腔，就聽見鷹爪粗嘎的聲音。

「火星，我們是來這裡拜託暴毛和溪兒跟我們回山裡去。急水部落需要他們。」

松鴉掌乍聞此語，激動不已，毛髮倒豎起來。急水部落對暴毛和溪兒的不公控訴仍迴盪在他耳裡，但他從圍觀的雷族貓兒身上嗅到的卻是一種帶點謹慎的好奇情緒。

「什麼？」暴毛發出低沉憤慨的聲音。「你還有臉來這裡求我回去？我記得急水部落不是已經正式宣告我和溪兒死了嗎？」

松鴉掌聽見雷族貓兒發出驚訝聲。「你看，我早說過了吧。」他低聲對自己的哥哥姊姊說道，還聳了聳肩。

「暴毛，我認為你最好把話說清楚。」火星的聲音很冷靜，但松鴉掌聽得出來，他很關心這兩位已經對雷族投誠的貓兒。

暴毛開始說起山裡那些入侵者的故事，松鴉掌沒費神聽，因為他剛剛全都親眼看到了，他比較有興趣的是暴毛要怎麼處理這件事。**我剛剛一定進去過溪兒的記憶裡**。他試圖再進去一次，但那隻虎斑母貓正專注在她伴侶貓的談話和其他貓兒的反應上，記憶處於一片空白。

這時有貓兒穿過荊棘隧道，進入空地，暴毛的話因而被打斷。

「火星！」棘爪喊道。「我們聞到有貓兒闖入領地。」

「闖入者在這裡。」火星答道。

松鴉掌知道沙暴和松鼠飛也跟棘爪在一起。

「鷹爪！無星之夜！」松鼠飛喵道。「我剛就在想，那氣味好像是急水部落的。」

「感覺好奇怪啊，我們的父母竟然曾在那個部落一起生活過。」獅掌低語道。

「所以囉，會跑去冒險的貓兒並不只有我們而已。」冬青掌開心地說道。

「真高興又見到你們兩個，」松鼠飛繼續說道。「你們怎麼會來這裡？」她停頓一下，然後又追問道：「為什麼大家的表情都好像天塌下來似的？」

「你最好先聽聽暴毛怎麼說。」火星說道。

於是灰色戰士又繼續說下去。松鴉掌因為已經從溪兒的記憶裡看過暴毛，所以想像得出他現在的樣子，身形結實，毛色光滑，藍色眼睛裡燃燒著熊熊怒火。

「四大部族離開山區後沒多久，」暴毛說道。「就有一群陌生的貓兒來到山裡。」

「起初我們以為他們只是路過而已，」溪兒解釋道。「所以對他們還算客氣……」

「沒想到他們後來卻明白表示想定居下來，」暴毛繼續說道。「他們搶走部落貓的獵物，甚至到瀑布後方，也就是靠近洞穴的地方狩獵。」

「那群貓賊！」鷹爪怒聲罵道。

「我們從來沒和別族貓兒均分過領地，」溪兒說道。「以前我們偶爾會趕走一些獨行客，但從沒遇過這麼一大群貓，所以不知道怎麼辦。」

暴毛接下去說。「我本來以為只要展現實力，表現出捍衛領地的決心就行，於是才率領急水部落跟他們對戰，想好好教訓對方，讓他們以後不敢再越雷池一步，也不准再偷獵物。」

「結果我們反而被他們打敗了。」無星之夜憤怒說道。

「部落貓沒受過技巧訓練，不像部族貓那樣驍勇善戰，」暴毛解釋道。「我們打了敗仗，有好幾隻貓兒因此喪命。」他停頓了一會，再度開口時，語調很悲傷。「連鋸齒也死了。」

「鋸齒死了？」松鼠飛驚呼道。「哦，不！大遷移時，我們被困在雪地裡，就是他來救我們脫困的。」

「我們都會懷念他的，」棘爪說道。「他的朋友都會懷念他。」

「尖石巫師把他們的死怪到我頭上。」暴毛的聲音非常悲憤。「他把我從部落裡趕了出來，溪兒堅持跟我走。」

「我真的沒別的辦法了。」溪兒喃喃低語，彷彿只有暴毛能懂她的心情。松鴉掌仍記得他們倆在洞穴互相依靠，公然挑戰部落領袖的情景。

「那是因為尖石巫師沒別的辦法了，」鷹爪反駁道。「已經有貓兒喪命，他必須對我們有個交代。」

「他竟然當眾宣布我們已經死了！」溪兒的聲音本來還很溫柔，這時卻變得憤怒。

「我不敢相信這些部落貓竟然還敢來這裡，」冬青掌在松鴉掌耳畔低語，「他們都做得這麼絕了。」

「暴毛，我很遺憾，」棘爪發自內心地說。「你應該早點告訴我們的。」

「說出來做什麼？」暴毛反問道。「你們對我們很好，我們現在已經是雷族的貓兒了。」

松鴉掌聽見溪兒低聲說了句什麼，但聲音太小，聽不清楚。**她終究不是雷族的貓，他心想，她是隻部落貓，永遠都是，這裡對她來說不是真正的家。**

他集中意念在她身上，但還是無法再次進入她的記憶裡，但他感覺得到她的意識裡充滿岩石與野風，還有瀑布及流水，以及蒼穹裡翱翔長嘯的飛鳥；當牠們在天空展翅時，投在地上的黑影，足以覆蓋一整支巡邏隊。

鷹爪開口說話了，松鴉掌的意念瞬間回到營裡空地。「我們是來求你幫忙的。」

暴毛深吸一口氣，但沒有開口打斷對方。

「尖石巫師錯了，」鷹爪的語氣顯得尷尬。「那些貓還在繼續偷我們的獵物，部落裡的貓都快餓死了。」

「這跟我有什麼關係？」暴毛冷冷地回答。

「我瞭解你的感受，」鷹爪喵聲道。「我以前也曾因為沒殺掉尖牙，而被部落放逐，所以我懂你的感受，可是……」

「你別忘了，當初是靠暴毛和其他部族貓的幫忙，才讓你重回部落的。」溪兒提醒他。

「我承認妳說得沒錯，可是當我得知還有機會可以將功贖罪時，我就選擇原諒了他們。再說溪兒，妳是我妹妹，我真的很想妳，我希望妳回來，妳也許能在頂上是樹，腳下是草的環境裡生活，但我知道妳的心始終屬於山林。」

松鴉掌聽見溪兒發出一聲長嘆。「我會跟你回去的，我不忍看著我的同胞在山裡受苦，也許我真的能幫他們一點忙……所以，暴毛，我……」她的聲音像哽住一樣，「你不必跟我回去，畢竟你不是部落貓。」

「如果妳要走，我就跟妳一起走。」暴毛告訴她。「當初尖石巫師趕我走時，妳也是這樣告訴我的，難道妳以為我現在會棄妳不顧嗎？我永遠無法原諒尖石巫師竟公然在部落面前宣布我已經死了，不過我也不能無視妳親友所遭受的苦難。」

「我跟你們一起去。」松鴉掌聽見棘爪的這句話，驚訝地豎直耳朵。「我以前曾在部落裡住過，不能置朋友於不顧。」

松鴉掌感覺得到暴毛的訝異。「你不必這麼做的。」灰色戰士喵聲道。

「我必須這麼做。急水部落現在需要的是強壯的戰士。他們的體力已經被飢餓和長時間的爭戰給耗盡，怎麼可能有能力保護自己？」

「我也去！」松鼠飛的語氣聽起來很堅定。「以前我還沒當戰士的時候，你就甩不掉我了，更何況是現在。」

「火星？」棘爪問道。「你認為呢？我們可以去嗎？」

松鴉掌緊張地等候火星的答案。他雖然還沒澈底想清楚這件事對他來說有何意義，但他知道雷族戰士一定得去山裡一趟，只是棘爪是副族長，火星肯讓他去嗎？

「好，你們去吧。」火星喵聲道。「在大遷移時，急水部落曾對四大部族伸出援手，現在該是我們回報他們了，而這也算是回報暴毛和溪兒，」他補充道。「你們對雷族一直忠心耿耿，幫忙我們抵禦獾的來襲，我們一直欠你們一份情。」

「謝謝你。」鷹爪的聲音嘶啞，像是鬆了口氣。「急水部落的所有貓兒都會感激你的。」

松鴉掌感覺得到戰士們的激動情緒，他們擁有共同目標。他也好想分享那種感覺，但就算雷族戰士真的要去山裡，他們肯讓見習生同行嗎？

第十章

獅掌亢奮到每根毛髮都豎得筆直。他渴望已久的重要時刻終於來臨——他終於有機會去山裡了！如果那些入侵者果真如暴毛和鷹爪所說得那麼厲害，那麼光靠四隻雷族的貓兒，根本不足以抵禦入侵者。這一定是星族冥冥中安排的，好讓他有機會去拜訪和瞭解急水部落，讓他們知道什麼叫做真正的戰士。

他的爪子不斷扒著地上泥土，總覺得自己好像被四周山壁給桎梏住，快要窒息。以前他從沒有過這種感覺，岩石的重量像全壓在他身上，他真想跳上崖壁，衝出林子，穿過丘陵，一路跑進山裡，任風在耳邊呼嘯。

「你冷靜點，」松鴉掌喵聲說道。「他們不太可能帶見習生去的。」

獅掌轉轉眼珠子。「松鴉掌，拜託你別老偷窺我心思，好不好？」

「你的意思是你也想去？」冬青掌問道。

「他們需要更多貓兒的援助，」獅掌直言

道，早就想好自己的答案。「光憑四隻貓是不夠的，不過松鴉掌說得或許沒錯，」他補充道，亢奮的情緒開始褪去，因為他知道急水部落需要的是有經驗的戰士。「他們不會帶見習生去的。」

「如果冬青掌要去的話，我也要去。」松鴉掌突然宣布道。「反正棘爪和松鼠飛都要去，所以我們可以去問他們能不能讓我們一起去？就算他們不答應，但問一問也不犯法啊。」

「你們真的想去？」獅掌對冬青掌問道。

她立即跳了起來，蓬散開尾巴的毛，頰鬚抽了抽。「我想去看看急水部落的生活方式，我從沒見過四大部族以外的貓，相信一定有很多知識可以學習。」

松鴉掌發出同意的低語聲，但沒說出自己想去的理由。獅掌知道松鴉掌總是這樣，老愛把真正的想法藏得密不透風。

「我也想去探索林子以外的地方。」他承認道。「我知道這裡是雷族的家，但外頭還有好多未知領域，不知道究竟是什麼樣子？」

「所以我們應該……」冬青掌正要開口，卻立即停住，因為火星已經站了起來。

「我們必須好好討論一下細節，」火星喵聲說道，「可是我的窩太小了，沒辦法容納這麼多貓，這樣好了，我們去林子裡商量。」他掃了一眼旁聽的貓兒們，然後說道：「灰紋、沙暴、葉池，你們也一起來吧。」

獅掌看著他們往荊棘隧道走去，但其他族貓似乎還不願散去，他們聚在一起，滿臉疑色。

「憑什麼要我們的戰士去為急水部落賣命啊？」蛛足抱怨道，聲音大到連正要離去的貓兒都聽得見。「我們自己的問題還不夠多嗎？」

火星好像聽見那位年輕戰士的話，耳朵動了動，但並無停下腳步回答這個問題的意思，反而繼續前進，消失在隧道裡。

「不過現在還算風平浪靜。」白翅指正道。

「白翅說得沒錯，」本來坐在雲尾和亮心中間的灰毛，這時站了起來。「我們還是能騰出一些戰士去幫忙。棘爪的決定是對的。還記得我們以前大遷移時，對方是怎麼幫忙我們的嗎？要不是他們找到我們，我們早就凍死在雪地裡了。」

「我倒覺得這全是鬼扯！」鼠毛慢慢走到灰毛旁邊，瘦長的棕色尾巴不停揮動。「如果急水部落不能保衛自己的邊界，那是他們的問題，關我們什麼事？」

長尾走到她身邊，用尾尖碰碰她肩膀。「我好想回山裡去。」他的聲音有種懷舊。「我知道我看不到急水部落所住的地方，但我還是感覺得到那裡的遼闊，還有山風的各種氣味。」

「我也想回去！」樺落的眼裡也有懷舊。「那時候的大遷移好好玩哦，我交到三個影族的好朋友，有小蟾蜍、小蘋果和小沼澤，不知道他們現在過得怎麼樣了。」

「誰在乎啊？」莓鼻彈彈尾巴。但獅掌覺得自己好像看到那位乳白色戰士眼裡的妒意。「影族貓兒再也不能當你朋友了，難道你忘了上次在邊界，你的毛差點被他們扯光嗎？」

這還不是得怪你們自己。獅掌小聲說道。樺落一聽，低下頭去，連尾巴也垂了下來。

「反正，」莓鼻繼續說道：「我就是看不出來山裡有什麼好，不過就是貧瘠的荒地，而且又冷，也沒獵物。」

「你懂什麼啊？」塵皮厲聲回道，瞇起眼睛。「你又沒去過那裡。」

莓鼻理都不理資深戰士，粗魯地轉過身去。獅掌趕緊用尾巴朝他弟弟和姊姊示意，要他們跟他一起走到不會被別的貓兒聽見的地方。

「重要的是……」他大聲說道。「如果當時還是小貓的樺落都能徒步穿過山區，熬了過來，見習生憑什麼不能去？所以就連你也不會有問題的。」他對松鴉掌補充道。「畢竟長尾也應付過來了。」

他看見松鴉掌的頸毛蓬起來，可能因為自己的情緒實在太興奮，所以根本不在意剛剛那句話是不是激怒了他弟弟。不過要是松鴉掌每次都要生氣這種事，那是他自己的問題。

「我們得去找火星，當面問他可不可以，」他喵聲道。「而且一定要趕在棘爪他們出發之前。」他環顧四周，查探有沒有貓兒注意他們。貓兒們已經開始散去，雲尾正在召集栗尾和塵皮一起出外狩獵，長老們也都回到自己窩裡。有兩三個戰士走到獵物堆挑選獵物。育兒室外，黛西和蜜妮正在陽光下伸著懶腰，聊起天來，黛西的小貓在旁邊蹦蹦跳跳。

「快點，趁我們的導師還沒注意到我們。」冬青掌催促道，用耳朵指指正在空地中央聊天的灰毛和蕨毛。

獅掌趕緊跟著她偷溜過空地，一起擠進荊棘隧道裡，等到他們全都進了林子，她才對松鴉掌說：「來吧，你的嗅覺最靈敏了，火星到底走哪個方向？」

族長和其他貓兒的氣味其實已經變淡，但獅掌還是能從林子裡的眾多氣味嗅出他們的，尤其裡頭還夾雜奇怪的部落貓氣味。

「你知道嗎，」當他們跟著松鴉掌穿過林子時，他對冬青掌這樣說道：「我剛剛才發現，其實溪兒身上的氣味已經跟雷族貓兒一樣了，你覺得她回到急水部落後，還能適應那裡的生活嗎？」

冬青掌瞄他一眼。「這得由尖石巫師來決定，他是那裡的掌權者。」

「從剛剛的談話內容來看，尖石巫師管得真多，」松鴉掌喵聲道。「還好火星不像他。」他領著他們穿過林子，直到獅掌聽見湖岸的水波聲。這裡的貓味很濃，松鴉掌躡手躡腳地爬上一處高地，單腳撥開蕨叢，一聲不吭地用尾巴示意他哥哥姊姊跟上來。

蕨叢外面，是一片沐浴在陽光下的斜坡空地，上頭覆滿柔軟的青苔和腐葉。對面的林間隱約可見波光粼粼的湖水。野風吹起，林間樹葉沙沙作響，往三個見習生這邊拂吹而來，那群戰士根本不可能聞得到他們的氣味。

火星坐在空地中央，四隻腳塞進身子下方。「松鼠飛，妳必須幫狐掌找個臨時的導師來替代妳。」他說道。

松鼠飛垂頭答應，「如果你同意的話，我想請栗尾幫忙。她從來沒收過見習生，所以這對她來說會是個很好的經驗。」

「栗尾很適合。」葉池幫忙附和著。

「那好，等我回營裡，我再找她談。」火星轉向棘爪。「我不確定光憑四隻貓兒的力量，能不能幫得了急水部落的忙，但我又不敢派太多戰士跟你們去，我擔心會削弱雷族的自我防禦能力。」

冬青掌推推獅掌。「搞不好這能成為我們的機會哦。」她低聲道。

「我也想過這一點，」棘爪回答火星。「我想找其他部族的貓跟我們一起去，就是當初曾跟我們一起前往太陽沉沒之地尋找午夜的那幾隻貓兒。」

獅掌推推松鴉掌，並用耳朵朝冬青掌示意，要他們跟著他沿高地頂端爬到石楠叢裡，再從那裡繼續監聽那幾隻貓兒的談話。他們最後在樹叢下方的枯葉堆裡坐了下來。這時火星又開口說話了。

「你說得有道理，」火星回答棘爪。「這些貓兒認識急水部落的時間比別的貓兒久，應該會願意去。」

「若能再見到鴉羽和褐皮，那就太好了。」鷹爪低聲說道。

「但這不屬於戰士守則的一部分，」火星繼續說道。「我不能強迫他們一定得去幫急水部落，除非他們自願，而且我也沒權利為別族的貓兒做這樣的決定，不過我相信幫助急水部落這件事是對的。」

獅掌顯得困惑。「如果這件事是對的，為什麼沒被納入戰士守則呢？」

「有在守則裡啊，」冬青掌堅稱道。「戰士守則說，我們可以對身處困境的其他部族伸出援手，火星顯然把急水部落當成是其他部族。」

「那就這麼決定了，」火星喵聲道。「松鼠飛，你去風族找鴉羽，棘爪去影族找褐皮。」

「至於河族，那就不必了。」獅掌看見暴毛眼裡的哀傷，心裡好生同情，毛髮不禁豎了起來。「當時星族選的是羽尾，可是她已經死在山裡了，既然那時是我跟她去的，現在就還是由我來代替她吧。」

空地上的貓兒靜默了好一會兒，松鼠飛把尾巴擱在暴毛肩上安慰他。

「急水部落永遠不會忘記羽尾的犧牲。」無星之夜輕聲說道。

松鴉掌一陣刺痛。

「這計畫很好，」鷹爪終於打破沉默說道。「尖石巫師和你們這五位比較熟，所以應該會比較願意相信你們。」

「你這話什麼意思？」溪兒貼平雙耳，轉頭瞪著自己的哥哥。「是尖石巫師派你們來找我們的吧？」

兩隻部族貓低頭看著自己的腳，鷹爪的尾巴不安地彈來彈去。「也不全然是啦，」他含糊說道，但隨即又補充道：「但我相信他一定很高興你們回去幫他。」

「這下可好，」暴毛的語調尖酸。「我又要被他宣布死亡了。」

溪兒把鼻頰壓在她伴侶貓的身上。「拜託你嘛，暴毛，我們一定得幫這個忙。尖石巫師不會永遠都是巫師，但急水部落卻得延續下去。」

「從鷹爪和無星之夜的話來判斷，我們所剩時間不多了，」火星喵聲道。「棘爪，你立刻啟程去影族那裡。」

「你們三個現在可以出來了吧！」松鼠飛站了起來，眼睛瞪著石楠叢。

「慘了，」冬青掌暗聲罵道。「這下我們一定會被處罰，不僅不准跟他們去山裡，還得回去幫長老抓蝨子。」

獅掌尷尬到全身發燙，只好從矮樹叢裡慢慢鑽出來，步下斜坡，朝母親走去。「鼠腦袋！」冬青掌嘶聲暗罵，和松鴉掌一起跟在他後面。

「你們不該偷聽的，」松鼠飛對著站在她面前的三個見習生厲聲罵道。「這種偷聽行為是最要不得的。」

「可是我們一定得聽啊！」獅掌脫口而出。「因為我們也想跟你們一起去。」

松鼠飛驚訝地瞪大綠色眼睛，棘爪緊張地豎直頸毛，倒是火星面露興味地眨眨眼睛，這讓獅掌鬆了口氣。

「先別生氣，」他告訴松鼠飛。「他們倒讓我想起了以前有個薑黃色的見習生也是不邀自來地跟著別的戰士去冒險。」

松鼠飛氣呼呼的，頰鬚顫動，用力甩了甩尾巴。

「你們為什麼想去？」火星追問。

獅掌正要回答，冬青掌卻一把推開他。「我們也想幫部落貓的忙，」她大聲說道。「獅掌和我都受到技巧訓練，至於松鴉掌……呃……松鴉掌可以幫忙醫治受傷的貓。」

「謝了。」松鴉掌低聲咕噥。

「松鴉掌的本事不只這些而已。」葉池冷靜說道。松鴉掌一聽，跳了起來，彷彿很驚訝他導師竟然肯幫他說話。

「單就這件事來看，」葉池繼續說道：「我是覺得應該讓他們去。當年我們住在森林裡的時候，所有見習生在成為戰士之前，都得長途跋涉地到慈母口去拜訪月亮石。現在我們好像已經忘了這個傳統。我是認為不經一事，不長一智，給他們機會去外頭旅行，看看外面的世界，對他們來說會有幫助的。」

獅掌聽見葉池說出了他的心聲，覺得好像有股暖流流竄他全身。「拜託啦，我們可以去嗎？」他懇求道。

「我同意葉池的說法，」沙暴喵聲道。「去外頭認識別族的貓，看看他們的生活方式，並不是件壞事。」她的目光和火星交會了好一會兒，彷彿正和族長分享某些回憶。

「棘爪，你認為呢？」火星問道。「他們勢必成為你的負擔，這對他們來說是個挑戰，因為這會是一趟漫長艱辛的旅程，而且到了終點之後，還得加入戰場。」

「我相信我的孩子們可以勝任。」棘爪的目光掃過那三位見習生，琥珀色的眼睛裡有著肯定與期許。「能帶他們去見識急水部落，是我的榮幸。」

「即便我們不確定對方歡不歡迎我們？」暴毛輕聲提醒他。

沒有貓兒回答這個問題。反倒是棘爪直接站了起來。「你準備好了嗎？」他問獅掌。

「做什麼？」獅掌喵聲道，四隻腳蠢蠢欲動。

「我們得去影族一趟，看看褐皮願不願意一起去。」他父親答道。

「太棒了！」獅掌等不及地跳了起來，又趕緊站好身子，總覺得剛剛的動作像隻很蠢的小貓一樣。「我希望能見見褐皮的小貓，他們也是我的表親。」他補充道，試圖表現得成熟點。

松鼠飛迅速瞄了葉池一眼。「冬青掌，你跟我去風族找鴉羽，看看他要不要跟我們一起去。」她喵聲道。

「那我呢？」松鴉掌問道。

「你跟我回營裡，」葉池告訴他。「我們得準備一些路上要用的藥草。」

「如果其他貓也都同意前往，」火星喵聲道，「就先帶他們回山谷裡，等明早再出發。」

「好，那我們走吧，冬青掌。」松鼠飛搖搖尾巴，穿過林子，往風族的邊界走去。冬青掌緊跟在後，但腳步太快，差點跌倒。

「可以走了嗎？獅掌？」棘爪問道。

獅掌點點頭，他一想到要穿過邊界，進到別族領地，就覺得緊張。

「祝你好運！」火星喊道。

獅掌看著冬青掌消失在沙沙作響的蕨叢裡，這才轉身跟著他父親鑽進矮木叢。

第十一章

獅掌朝著影族邊界的方向跑，野風迎面襲來。能和父親這樣並肩齊跑，是他最嚮往的事，更何況他們還肩負著重要的使命，此外他也可以藉此證明自己的能力。他很自豪能跟得上棘爪的腳步。他的體型或許沒棘爪大，但腳幾乎跟他一樣長了。

「小心！」棘爪出聲警告。「前面有根樹幹擋住了。」

獅掌早已看到那是一棵樹皮光滑的樺樹，枯葉季的暴風雨將它吹倒，枝幹上殘留的枯葉在風中沙沙作響。棘爪繞過樹根，到另一頭去，獅掌卻騰空一躍，靠後腳的力量跳到樹幹上面，鑽進枝椏，再從另一頭跳下來。

他想證明給棘爪看，他的速度有多快、力量有多大。所以當前方出現小河時，他也一鼓作氣地縱身一躍，想在對岸的平坦岩面落地，但一隻燕八哥卻在這時從榛木叢裡飛出來，發出刺耳的聲響。

獅掌嚇了一跳，落地的姿勢難看極了，後腳不小心一滑，臀部和尾巴掉進河水裡。「真倒楣！」他啐口罵道，死命地想從水裡爬出來，石頭上留下許多爪痕。

棘爪在岸邊等他，琥珀色的眼睛閃閃發亮，像在偷笑。「別那麼莽撞，」他帶笑說道。「你又不是河族的貓，更何況我們也沒時間抓魚。」

「對不起。」獅掌低聲咕噥，將身子甩乾。

等到快接近影族領地時，棘爪慢下腳步，最後竟在離枯木不遠的邊界前面停了下來。

「我們在等什麼？」獅掌喵聲道。

「影族的巡邏隊，」他父親答道。「他們會帶我們去營地。」

「可是你自己就知道營地在哪裡啊，」獅掌反駁道，沮喪地伸縮著自己的爪子。「我們又不是要攻擊他們，為什麼不能直接去呢？」

「因為黑星會不高興。」棘爪低頭看他，神情嚴肅。「我們是來拜託他答應讓其中一位戰士跟我們去幫助別族的貓，所以他不可能會高興，但我也不能怪他。再說戰士守則本來就禁止我們擅進別族領地，不管來意是否良善。所以我們必須在此等候。」於是他在邊界這頭的雷族領地坐了下來，尾巴圈住腳掌。「要是你想做點別的事情打發時間，可以先整理一下你身上溼掉的毛髮。我可不想讓影族以為雷族見習生都是這麼邋遢。」

獅掌的身子已經乾了，但毛髮全糾結在一起，於是他坐了下來，開始梳洗自己，伸長脖子，將身後的每吋毛髮都整理乾淨，等他整理好了，還是不見影族戰士的蹤影。

「他們都不用巡邏邊界嗎？」他咕噥抱怨，這時有隻金龜子爬上一根草，就在他鼻頭附近，他無聊地伸出腳掌猛拍牠。

棘爪已經蹲坐下來，腳掌放在身子下方，眯起眼睛，享受陽光。「他們很快就會來了，如果你願意的話，可以去狩獵，但小心別越界。」

獅掌跳了起來，只是還沒找到獵物，就聽見幾個狐狸身之外，傳來毛髮輕刷蕨叢的聲響。一支影族巡邏隊正從蕨叢裡現身，往邊界這頭走來。獅掌認出枯毛，也就是影族副族長，至於其他兩隻——一隻是年輕的暗棕色公貓，另一隻是雜黃褐色的母貓——對他來說都很陌生。

那隻年輕的公貓一看見棘爪和獅掌等在邊界，立刻大嚷：「有貓闖入！我剛剛就聞到他們的氣味了。」他跳到前面，毛髮倒豎。

「蟾蜍足，等一下！」枯毛趕了過來，往棘爪走去。「你來這裡做什麼？」

「妳好。」棘爪垂頭致意，無視那位副族長的敵意。「枯毛，我們沒有闖入你們的領地，只是在等你們護送我們前往營地，我們想找黑星談一談。」

枯毛狐疑地抽了抽頰鬚。「有什麼重要的事，不能等大集會時再說嗎？」

「因為必須請黑星立刻做這個決定。」

影族副族長甩甩尾巴。獅掌猜想她八成很生氣，因為棘爪不肯告訴她究竟是什麼事。她心不甘情不願地後退一步，頭一扭，終於答應讓棘爪和獅掌跨過邊界。

「藤尾，快回營裡警告黑星，」她命令道。「蟾蜍足，你小心後面，別讓其他雷族貓兒再偷溜進來。」然後就轉身，昂首闊步地往營地走去。

棘爪靜靜走在泥爪旁邊，蟾蜍足則緊跟著獅掌，不時用凌厲的目光瞪他。「不准伸出爪子。」他斷聲說道。

「別擔心，我不會。」獅掌反駁道。他記得樺落曾提過他在大遷移時，曾和三隻影族小貓成為好朋友，小蟾蜍他提過，所以這位年輕的戰士應該就是當年的小蟾蜍了。

「你記得小白樺嗎？」他問道，試圖表現友善。「他現在叫樺落。」

「記得又怎樣？」蟾蜍足的聲音聽起來仍有敵意。

「他有提過你，說他小時候和你及你的手足成為好朋友。」

有那麼一瞬間，他好像看到了蟾蜍足眼裡一閃即逝的感傷情懷，他以為是自己看錯了。

「那是在大遷移的時候，」蟾蜍足喵聲道。「現在不一樣了，我已經成為影族戰士。」

獅掌很想嘆氣，為什麼忠誠的戰士不能結交別族的朋友呢？他納悶大遷移時，是否因為沒有邊界問題，就不會互相為敵。

不過他現在不能在枯毛帶著他們深入影族領地時想這件事了。他們繞過空曠的草地，獅掌頰鬚動了動，因為這邊是兩腳獸會在綠葉季時侵入的地方。枯毛繼續領著他們沿著蕨葉下方的陰暗處匍匐前進，但這次完全沒聽到兩腳獸的喧鬧聲或任何蹤跡。

等他們離開那片草地後，獅掌才驚覺這裡的林子簡直就跟雷族的領地一樣。但走沒多久，橡樹和樺樹就漸漸被高聳幽暗的松樹取代，奇怪的鳥叫聲從光禿瘦長樹幹間傳來。低矮的蕨叢和刺藤因貓兒經年累月的穿梭而形成一條小徑，地上滿布棕色的松葉。

獅掌強忍住發抖的身子，飛快趕上棘爪，與他並肩而行。他的父親溫柔地看他一眼，尾巴輕拂過他肩膀。

獅掌終於聞到前方眾多貓兒的氣味。枯毛領著他們爬上短坡，再穿過坡頂的矮木叢。

「你們在這裡等。」她命令道。

然後她走下淺坡，進入一座開闊的窪地，而這段時間，蟾蜍足一直站在離他們有兩條尾巴之外，瞇眼監視著他們。

「這是影族的營地嗎？」獅掌小聲問棘爪。「看起來很空曠。」

「我們能有山谷作為遮風避雨的家，算很幸運的了。」棘爪答道。

獅掌仔細觀察，這才發現這座營地其實很像雷族的營地，即便外觀看起來很不一樣。枯毛消失在一座大圓石的後方石縫裡，他猜那裡應該就是族長窩。離窩外不遠處有蔓生的刺藤叢，極可能是見習生的窩，窩的外面有一棵枯死的圓木，上頭都是爪痕，八成是見習生用來磨利爪子的地方。

這時一聲怒斥從他下方斜坡的紫杉叢傳出來，他嚇了一跳。「這地衣還在滴水！要是讓我逮到那個見習生，我一定要剝了他的皮！」

「長老窩，」獅掌低聲對他父親說道。「我看長老的脾氣……不管到哪兒都一樣。」

正當他還在仔細研究這座營地，枯毛再度出現而黑星跟在她後面，從大圓石後方走出來，跳上窪地中央的一棵樹墩上。枯毛用尾巴示意蟾蜍足，於是這隻棕色公貓護送棘爪和獅掌走下斜坡，來到影族族長面前。獅掌感覺得到影族戰士們的好奇目光都灼灼射在他們身上，這些貓兒互相低語，語氣不是很友善。

他以前在大集會上見過黑星，但距離從來沒有這麼近過。他緊張地吞吞口水，發現這隻白色公貓其實很壯碩，那巨大的黑爪，光揮出一掌，就可能撕爛他的耳朵。他不免好奇，要是黑星突然攻擊他們，棘爪會怎麼因應？他的體力和技巧足以打敗對方，逃出這裡嗎？

黑星此刻雖然不是很友善，但看起來還算冷靜。「棘爪，」他喵聲道。「你來這裡做什麼？」

「我是來找我姊姊褐皮的。」

「如果她不想見你呢？」枯毛的語氣尖銳。

黑星揚起尾巴，警告他的副族長閉上嘴巴。「你找她做什麼？」

就在棘爪告訴影族貓兒有關急水部落所遇到的困難時，獅掌竟也跟著緊張起來，胃部一陣翻騰。「火星同意我和松鼠飛回山裡去協助部落貓，」他補充道。「我們認為應該邀褐皮和鴉羽一起同行，因為我們第一次出去冒險的時候，就認識那個部落了。」

「什麼？」枯毛搶在黑星回答之前這樣驚呼道。「你們竟然敢來這裡，想帶走我們的戰士？褐皮才不會跟你們去呢，看在星族的份上，她已經有小貓了。」

黑星再次用尾巴制止枯毛。「妳這樣大聲嚷嚷，會讓這兩隻雷族貓以為我們不願意配合。」他告訴她。「乾脆直接去問褐皮，看她意願如何？畢竟這得由她自己決定。」

獅掌瞄了父親一眼，棘爪卻避開他的目光。看來黑星一定是料定褐皮會留在族裡陪她的小貓。

黑星從樹墩上跳了下來，領著他們穿過空地，往另一頭的刺藤叢走去。「這是我們的育兒室，」他喵聲道。「你們自己進去問她。」

棘爪點頭稱謝，低頭爬進狹窄的入口。獅掌尾隨其後，黑星留在外面，這讓他鬆了口氣。影族的育兒室比雷族的大，但地上同樣鋪有舒適的地衣，空氣裡同樣瀰漫著溫暖的乳汁味。獅掌的眼睛正努力適應洞內的幽暗光線，隱約看見有隻白色貓后大著肚子，蜷伏在地衣臥鋪上，但兩隻雷族貓兒的突然造訪，令她非常緊張，耳朵豎得筆直。

「棘爪！」育兒室的深處傳來一聲驚呼。獅掌看見褐皮正抬起頭來，瞇起眼睛。「你們來這裡做什麼？」

「我們來看妳，」棘爪答道。「我有事要問妳。」

但他還沒開口，褐皮的小貓就從臥鋪裡爬出來，跑向棘爪和獅掌。

「你們是誰？」一隻體型較大的小貓伸長身子，頰鬚碰到獅掌的鼻子。

獅掌往後退一點，忍住噴嚏。「我叫獅掌，我是見習生，來自於……」

他父親推他一下。「我們是雷族的貓。」他答道。

「哦，難怪你們聞起來好噁心哦！」一隻暗薑色的小公貓皺起鼻子說道。

才沒你們噁心呢！

第三隻小貓是灰色的母貓，她突然撲向獅掌，獅掌嚇一跳，身子一歪，跌在地衣上。

「我們是很厲害的戰士！」灰色小貓吼道。「來吧，我們要捍衛部族！」

另外兩隻小貓也撲了上來。在那瞬間，他不免懷疑影族的敵意莫非強烈到連小貓也受感染。然後才明白原來小貓只是鬧著玩的，爪子根本沒有出鞘，眼裡閃著淘氣的光芒，表情一點也不憤慨。於是他也逗著他們玩，故意推開他們，身子站了起來，呸掉一嘴的地衣。

「這不是有禮貌的待客之道哦，」褐皮喝斥他們。「棘爪，他們是我的小貓——有條紋的叫小虎，薑黃色的叫小焰，至於那隻在玩耳朵的叫小曦。」她怒目瞪著那隻小母貓，因為後者正爬上獅掌的尾巴，把它當成了獵物。

小虎！獅掌的身子一僵，難道褐皮希望她兒子以後成為像虎星一樣的戰士？這隻小貓也會像他一樣接受虎星的調教嗎？

「孩子們！」褐皮警告他們要守規矩。「過來吧，棘爪，告訴我，你找我什麼事？」

獅掌正忙著甩掉小曦對他尾巴的糾纏，這隻小母貓顯然不聽母親的話，結果害獅掌根本聽不見他父親說了什麼。這時他突然停下動作，毛髮豎直，因為他聽見褐皮說：「好，我去！」

這隻雜黃褐色的母貓兩眼發亮地從臥鋪裡爬了出來。三隻小貓不再追逐獅掌，反而瞪著他們的母親。

「妳說什麼？」小虎問道。

「妳該不會要離開我們吧？」小曦哭道。

「我必須跟棘爪離開一陣子，」褐皮告訴他們。「還記得我說過的那個故事嗎？山裡有一群貓兒住在瀑布的後方？現在他們需要我的幫忙，所以我必須去。」

「我們可以跟妳一起去嗎？」小焰問道。「拜託啦！」

「我們也幫得上忙。」小虎補充道。

「不行，你們太小了。」褐皮走向那三隻小貓，用鼻頭輪流輕觸他們。「要乖乖，要吃飽，等到月亮出現兩次一樣的形狀，我就回來了。」

「我會幫妳看著他們的。」白色母貓從陰暗處允諾道。

「謝謝，雪鳥。」褐皮又對她的小貓說：「雪鳥會照顧你們，到時她會告訴我，你們到底乖不乖。」

「我們會很乖的。」小虎允諾道。

「那不就是說，我們再也不能開心玩耍了嗎？」小曦咕噥抱怨。

褐皮用尾巴輕輕拍她女兒的額頭。「再見囉！」她喵嗚道。

「再見！」小貓齊聲說道，眼睛睜得大大的。

褐皮率先走出育兒室，棘爪緊跟在後，獅掌停下腳步，回頭看了小貓們一眼。**再見了，我的親戚**，他在心裡對自己說道，然後跟著父親走到空地。

育兒室外，黑星正在質問褐皮。

「這是怎麼回事？妳要去？」族長問道。

「你說過這件事由她自己決定。」棘爪提醒他。

黑星甩甩尾巴，沒有說話。

「由此可見，」枯毛呸口道。「她對影族不夠忠心。」

褐皮拱起背。「妳敢說我不夠忠心？」

「褐皮。」花楸爪走到褐皮身邊，用薑黃色的鼻頰輕壓她肩膀。她倚著他，毛髮平貼了下來，獅掌記得花楸爪是她的伴侶貓，也是孩子的父親。

「誰說褐皮不夠忠心，」他對枯毛喵聲道。「也許妳忘了，不過我還記得部落貓曾經幫過我們，我們當然應該回報。」他低下頭，伸舌輕舔她的額頭。「妳的決定讓我感到十分驕傲，」他喵聲道。「別擔心小貓，我會照顧他們的。」

褐皮發出一聲輕柔的喵嗚聲。「謝謝你，花楸爪。」然後轉身對棘爪俐落說道。「我們走吧！」

獅掌感覺父親有些驚訝，好像沒料到褐皮竟會這麼快答應。

「沒時間了，」褐皮直言道。「我們得長途跋涉，才能抵達山區，那還不快走？」

「沒錯，」棘爪低聲道。「謝謝你，黑星，」他對影族族長說道。「我相信星族會認同你今天的作為。」

黑星點點頭，顯得有些尷尬。獅掌知道他本來以為褐皮不會去。至於枯毛則發出惱怒的嘶聲，轉身，甩著尾巴走了。

他在林子裡跟著棘爪、褐皮往回跑，心情又開始亢奮起來。他相信松鼠飛和冬青掌的風族之行一定也很順利。來自四大部族的貓兒將齊心協力幫助急水部落！這比只是單純去山裡拜訪來得還要棒。也許他也能成為另一個傳奇故事，四大部族會把這故事告訴下一代，就像大遷移的故事一樣一再傳誦。

第十二章

冬青掌站在風族邊界的河岸上，河裡的踏腳石就在不遠處。風從高地上襲來，將她的毛髮全吹向一側，風裡帶來貓兒、兔子和高地草原的氣味。

松鼠飛正站在她身邊等候，尾尖不斷抽動。冬青掌能瞭解她母親為什麼這麼不安。

自從風族小貓上次迷路，惹出一堆麻煩之後，風族邊界就一直是個敏感問題。她希望那些地道別再讓貓兒看見，才不會又誤闖其中。

「他們來了。」松鼠飛正在嗅聞空氣。

沒一會兒，一支風族巡邏隊出現在丘頂，朝她們走來，裡頭有裂耳、白尾、和風掌。風掌飛奔越過隊友，一路往她們這邊衝過來，冬青掌一看見他，胃部不免有些翻騰。對方豎直毛髮，顯然隨時準備迎戰邊界上的衝突，可是當他認出冬青掌時，腳步竟一個踉蹌。

「啊，是妳啊。」他低聲咕噥，在河的對岸煞住腳步。

「是啊，」冬青掌沒忘記在地道裡的他有多討厭，老是怨東怨西，什麼事都有意見。「我又來了。」

松鼠飛用尾巴彈彈她耳朵，她身子縮了一下。

「風掌！」白尾喊道，她和裂耳終於趕上見習生。「別過去。」

風掌先是齜牙咧嘴地吼了一聲，才低下頭來走開，嘴裡不知咕噥什麼。

「為什麼你們會在這裡？」裂耳問道，聲音冷靜，並無敵意。

「我們要找鴉羽談點事情。」松鼠飛解釋道。

裂耳和白尾豎直毛髮，猜疑地互看一眼，頸毛蓬了起來。

「只是要談上次我們一起去太陽沉沒之地的事情。」松鼠飛很快補充道。

「那是很久以前的事了。」裂耳咆哮道。

「鴉羽的記憶力應該沒那麼糟吧。」松鼠飛回嗆。「他不可能忘記那件事。」

冬青掌不明白為什麼風族貓的態度會一百八十度大轉變，她的母親又為什麼回答得這麼尖銳。還有為什麼一提到鴉羽，風族貓就這麼緊張？

「我不能自作主張叫鴉羽過來，」白尾喵聲道。「你們得先跟一星談一談。」

「沒問題，這我瞭解。」松鼠飛腳步輕快地跳過河裡的踏腳石，進入風族領地，卻在經過裂耳身邊時，怒目瞪他一眼。冬青掌則是小心翼翼地過河，湍急的河水離她腳掌只有一條老鼠尾巴的距離。

當她跟著母親及風族戰士爬上山坡時，風掌慢下腳步，走在她身邊。「你們來這裡做什麼？」他在她耳邊咕噥問道。「你們是來暗中監視我們的營地嗎？」

「別傻了，」冬青掌答道。「我們怎麼會對你們的爛營地有興趣？我們只是來找鴉羽。」

「找他做什麼？」風掌質問道。

「不關你的事，鼠腦袋！」

風掌的眼睛生氣地瞇成一條線。「他是我父親欸，」他才要開口，「他……」

「風掌，」裂耳回頭看他一眼，尾巴彈了一彈，向他示意。「過來，跟我一起走。」

風掌發出懊惱的嘶聲，但還是加快腳步，跟上資深戰士。

「風掌，你的戰士訓練進行得怎麼樣了？」松鼠飛問道。

「不太順利。」白尾沒等自己的見習生開口，就搶先回答。「他前陣子自己帶一隊見習生跑到最遠的邊界角落查看有沒有惡狗跑來，而且是沒得到允許的情況下，也沒找戰士隨行。」

「我們只是想……」

「想自殺吧！」裂耳打斷道。

冬青掌聽說過疾掌在林子裡被惡狗殺害的事情，也曾看到惡狗對亮心造成的傷害，風掌一定比她想像的還要笨，才會以為光靠幾個見習生就能打得過惡狗。

「後來你又跟河族的巡邏隊起了衝突，」裂耳繼續數落，語調既尖銳又惱怒。「他們沒有越界，也沒有偷獵物，害一星還得為你惹出來的風波去跟霧足道歉。」他長嘆一聲，然後對松鼠飛說道：「風掌若想當戰士，恐怕還有的學。」

他們轉過身去，風掌偷偷瞪著那位資深戰士，嘴裡不知咕噥什麼，冬青掌聽不見。

白尾和裂耳帶著她們爬上長坡，往金雀花叢形成的天然屏障走去。冬青掌跟著鑽進去，感覺到花叢裡的刺不斷拉扯她的毛，直到走出來後，才發現原來金雀花叢的另一頭可以俯瞰風族營地。

眼前就是一道陡坡，可以通往下方自然形成的凹地，金雀花和刺藤點綴其中。這座營地比雷族的營地來得空曠，但盡頭處有洞穴可供貓兒遮風蔽雨。她嗅聞空氣，試圖分辨出各種貓兒的居所。噁心的老鼠膽汁氣味從一處深幽的洞裡傳來，看起來像是座廢棄的獾穴，她心想，**那裡一定是長老窩，因為他們總是得靠老鼠膽汁來除跳蚤。**然後她又從一座大圓石的縫裡聞到芳香的藥草氣味，於是確定那裡是吠臉的巫醫窩。至於溫暖的乳汁味則來自於金雀花叢裡頭，所以一定是育兒室。

「你去拿些獵物給長老們吃吧。」白尾交代風掌，同時打斷冬青掌的思緒。接著她向松鼠飛搖搖尾巴，補充道：「你們跟我來，我們去看看一星在不在窩裡。」

冬青掌跟在母親後面，跳下斜坡，白尾在前方帶路。但她們還沒下到凹地底部，鴉羽竟就從另一邊的灌木叢裡走了出來，嘴裡叼著兔子。他瞄見訪客，身子僵了一下，隨即跑到獵物堆，放下獵物。

松鼠飛走向他，他轉過身來，灰黑色的毛髮豎得筆直。「你們來這裡做什麼？」他盤問道。「出了什麼事嗎？」

「沒有，」松鼠飛答道，冬青掌不免納悶鴉羽好像在不爽什麼，難道他身上有螞蟻在爬啊？「不，應該說有，但是和四大部族無關。」

冬青掌總覺得松鼠飛說得不清不楚，於是上前一步。「急水部落需要我們的幫忙，」她解釋道。「曾去過太陽沉沒之地的貓兒必須再去山裡一趟。」

鴉羽表情驚訝。冬青掌還以為是不是自己話太多了。「難道他們也要見習生一起去嗎？」他咆哮道。

松鼠飛用尾巴溫柔地彈彈他的肩膀，「鴉羽，見習生能不能跟著去旅行，這件事我們兩個都沒權利置喙。」鴉羽沒回答，於是她繼續說道：「你應該還記得鷹爪和無星之夜吧？他們到雷族營裡找暴毛和溪兒，說急水部落正遭受一群外來貓兒的威脅，對方想占據他們的狩獵場。我們——我是說棘爪和我——認為應該前去援助他們。」

鴉羽猶豫了一會兒才開口回答，但冬青掌完全讀不出他臉上的表情。「這和我們有什麼關係？」他終於問道。

「他們曾在大遷移時幫助過我們。」松鼠飛喵聲道。

「但是羽尾已經為他們犧牲了！」鴉羽呸口道，藍眼睛亮出兇光。「我們不再虧欠他們。」

羽尾曾是河族貓，也是暴毛的妹妹，在第一次旅行時就已喪命。其他貓兒似乎從沒想過可以拿她的犧牲做為不去協助急水部落的藉口。為什麼鴉羽這麼記恨？羽尾又不是他的伴侶貓。

「羽尾以前就很願意幫助急水部落，」松鼠飛冷靜地回答。「現在也一定願意再幫一次忙。她的死不能怪在急水部落頭上，你要怪，就怪尖牙。」

冬青掌突然全身發顫，爪子戳進堅硬的草地裡。這是冬青掌自小就聽過的故事，松鼠飛如今只是就事論事。但感覺上她的父母就像是傳奇故事裡的一部分，鴉羽也是，只不過冬青掌很難把英勇戰士、星族親自挑選等這些字眼和眼前這位猜疑心很重、脾氣又不好、看起來瘦巴巴的公貓聯想在一起。**難怪風掌的性情古怪，八成是遺傳自他的父親！**

「松鼠飛，妳好。」

冬青掌轉身看見白尾陪著一星及副族長灰足走了出來。出聲問候的是一星，他昂首闊步地朝松鼠飛走來。

「你好，一星。」松鼠飛垂頭致意。

「歡迎來到我們營裡。」風族族長的口吻很親切，不過那雙琥珀色眼睛還是藏不住訝異。「需要我們幫忙什麼嗎？」

松鼠飛於是清楚解釋整個來龍去脈，一旁的鴉羽仍是一臉不悅，其他風族貓也開始聚集。冬青掌瞄見石楠掌，後者對她點點頭。風掌又出現了，就站在他同伴旁邊。

「所以棘爪和我認為，曾參與過第一次旅行的貓兒都該前往山裡，協助急水部落，」松鼠飛結尾道。「棘爪已經前往影族去找褐皮，而我是來這裡通知鴉羽的。」

一星瞇起眼睛。「所以他勢必得離開一陣子，至少一、兩個月吧。」

「我還有見習生得教。」鴉羽提醒他。

「沒錯，但我認為你應該去，」一星喵聲道。「急水部落曾在大遷移時提供食物和住處給我們，當時要是沒有他們幫忙，可能會有很多貓兒命喪途中，也可能找不到湖邊的新家。再說……」他繼續說道，無視鴉羽的試圖打斷。「急水部落對當時命已垂危的高星十分照顧。所以幫助他們，也等於是為高星還一份情。」

鴉羽顯得驚訝。「可是石楠掌的戰士訓練怎麼辦？」

「白尾可以代替你訓練石楠掌，」一星決定道。「反正她也會少一個見習生，因為我在想如果讓風掌跟你一起去，那就更好了。」

哦，不！冬青掌心想道。**你們八成是因為受夠他了，才要丟給我們吧，真是謝了，我們才不想收這個燙手山芋呢。**

「什麼？」風掌驚呼道，眼睛瞪得大大的，一臉驚慌。

「你真幸運！」石楠掌插嘴道，語氣嫉妒地嘆了口氣。「我也好想去哦。」

「我才不想去呢。」

「別擔心，你回得來的。」冬青掌啐口道。

「你怎麼知道？」風掌貼平雙耳，垂著尾巴。「我看八成是風族想要甩掉我。」

他的語氣聽起來可憐兮兮，連冬青掌都不由得同情他，不過只維持了一下下而已。風掌光上個月就打破戰士守則兩次，是該好好教訓一下了。

鴉羽上前幾步，走到松鼠飛身邊。「要不要去，由我自己決定。」他喵聲道，同時看了一星一眼。冬青掌納悶他是在公然挑戰自己的族長嗎？可是一星沒被激怒。「而我的決定是——我會去。我想再去看看羽尾的長眠之所。」

「那風掌呢？」松鼠飛問道。

鴉羽嘆口氣。「我想他會去的，既然一星都這麼說了。」

風掌氣呼呼地瞪著父親，爪子開始撕扯地上的草。冬青掌不免想起自己的父母親，相形之下，她倒是很慶幸她的父母常能體諒和支持她的一些想法。看來鴉羽和風掌這對父子相處得並不融洽。她心想，**大概能瞭解怎麼回事，畢竟已經見過鴉羽幾回，他看起來真的很……怪！**

「鴉羽和風掌現在就要跟你們走了嗎？」一星問道。

「是的，」松鼠飛回答。「我們希望大家今晚都在雷族過夜，明天一早出發。葉池正在準備遠行服用的藥草。」

「可是我想先跟朋友道別。」風掌反對道

「我會幫你跟他們道別的。」石楠掌衝上前去，用鼻頭輕觸風掌的肩膀。「別擔心，等你回來，一定有很多精采故事可以告訴我們。」

但這說法並沒讓風掌開心一點。

這時一隻黑色母貓從風族貓群裡走了出來，冬青掌認出對方正是鴉羽的伴侶貓夜雲。她的身子輕輕摩擦鴉羽。「小心照顧自己。」她喵聲道。

鴉羽快速地舔舔對方耳朵，但冬青掌注意到他的目光竟是看向遠方。

松鼠飛向一星垂首致意，表達感激。然後鴉羽便帶著他們爬上斜坡，走出風族營地。他們緩步穿過高地，但他的表情仍顯陰鬱，至於風掌則一路擺著臭臉，拒絕跟冬青掌說話，即便她想表現友善。

我看這次旅行恐怕不會好玩了。冬青掌悶悶地想道。

第十三章

黎明的寒氣令松鴉掌全身發顫。四周藥草味刺鼻地幾乎蓋過了他身邊的葉池氣味。他忍住呵欠，想起昨夜的夢，夢裡有奇怪的氣味，尖銳的岩石和陌生的貓兒，以及戰士們作戰廝殺的刺耳聲響。他不知道自己究竟被嚇醒了幾次，每次心都狂跳不已，直到發現自己原來仍躺在臥鋪裡才心安。他看不出來這些夢有什麼意義，他不耐地彈彈尾巴。**要是對我來說沒有意義，為什麼要做這種夢呢？**

空地上的貓兒紛紛醒來，微弱聲響滲進藤蔓裡的巫醫洞內。松鴉掌從沒看過營裡有過這麼多貓，包括風族、影族和急水部落的訪客都在雷族裡。幸好昨夜氣候還算溫暖，可以讓其中一些訪客睡在空地上。風族尤其習慣睡在空曠的地方。松鴉掌一想到風掌竟跟他父親一起來，心情就很不悅。

我受不了那隻貓的自大，他真是討厭！

他永遠忘不了他們困在地道時，風掌的一

無是處。也難怪地道會不見了，害他再也找不到磐石和落葉。風掌這傢伙一點常識和禮貌都不懂，但又能拿他怎麼辦呢？

「松鴉掌，你在做白日夢啊？」葉池的聲音打斷松鴉掌的思緒。「你可以把這些藥草拿出去給那些要遠行的貓兒吃了。」

「妳不自己送去嗎？」松鴉掌很驚訝，部落貓可能會要求巫醫解釋藥草的用途。

「不了，」葉池的聲音有些焦慮。「我得再檢查一次這些藥草。」

藉口！松鴉掌心想。**不過是調製遠行服用的藥草而已，需要那麼大費周章嗎！**但他還是乖乖聽話地拾起部分藥草，走進空地裡。

叼在嘴裡的藥草，氣味強烈到讓他很難辨識貓兒的所在位置，還好沒過多久，他就找到正站在戰士窩前的一群貓兒，有鴉羽、風掌、松鼠飛和褐皮。

松鴉掌走上前去，將藥草擱在鴉羽腳下。「這是遠行服用的藥草。」他說道。

「謝謝你。」鴉羽情緒有些緊張，松鴉掌不明白為什麼，但感覺得到他對這次旅行並無任何期待。**天知道這隻風族的怪貓心裡在想什麼？**

他回到窩裡，突然忍不住有種歹念，很想在風掌服用的藥草裡加點額外的料，也許幾片蓍草。反正到時他們會先經過風族領地的湖邊，要是風掌身體不適，或許就會把他留下來。**不過也可能耽誤到我們的腳程。**而且松鴉掌不免想到，要是有貓兒發現這是他幹的，一定會處罰他，搞不好就不准他去了。這風險好像太大了，不值得一試。

他繼續分發藥草，沒多久，部落貓和暴毛及溪兒一起出來，加入其他戰士的行伍。

「這是什麼？」當松鴉掌把藥草放在鷹爪面前時，後者這樣問道。

「遠行服用的藥草。」松鴉掌答道。「可以增強體力，讓你在旅途中不會感到飢餓。」

「你確定？」松鴉掌想像得出來這隻護穴貓正猜疑地拿腳去扒地上的藥草。「我從來沒聽過有這種東西。」

「尖石巫師從沒給我們吃過這種藥。」無星之夜附和。松鴉掌聽見她在嗅聞地上的藥草。

「看在星族的份上！」他啐口道。「快吃了它吧，又不會毒死你們。」

「這藥草沒問題，」暴毛喵聲道。松鴉掌感覺得到灰色戰士正用尾巴輕撫他鼻頰。「它可以讓你在旅途中不會那麼疲累。」

「既然你這麼說……」鷹爪的聲音還是有點疑慮，但已經低頭去舔藥草。「吃起來好苦哦。」他抱怨道

松鴉掌很想嘆口氣，但強忍住，繼續發藥，最後只剩下他父親的那一份。

「棘爪在哪裡？」他問松鼠飛，但那聲音因嘴裡含著藥草而顯得含混不清。

「他去找火星了。」松鼠飛答道。「要不要我幫你把藥草拿給他？」

「不必了，我自己去。」松鴉掌的毛髮蓬了起來，自行穿過空地。**我自己可以爬上擎天架，不會掉下來的！**他爬上亂石堆，沿著岩壁小心跨出每一步，等到爬上擎天架時，聽見火星的聲音正從族長窩裡傳了出來。

「棘爪，你至少會離開我們一個月，所以得考慮一下在你離開的這段期間，由誰來暫代副族長一職。」

松鴉掌的腳步在洞外停了下來，身子貼近岩壁，不敢讓裡面的貓兒瞧見。

「當然是灰紋最適合，」棘爪答道。「畢竟他對副族長的工作很熟悉。」

松鴉掌的頰鬚緊張地抽了抽，當初是因為大家都認為灰紋死了，才讓他父親當上副族長。因此當灰色戰士出乎意料之外地回來之後，有些貓兒曾認為棘爪應該下台讓位。但灰紋不想要這位置，他說他對雷族的新家還不是很熟悉，而且經過長途跋涉之後，他的體力也還沒恢復。但現在這些理由都不存在了，要是灰紋現在代理副族長一職，等棘爪回來了，又會發生什麼事呢？松鴉掌咬牙切齒，難道他父親看不出來他可能拱手讓出自己辛苦得到的職位嗎？

「好吧，如果你不介意的話，那就這麼辦。」火星的語氣像是鬆了口氣。「我會告訴他的。」

洞裡傳出聲響，好像是他們站起來了，松鴉掌趕緊找了一顆石頭，用腳踢它一下，讓他們以為他才剛上來，然後才走進窩裡，開口喊道：「火星？」

「進來吧，」他的族長答道。

「這些是專程為我準備的藥草嗎？」棘爪問道。「謝謝你，松鴉掌，大家都準備好了嗎？」

「差不多了。」松鴉掌答道。「我最好再去找一下葉池，看還有什麼事要做。」

他垂頭致意，從窩裡走出來，並一路奔下亂石堆，想嗅出獅掌和冬青掌的位置。他想告訴他們，灰紋就要暫代副族長這個職位了，可是等他到空地，他的哥哥和姊姊正忙著把獵物送進長老窩裡。冬青掌朝他喊道：「嗨，松鴉掌！」然後就從他身邊經過，根本沒空停下來。

松鴉掌沮喪地回到巫醫窩，葉池還在那裡忙著弄藥草，但所有遠行用的藥草都分發出去了，只剩他的而已。

「妳在做什麼啊？」他問道。「妳要我帶一些藥草上路嗎？」

「什麼？」葉池的語氣聽起來很訝異，彷彿沒察覺他已經回到窩裡。「哦，不是……沒有必要。扛著藥草旅行，挺累的，更何況你也不可能曉得這一路上會需要用到什麼藥草。」

「可是我不知道山裡的藥草長在哪裡。」松鴉掌反駁道。

葉池單腳搓著地面，像在試圖隱瞞什麼，松鴉掌感覺得出來她心裡有事。「你們又不會全程都在山裡。」她告訴他，「更何況，等你到了急水部落，尖石巫師就會告訴你山裡的藥草長在哪裡，你可以從他那裡學到很多東西。」

但願如此，而且最好不只是藥草知識而已。

「來吧，松鴉掌，別光站在這裡，把你的那份藥草吃下去。」松鴉掌感覺到導師將藥草推了過來，爪子輕輕碰他。「棘爪一定很想盡早出發。」

松鴉掌舔了一下藥草。「好噁心哦！」他咕噥道。

「等你出發之後，就會感激它了。」葉池說道。「你很幸運，可以參加這次旅行。」

是因為我是瞎子，本來不能去，所以才說我幸運嗎？松鴉掌尖酸地想道，卻什麼話也沒說，憋住氣，吞下最後一片苦澀的葉子。

「你會發現山裡很漂亮，」葉池繼續說道，語氣聽起來比較像平常時的她了。「你應該藉此機會多學習。」

這正是我想做的，松鴉掌告訴自己，即便他懷疑他想學的可能跟他導師所想的不一樣。是啊，他是會學到新的藥草知識，並見識到別族的生活方式，但他真正想知道的是部落貓究竟為什麼在山裡定居下來？他們是怎麼和磐石及那些曾在月池留下足跡的古代貓溝通的？不過他最好別把這些事告訴葉池。

「松鴉掌？」棘爪的聲音從空地裡傳來。「你準備好了嗎？」

「我來了。」松鴉掌喊道。他正要穿過洞口藤蔓，又轉身回來問葉池：「妳不出來跟大夥兒道別嗎？」

葉池發出一聲長嘆，情緒緊張到猶如綠葉季的狂風驟雨，隨時可能爆發開來。「我……我剛已經跟他們道別過了。」她咕噥道。

「好吧，那就再見囉。」松鴉掌知道他該走了，但就是無法移動腳步，總覺得葉池的不安讓他有點心煩，他真的很在意她的情緒，於是衝上前去，鼻頭埋進她肩上的毛髮裡。「再見了，等我回來之後，一定會把事情經過都告訴妳。」

「再見，松鴉掌！」葉池的聲音顫抖，他感覺得到她正在舔他的耳朵。「好好照顧自己。」

「松鴉掌！」棘爪的聲音再度從空地裡響起。

「我得走了。」松鴉掌喵聲道，身子衝出藤蔓，總算遠離了葉池那股奇怪的情緒，不自覺地鬆了口氣。他一走出來，就聞到松鼠飛的氣味，感覺到她的身子從他身邊輕輕刷過，鑽進巫醫窩裡，跟她妹妹道別。

希望她知道葉池究竟是怎麼回事，因為我真的搞不懂。松鴉掌想道。

準備啟程的貓兒已經聚在山谷裡，松鴉掌朝冬青掌和獅掌跑過去。

「你在忙什麼啊？」冬青掌問道。「我們都在等你。」

「我來啦。」他回嘴道。「而且我有事情要告訴你們。」

黎明的料峭寒氣已隨太陽的升起而漸漸消散。松鴉掌感覺到陽光正穿過林梢，灑在身上，今天早上很適合旅行：氣候涼爽，還有溫暖的陽光。

他聽見戰士窩傳來窸窣聲響，原來有幾隻貓兒出來為他們送行。見習生的窩外也傳來急促的腳步聲，接著松鴉掌就聽見冰掌說道：「不公平，我也想去。」

「也許下次就輪到你了。」白翅溫柔說道。

一聲很大的呵欠在松鴉掌耳邊響起，雲尾的氣味撲鼻而來。「你們怎麼還不走啊？」他咕噥說道。「我們也好再回去睡個回籠覺啊。」

「別睡了，」塵皮在附近厲聲說道。「你得跟我還有沙暴去進行晨間巡邏。」

「真是倒楣！」雲尾低聲抱怨。

松鴉掌聞到火星的氣味，聽見他朝他們走近。灰紋跟在他後面。松鴉掌可以想見那位灰色戰士此刻一定是站在族長身邊，琥珀色眼睛閃著得意的光芒。

活像他已經當上副族長似的。

「一路順風。」火星喵聲道。「願星族為你們照亮前方的道路——願你們平安歸來。」

一股緊張的氛圍突然在這群即將遠行的貓兒之間蔓延開來，部族戰士和部落貓似乎正互看彼此，正一鼓作氣，準備踏出未知的第一步。松鼠飛回來了，立刻鑽到棘爪身邊。

「好了嗎？」棘爪問道。

「好了。」暴毛答道。

松鴉掌站定不動，讓身子完全浸淫在山谷的氣味與聲音裡——包括巫醫窩的藥草味、育兒室的乳香味，地上的塵土味，族貓們的聲音，以及林間的風聲。

要是我再也回不來了呢？星族應該會警告我吧？祂們不是會在貓兒快死之前，先知會他們嗎？

「松鴉掌！」冬青掌的聲音從荊棘隧道處響起，「你醒一醒好不好，大家都走了！」

松鴉掌趕緊跳了起來，快步穿過空地，跟著他姊姊進入隧道，走進林子裡。

ϟϟϟ

松鴉掌從林間走過，感覺到陽光正斑駁灑在他身上。獅掌走在他身邊，冬青掌在前方蹦蹦跳跳，只離他幾步之遙，一會兒又跑回他們身邊。四周鳥聲啾啾，樹葉沙沙作響，灌木叢裡傳來強烈的獵物氣味。

這三個見習生走在隊伍最後面，棘爪在前面帶隊，旁邊是暴毛和溪兒，鷹爪和無星之夜緊跟在後。此外也聞得到正走在他前面的松鼠飛及褐皮的氣味。

「……小虎已經學會狩獵的蹲姿，」褐皮正在說話。「但我認為只要小曦成為見習生，肯聽導師的話，將來一定會成為很厲害的戰士，她現在根本誰的話都不聽。」

「小貓都是這樣，你跟他們講什麼，他們都不聽。」松鼠飛告訴她，「可是最後他們還是會成為好戰士的，妳放心。」

小貓！松鴉掌心想，**這話題真無聊！**

他歪著耳朵，想聽點有趣的內容，但他只聽見鴉羽正在告訴風掌山裡的狩獵技巧。這兩隻風族的貓兒並肩走在一起，離其他貓兒有幾條尾巴遠。松鴉掌感覺得出來風掌的怨懟，他根本是被逼來的。**我甚至覺得他跟他父親也不對盤**，松鴉掌心裡想道。

「嘿，你瞧！」獅掌喊道。「我敢打賭，我一定抓得到那隻蝴蝶。」

「你才抓不到呢。」冬青掌嗆他。

「等著看吧！」獅掌騰空一躍，最後卻跌在地上。

「哈！你沒抓到！」冬青掌發出嘲笑聲。「早告訴過你了。」

松鴉掌聽見蕨叢裡出現沉重的腳步聲，他母親的氣味隨後飄了過來。

「你們三個在幹嘛？」她斥責他們。「你們是第一次出來玩的小貓嗎？這是一趟嚴肅的旅行，必須保留體力，留著以後再用。」

「對不起。」獅掌低聲說道。

但松鴉掌卻縮起嘴脣，想要發出怒吼，因為他想像得出來風掌臉上的表情，那個風族見習生一定在偷聽他們的談話。

要是他敢取笑我們，我就要他好看！

可是風掌一句話也沒吭。

沒多久，松鴉掌開始聞到水的清涼氣味。曬在背上的陽光更強了，這表示他們已經離開林子，不再有樹木可以遮陽。他知道只要到了湖邊，他又會想去找那根曾被磐石做過記號的棍子。但他總不能帶著棍子，一路走到山裡吧。

我得把它留下來，但磐石，我不會把祢也留下來，我相信我一定能在山裡找到祢。

「我們已經在風族領地的附近了，」冬青掌在他耳邊低聲說道。「現在得過河了。」

松鴉掌當場僵在原地，想起地道裡的滾滾洪流。他真討厭水！

獅掌輕輕地碰他肩膀。「沒關係，水很淺。」

松鴉掌忍下來，沒有回嗆，但其實是氣他自己。為什麼他總是擺脫不了淹水的夢魘？

他聽見其他貓兒過河時所濺起的水花聲。冬青掌把尾巴搭在他肩上，領著他走到岸邊。松鴉掌的腳一碰到湍急的水流，就開始緊張起來，河床愈來愈深，直到河水淹上他的腹毛，他感覺到冬青掌和獅掌就走在他左右兩邊。獅掌低聲說：「走過來一點，那裡比較深。」終於河水變淺了，松鴉掌爬上河岸，然後在離河邊一條尾巴以外的地方停了下來，甩甩身子，不敢讓別的貓兒知道自己正在暗自慶幸總算過河了。

「嘿，你小心點！」風掌的聲音很不友善地從後方傳來。「你的水甩到我身上了。」

「對不起！」松鴉掌低聲咕噥。

貓兒們繼續沿著湖邊走，穿過風族領地，經過馬場。除了馬的氣味之外，松鴉掌也聞得到馬場貓兒的氣味，但小灰和絲兒都沒出來跟他們打招呼。他豎直耳朵，聽見遠方有狗吠聲，可是他知道馬場附近的狗離他們很遠，所以不必擔心。

一過了馬場，帶路的棘爪就開始往山上爬。松鴉掌心情亢奮到腳掌微微刺痛，因為他知道棘爪現在正帶領他們踏上陌生的土地。從現在起，才算真正冒險的開始！老家的氣味已經消失在身後，強風襲來，氣味煥然一新，陌生又狂野。他不禁猶豫了一下。**你這隻笨貓！**他暗罵自己，**這不就是你想要的嗎？**他感覺得到他哥哥姊姊正站在他兩側，也跟他一樣被眼前即將開展的旅程給多少震懾了。

腳下的地面愈來愈潮溼和崎嶇。松鴉掌經過一叢蘆葦，聽見水花四濺聲，還有很濃的青蛙氣味。過了一會兒，他在溼地打滑，跌進水裡。

「真倒楣！」他呸口道，死命地想靠前腳的力量爬起來。

「你沒事吧？」獅掌問道。

「我沒事。」松鴉掌咬牙切齒地回答道。

這時他聽見他哥哥身後的鷹爪低聲對無星之夜說：「這太荒唐了，為什麼要帶隻瞎眼的半大貓去山裡呢？」

「我也這樣覺得啊，」無星之夜回答。「他跟不上我們的腳程的。」

松鴉掌很想尖聲反駁，但還沒來得及開口，就發現他母親的尾巴緊緊摀住他的嘴。「松鴉掌辦得到的，」她喵聲說道。「他跟其他貓兒一樣很能適應新的環境，難道你就沒有跌倒過嗎？鷹爪？」她語氣咄咄。

部落貓啞口無言，松鼠飛這才把尾巴從他嘴上移開，放到他肩上。「走這裡，這裡比較乾。」

松鴉掌跟著她，還好腳下的地面觸感比較紮實了。他很驚訝風掌竟然沒出聲嘲笑他，大概是因為風掌跟他一樣是部族貓，在面對部落貓時，也會有同仇敵愾的心理。

但這不代表他站在我這邊，松鴉掌乖戾地想道。**還是別對他抱太大指望。**

野風朝松鴉掌迎面襲來，這代表他們已經抵達山脊頂。這裡有好多新的氣味，他根本來不及一一分辨。

「這裡太漂亮了！」冬青掌倒抽一口氣。「我可以看見整座湖欸，還有所有領地。」她蹦蹦跳跳地跑到松鴉掌身邊，用頭推一推他。「那邊的下面有一條河，河邊長滿了樹，那兒就是河族的營地。再過去是幽暗的松樹林，是影族的領地。我還可以看見大集會的小島哦，還有那座樹橋……從這裡看過去，都變得好小哦。」

「從這個方向往下看，可以看到我們居住的那座山。」獅掌也走到松鴉掌身邊。「要是現在是落葉季，就可以看到我們住的山谷。而那邊開闊的高地，是風族的領地，可以從這裡看得一清二楚哦！」

「這種視野對風族來說根本不稀奇。」風掌已經走到他們身後。「我們的領地也有很棒的視野。」

這個毛球真惹人厭！松鴉掌心想。

「你還記得我們第一次來到這裡時，當時的心情嗎？」松鴉掌聞到遠處棘爪的氣味，他正和松鼠飛、鴉羽及褐皮在一起。

「我永遠忘不了。」松鼠飛答道。「當時是晚上，所有星星都映照在湖面上。」

「你們很勇敢，我真的很敬佩你們，」無星之夜插話道。「竟然能走這麼遠的路，找到新的家，而且當時你們根本不知道終點究竟在哪裡。」

「是星族在指引我們。」暴毛低聲說道。

「如果急水部落不得已也得離開山區，殺無盡部落也會幫你們忙的。」褐皮指出。

「離開？」無星之夜的語氣聽起來很緊張。「我們不會離開的，我們的祖靈也不會。我們根本離不開那座山。」

松鴉掌不確定她說得到底對不對。要是部族貓沒能成功驅離那些入侵者，急水部落和他們的祖靈或許就得面臨同樣的遷徙命運。

第十四章

獅掌坐在姊姊身邊，看著下方的湖水和曾經熟悉的四族領地，然後才轉過身眺望前方未知的開闊領域，心情變得突然激動。

「我們還在等什麼？」他向冬青掌抱怨。「為什麼不現在就走呢？」

「你沒聽見棘爪說的話嗎？」他姊姊喵聲道。「他要我們休息一下，說如果肚子餓的話，可以自己去狩獵。」

但獅掌滿腦子都在想這次的旅行，根本沒聽見父親下達的命令。他的前爪不斷撕著地上的草。「我不想呆呆坐在這裡，我們才動身沒多久。」

「那是因為你剛服用過藥草，所以才覺得精神百倍，」冬青掌務實地說道。「那座山又不會跑掉，你緊張什麼。」她尾巴一彈，轉身往一叢金雀花走去，耳朵和頰鬚微微顫動，專心尋找獵物的縱跡。

山路爬了那麼久，獅掌的腳早就痠痛不

已，但他實在太亢奮了，只想趕快出發前進。他的前方是一片向下傾斜的山坡，覆滿幽暗的林子，過了山坡，就是像馬場草地那樣的綠野平疇，轟雷路交錯而過，間或有兩腳獸的巢穴點綴其中——有些巢穴座落密集，看起來像是由紅色岩石堆積而成的大本營。

獅掌躍過腳下的短草坪，跳上光裸的岩石，那是山脊上的最高點。他站在岩石上，迎著山風，毛髮被風吹得貼在身上。他感覺站在山上的自己就像獅族戰士一樣可以力抗山河！彷彿只要伸出一隻腳爪，便能輕鬆推倒山下兩腳獸的所有巢穴。連最大條的轟雷路在他眼裡也只像刺藤或樹枝那麼細，牙齒一咬就斷。

我能跑得比兔子還快！也能戰勝最可怕的狐狸！他看著地平線上的幽暗山影，在心裡告訴自己，**我能爬上最高的山峰，速度比老鷹飛得還要快。**

他好奇別的貓兒是否也跟他有同樣的想法。他俯視那群在他下方閉目養神的同伴們，總覺得他們的想法一定跟他不一樣。

獅掌豎直耳朵，想從風裡聽出虎星的聲音，也想從岩間或灌木叢的陰影裡看到暗色的虎斑身影。因為剛剛那些感受都是虎星曾經告訴過他的，他說你的對手不過就像一捏就死的小蟲一樣。但他找不到那位戰士的幽靈。這些狂暴的情緒似乎來自於他自己本身。

「獅掌！我們在等你！」

他父親的聲音嚇得他跳了起來。其他貓兒都休息夠了，正站起身，準備出發。

「來了！」他喊道。

他跳下光裸的坡頂，跑到姊姊和弟弟身邊，然後往下方的林子走去。他的父親和母親跟著褐皮及鴉羽走在最前面。

「還記得我們第一次爬到這裡時，當時的心情嗎？」褐皮問道。

「我記得我的腳瘦死了。」松鼠飛抽抽尾巴，這樣說道。

棘爪繞過一叢蕨葉。「高罌粟的小貓就是從這裡掉下去的，蕨雲把她救了上來。那時候我們總是互相幫忙。」

「現在跟從前不一樣了。」獅掌總覺得鴉羽的語氣有點懷舊，不再像以前那麼尖銳。「四大部族天生就是要互相競爭。」

獅掌突然想起石楠掌，心裡一陣難過，他相信這四位資深戰士應該都很懷念大遷移時的友誼吧。他們似乎都很清楚這條路該怎麼走，這讓他寬心不少。他再也看不見自己的老家，但眼前的未知世界卻令他忐忑不安。他想起剛剛在坡頂時那種自以為是的意氣風發，不免覺得有點好笑，不過還好其他貓兒並不知道他剛剛在想什麼。

除非松鴉掌知道。獅掌一想到弟弟可能偷窺過他的心思，就覺得好糗。

「快走，要加快你們的腳步。」棘爪回頭喊道。「我希望能在天黑之前走出林子。」

獅掌很想嘆氣，但強忍住，他的腳已經快走不動了，肚子也餓得咕嚕咕嚕叫。藥草的藥效似乎過去了，他真希望剛剛曾坐下來好好休息和吃點東西。

「喂，」松鼠飛的聲音像被蒙住了一樣，獅掌轉頭一看，只見她嘴裡叼著老鼠，朝他走來。「快點吃。」她補充道，然後把獵物丟在他腳下。

「謝謝妳！」獅掌非常感激地用鼻頭碰碰他母親的肩膀。

「我只是不想再聽見你的肚子咕嚕咕嚕叫。」松鼠飛喵聲說道，尾巴捲了起來，一副覺得好笑的模樣。「那聲音大到恐怕都傳到雷族那裡去了。」

說完，她就跑回棘爪身邊。獅掌趕緊蹲下來，三兩下解決了那隻老鼠。

等他吃完了，已經不見同伴蹤影，但還聽得見他們在前方的聲音，於是循著聲音，趕了上去。他的四隻腳又有力氣了，於是越過其他同伴，走到他父親身邊。

「你對那些入侵的貓兒瞭解多少？」棘爪正在問鷹爪。「到底有多少隻？」

「太多隻了。」鷹爪答道。

棘爪抽抽耳朵。獅掌心想棘爪大概覺得對方的答案對日後的作戰計畫一點幫助也沒有。

「你們目前採取了哪些因應措施？」棘爪繼續問道。「你們有分析過對方的狩獵和作戰方法嗎？有組織巡邏隊嗎……」

「我們不是部族貓，」鷹爪豎直頸毛。「我們需要你們的幫忙，但並不表示要你們把我們當成半大貓一樣訓練。」

「冷靜點，鷹爪。」無星之夜用尾尖碰碰她的同伴。「棘爪只是想找出最有利的方法來幫助我們。」

獅掌本來以為這隻虎斑護穴貓會厲聲回斥她，沒想到他的毛髮竟平順服貼下來，很尷尬地看了棘爪一眼，好似在向他道歉。

「我們以前從來不設邊界的，」他解釋道。「我們只會選定洞穴四周的幾座岩石站崗守衛，以防外來者入侵。尖石巫師說……」

獅掌聽煩了那些內容，於是慢下腳步。

「那兩隻部落貓的神經繃得好緊。」他走在冬青掌旁邊說道。「我剛剛還以為他會出手打棘爪呢。」

冬青掌若有所思地眨眨眼。「那是因為他們沒把這次計畫告訴尖石巫師，到時尖石巫師看見一群部族貓進入他的領地，一定會大發雷霆的。」

「大發雷霆？」獅掌突然憤慨起來，全身發熱。「他應該感謝我們才對。」

他姊姊哼了一聲。「也許他會覺得很沒面子。身為族長，本來就該自己解決問題，而不是尋求外援。換作是我們遇到問題，你卻跑去風族求援，你想火星會怎麼想？」

「他應該會把我的皮剝下來當臥鋪。」獅掌承認道。

「所以如果你是尖石巫師，你會怎麼做？」松鴉掌用尾尖彈彈他姊姊的肩膀，語氣好奇。

冬青掌停頓一下，然後這樣回答：「我會組織邊界巡邏隊……」

「可是他們沒有邊界啊！」獅掌提醒她。

「那我會先把邊界標出來。」冬青掌抽動著耳朵。「再要求他們定時巡邏，也會把技巧傳授給貓兒，這樣就能抵禦入侵者了。」

松鴉掌搖搖頭。「妳的思維就跟部族貓一樣。部落貓有不一樣的想法，我不覺得我們應該改造他們。」

「如果他們被逐出領地，快餓死了，我們就應該幫忙改造他們。」獅掌爭辯道。「急水部落需要的是戰士守則，我們一定得教會他們。」

貓兒們來到了林子邊緣，夕陽已經在前方投下長長的影子。獅掌抖散身上的毛髮，迎風而立。野風在矮木叢裡流竄低語。他看見前方有大片草地往山谷下方綿延。遠處是大片的林子，林子外就是起伏的山影。其中一側還有兩腳獸的紅色巢穴，獅掌能透過林間縫隙隱約看見。

「我們今天在這裡過夜。」棘爪大聲宣布。「這裡有遮風擋雨的地方，也有獵物。」

但他話還沒說完，鴉羽就獨自離開他們，突然在開闊的空地上跑了起來，只見他腹毛不斷輕刷地上青草。風掌也跟在後面。獅掌不知道他們倆在做什麼，直到一隻兔子從暗處衝了出來，他才知道他們在追捕獵物。兩隻風族貓兒立即兵分兩路，兔子想躲開鴉羽，卻自投羅網地跑進風掌腳下。風族見習生往牠脖子一咬，兔子一命嗚呼。

「好厲害哦！」獅掌朝叼著獵物回來的風掌讚許道。

但風掌理都不理他，只有鴉羽朝他點頭致意，然後兩隻風族貓兒就坐下分食那隻兔子。

獅掌轉身回到林子，嗅聞空氣，發現有隻老鼠正在刺藤叢邊緣的落葉下方蠢動。他伸長腳掌，撲了上去，可是當他把爪子戳向老鼠時，卻發現肩膀被一串刺藤給纏住，他好不容易爬了出來，毛已經被扯了一團下來。他尷尬地豎直毛髮，總覺得自己的狩獵技巧好蠢。等他叼著自己的獵物回到林子裡時，心裡暗自想，希望風掌剛剛沒看見他的蠢樣。

冬青掌和松鴉掌已經蹲在蕨叢底下，享用他們的食物了。冬青掌正在吞一隻肥滋滋的田鼠，松鴉掌則在大口吃一隻麻雀。

「我真希望我們可以待久一點。」冬青掌滿嘴食物，含糊說道。「這裡到處都是獵物。」

「不行，我們不能繼續待在這裡。」松鴉掌冷冷地說。「如果我們繼續待在這裡，會有同伴不高興哦。」

他彈彈尾巴，指指鷹爪和無星之夜，後兩者才剛吃完東西，正準備在兩條樹根之間躺下來睡。他們不安地轉來轉去，感覺很不自在。

附近倏地傳來貓頭鷹的叫聲，無星之夜顯得錯愕。「那是什麼？」

「只是一隻貓頭鷹而已。」溪兒走到同族夥伴身邊，用鼻子碰碰黑色母貓的肩膀。「別擔心，松鼠飛會幫我們警戒，然後是暴毛。」

「唉，我真不喜歡這裡。」鷹爪咕噥道，扭頭尋找樹上的聲音。「我情願待在空曠一點的地方，這樣就能清楚看見是什麼東西鬼鬼祟祟。」

「我們很快就會到那裡了，」溪兒承諾道，「還有那只是樹枝的聲音。」她發出半帶同情、半帶好笑的聲音。「樹木是不會鬼鬼祟祟的。」

獅掌張大嘴巴，打了個大呵欠，躺在長草堆裡，將鼻子塞進尾巴。他覺得好溫暖好舒服，於是閉上眼睛，部落貓的粗嘎聲音和貓頭鷹的叫聲漸漸糊成一片，就像雨滴掉進水池裡，再也分不清彼此。

這時他耳朵突然豎直，聽見風掌的抱怨聲從遠處樹梢外的凹地裡傳來。「我真不明白我們為什麼一定要來這裡。我們怎麼可能幫得了這些怪貓的忙——而且這跟我們有什麼關係？急水部落又幫過我們什麼了？」

「羽尾為了從尖牙的手上救出他們，犧牲自己的性命，如果當時他們值得我們幫忙，現在應該也值得，不然她就等於白白犧牲了。」鴉羽喃喃低語。

獅掌抬起頭來，看見那隻背對樹林而坐的風族貓兒，精瘦的身影映襯在漸暗的天色裡，風掌則癱坐在草地上。

「我的感覺是，我們已經幫得夠多了。」風掌反駁道。

鴉羽嘆了口氣，獅掌從沒聽過這麼深沉的嘆息聲。「你永遠不會瞭解什麼叫忠誠。」灰黑色公貓這樣低語。

獅掌有點被搞糊塗了，羽尾是河族的貓，為什麼鴉羽要對她特別忠誠呢？

他把鼻子埋進尾巴裡，這些戰士都有太多難以揮別的往事，多到他根本無從理解。他緊挨著弟弟姊姊，林子裡的聲音於是慢慢隨著他的漸進夢鄉而消失了。

不知誰的爪子一直在戳獅掌的肩膀，害他馬上驚醒，跳了起來，他伸伸腳爪，從鋪滿草的臥鋪裡爬了出來。

棘爪就站在他面前，尾巴摀住獅掌的嘴，要他別說話。松鴉掌和冬青掌蹲在他旁邊，毛髮也都豎得筆直。冬青掌的尾尖不斷抽動，一雙眼從樹底下方往外探看，松鴉掌也豎起了耳朵。

「這附近有別的貓。」棘爪低聲說道。

獅掌嗅聞空氣，一開始他聞不出來其他貓的氣味。但鷹爪已經站了起來，準備隨時開戰。松鼠飛跳了過來，站在棘爪身邊。林子和遠處丘陵似乎很平靜。早晨的陽光穿過林梢，將獅掌的毛髮照得燄紅。草地和刺藤叢上的蛛網，猶掛著晶瑩露珠。

獅掌正想鬆懈下來，卻突然起了一陣風，風裡有新的氣味。「那是寵物貓！」他大聲說道。「我才不怕寵物貓呢。」

「噓！」棘爪嘶聲說道。「我們可能誤闖寵物貓的領地了，除非必要，否則最好別跟對方打起來。」

「我們根本不必動手，只要張嘴露牙，就會把他們嚇得屁滾尿流，逃回兩腳獸那裡。」

「那可不一定。」松鼠飛的音量雖低卻很堅定。「我就見過很驍勇善戰的寵物貓。我們千萬不能受傷，因為只要有一個受傷，就會拖累大家，所以務必聽棘爪的話，不要出聲。」

獅掌聽見矮樹叢裡傳來沙沙聲響，他動也不敢動。但附近的蕨叢開始大幅搖擺振動，最後一分為二，一隻肥胖的虎斑公貓走了出來，進入空地。對方毛髮凌亂，身上還沾了許多刺果，鼻頰因上了年紀而有些灰白。寵物貓才走出蕨叢，就站定不動，瞪著這群遠來的貓兒。

棘爪回瞪他，對方卻驚訝地瞪大琥珀色的眼睛。棘爪身邊的松鼠飛也跳起來，發出歡迎的叫聲。

「波弟！」

第十五章

冬青掌轉頭看她母親。「妳認識這隻寵物貓？」

松鼠飛兩眼發亮。「我們是在第一次旅行時認識的，」她解釋道。「他告訴我們怎麼去太陽沉沒之地。」

褐皮從刺藤叢下方的就寢處跳了起來。「嗨，波弟！」她大聲招呼，躍過草地，與老虎斑貓輕觸鼻子。「你好嗎？」

暴毛也跟在她後面。「你好，波弟，感謝星族，又讓我們見面了。」

「我有個朋友告訴我，這座林子裡有陌生的貓兒出沒，我就猜可能是你們。」老公貓喵聲道。「可是怎麼沒見到其他的貓呢？有一隻瘦巴巴、意見老是很多的見習生在哪？」

「我在這裡。」鴉羽昂首闊步地跟著其他貓兒走了過來。

「你就讓他這樣放肆說話啊？」風掌逼問道，眼神不屑地瞪著那隻虎斑公貓。「我只要伸出一隻爪子，就能把他的毛拔個精光。」

鴉羽的眼睛瞇了起來。「風掌，你懂什麼？波弟曾參與我們的旅行，是我們的老朋友。」

風掌不屑地哼了一聲。

「鴉羽現在是戰士了。」棘爪趕緊說明。冬青掌猜他只是想轉移話題，免得波弟不高興風掌的無禮態度。

「我也是。」松鼠飛補充道。「我的戰士名是松鼠飛。」

「真想不到啊！」波弟的眼睛亮了起來。「可是我記得總共有六隻貓啊，」他追問道，目光來回掃視。「那隻銀色的母貓，叫羽什麼的，跑哪兒去了？」

「她死了。」其他貓兒還來不及回答，鴉羽就這樣粗聲答道。

「真是遺憾！」波弟的尾巴垂了下來，可是沒過一會兒，他的眼睛又亮了起來。「我從沒想過會再遇見部族貓，沒想到你們都在這。」

「這裡並不全部都是部族貓，」暴毛指正道。他揮揮尾巴，示意溪兒和其他部落貓過來。「這位是溪兒，而那兩位是無星之夜和鷹爪，他們全來自山裡。」

「什麼？」波弟的頸毛倏地倒豎。「真的有貓兒住在山裡啊？」他瞇起眼睛，打量這三隻部落貓。「我還以為那只是貓媽媽為了哄小貓不要亂跑所瞎編出來的故事。」

「不，我們真的存在。」鷹爪喵聲道。

「原來是這樣啊。」波弟舔舔胸前的毛，斜眼覷著那幾隻山裡來的貓，像在防著他們隨時可能攻擊他。

「這幾位是我的小貓。」松鼠飛用尾巴掃過冬青掌、獅掌和松鴉掌，催他們過來給老貓看看。「是我和棘爪的。」

「小貓！」波弟驚訝地動了動頰鬚。「你們自個兒都還沒完全長大，竟然就有小貓，小傢伙，快過來，讓我瞧瞧你們！」

「這是我兒子，風掌。」鴉羽補充道，也把風掌推到他們當中。

三隻小貓依序走向波弟。冬青掌很有禮貌地垂頭致意，卻聞到對方酸臭的鼻息味，趕緊憋住，才沒縮了回去。

「他真是有夠老的了！」風掌在她耳邊說。「比我們的長老都來得老，怎麼還沒死啊？」

「閉嘴，你這隻蠢毛球，」冬青掌低聲說道。「寵物貓都有兩腳獸妥善照顧，根本不用自己獵捕食物。」

波弟沒有吭氣，反倒抓抓自己那隻破掉的耳朵，但冬青掌知道他一定聽見了風掌的話。

「我敢說這隻身上長滿疥癬的老貓，就算現在要他去抓老鼠，恐怕抓到枯葉季也抓不到一隻。」風掌嘲笑道。

波弟看著他。「你說得沒錯，我是不用自己抓獵物，直行獸會為我準備食物，不過我今天倒是不介意吃掉一隻沒有禮貌的小貓。」

「我才不是……」風掌正要回嗆，就被父親揮一掌在耳朵上，嘴巴頓時閉住——這一掌很用力，雖然爪子沒有出鞘。

「別理他，」松鴉掌對老貓說道。「大家都知道他是鼠腦袋！」

波弟暗自發笑。「別擔心，小傢伙，那些少不更事的貓，我見多了，搞不好比你們吃過的兔子還多。」

他低下頭，仔細端詳這三隻小貓。近距離下，冬青掌這才發現到對方好像幾百年沒梳理過毛髮，她甚至看到他的頸子旁邊有隻蝨子，還有好幾隻跳蚤在凌亂的毛髮裡跳來跳去。

好噁心哦，有跳蚤欸！千萬別跳到我身上。

在部族裡，見習生都會幫忙梳理長老的毛髮，還會幫他們抓跳蚤及蝨子。也許波弟不像部族貓那樣受到妥善照料。

「你們來這裡到底要做什麼？」波弟問道，這時他已經仔細嗅聞完冬青掌和她的弟弟了。

「不會又要到太陽沉沒之地了吧？」

「這次不是，」棘爪答道：「我們要去山裡，部落貓需要我們的幫忙。」

波弟警覺地瞪大眼睛。「那裡不是貓兒該去的地方！」他反對道。「難道你們到現在都還沒找到適合自己的住所嗎？」

「我們已經找到了。」松鼠飛向他保證道。

「就在湖邊。」褐皮補充道。「那裡有足夠空間容納四大部族，而且沒什麼兩腳獸。」

「那你們為什麼不待在那裡？」波弟問道。

「我們會回去的，只是現在部落貓需要我們。」棘爪喵聲道。

冬青掌沒聽見波弟回答了什麼，因為獅掌正在她耳邊小聲說道：「我們為什麼不快點走啊？這隻寵物貓只會耽誤我們而已。」

「大概是因為他是老朋友吧。」冬青掌喵聲道，但私底下卻很認同獅掌的說法。山裡的部落貓正奄奄一息，他們卻還在這裡閒話家常。

這時冬青掌看見棘爪向老貓垂頭致意，「波弟，我們該走了，很高興再見到你。」冬青掌終於鬆了口氣。

「別那麼急著說再見，」波弟喵聲道。「我跟你們一起走。」

冬青掌一顆心頓時沉了下去，同時看見部落貓臉上的不悅神情。無星之夜緊張地在鷹爪耳邊說了幾句話。

「棘爪……」鷹爪正要開口。

「恐怕不太好吧，」棘爪這樣告訴波弟。只是冬青掌不懂父親的眼裡為什麼會有遺憾？「這趟旅程會很艱辛，最後難免得付之一戰。」

波弟蓬起毛髮。「你是嫌我不會打架嗎？還是嫌我太胖又太老？」然後搶在其他貓兒還沒開口前，自顧自地笑了起來。「也許你說得對，不過我可以陪你們走到林子那邊。」他揮揮尾巴，指著山谷對面的樹林。「有些事情，我略知一二，或許對你們有點幫助。」

「真倒楣！」風掌咕噥抱怨，聲音卻大到連波弟都聽得見。「現在我們真的被這隻又笨又髒的老貓給拖累了。」

但波弟只是彈彈尾巴，轉身背對風族見習生，陪著棘爪往林子邊緣走去，然後走下山坡。松鼠飛跳了過去，走在波弟旁邊。

冬青掌不喜歡風掌的無禮態度，但多少認同他的說法。這隻老貓只會拖慢他們的行程，而現在根本是分秒必爭。

「棘爪和其他貓兒以前就來過這裡，」她低聲對獅掌說道。「我才不相信波弟能提供什麼好的建議。」

獅掌聳聳肩。「就像風掌說的，我們被他給拖累了。」

正當他們往山谷走去時，冬青掌聽見波弟在咕噥說著兩腳獸巢穴的事情，而遠處就有兩腳獸的巢穴。

「還記得那些大老鼠嗎？」他問道。

「我怎麼可能忘得了？」褐皮大聲說道。「我還以為被牠那麼一咬，八成死定了。」她伸舌舔舔下顎，然後得意地說：「不過那隻咬我的老鼠，也沒什麼時間懺悔就一命嗚呼了。」

波弟暗自發笑。「是啊，不過那裡現在已經沒有大老鼠的蹤影了，直行獸來蓋了巢穴之後，就把所有大老鼠都趕光了。」

「幹得好！」褐皮尾巴一掃。

「至於供怪獸睡覺的那個空曠場地……」

冬青掌沒再聽下去，他們又不是要去兩腳獸的地盤，為什麼波弟非得告訴他們這些事呢？她恨不得能快點跑進山裡，卻得無奈被迫配合波弟的悠閒腳步。

「為什麼棘爪要這麼做呢？」她低聲抱怨。「我們再這樣慢慢逛下去，急水部落的貓都要死光光了。」

「部落貓也有同感。」松鴉掌喵聲道。「鷹爪快氣炸了。」

冬青掌不需弟弟提醒，也知道怎麼回事。溪兒看起來只是滿臉不悅而已，但無星之夜和鷹爪卻老在交頭接耳，頸毛豎得筆直。如果棘爪再不加快腳步，最後一定會吵起來的。

太陽已經爬上樹梢，冬青掌心想還好草地上的感覺還算涼爽。蜜蜂在苜蓿葉間嗡嗡作響，鳥兒在空中飛掠來去，引吭啼唱。前方不遠處，有一群灰白色的動物正在吃草。

「你們看……是羊欸！」風掌用尾巴指給他們看。「這表示附近一定有兩腳獸的農場。」

「我們知道，」冬青掌反駁。就算她同意風掌對波弟的評語，也沒打算給他好臉色。「謝了，我們以前就看過羊了。」

「在風族……」風掌正要用優越的語氣開口說時，獅掌突然打斷。

「不是只有羊，還有別的動物，以前沒聞過這種氣味。」

冬青掌停下腳步，嗅聞空氣。獅掌說得沒錯，除了身邊的貓味、羊騷味和遠方隱約的狗味之外，她還聞到別的氣味。可是什麼都看不見，她不免擔心起來，甚至緊張到腳掌刺痛。

棘爪帶著他們繞過山丘，腳下頓時出現開闊的山谷。山坡下方有兩腳獸巢穴所形成的聚落，被籬笆圍著。奇怪的氣味愈來愈濃，冬青掌一眼瞄見氣味來源，毛髮立即豎得筆直。原來有一群黑白相間的大型動物就擋在兩腳獸巢穴和他們之間。這些動物的腳長得像尖銳的石頭，長長的尾巴在空中拍來打去，嘴裡發出簧片一樣的聲音。

「這是什麼啊？」獅掌問道，但這次，風掌答不出來。

「牠們好巨大哦！」冬青掌喵聲道，試圖表現出不怎麼緊張的樣子。「而且牠們一直瞪著我們看欸。你們覺得牠們會不會攻擊我們？」

她已經準備好隨時拔腿開跑，卻在這時聽見波弟粗嘎的笑聲：「別緊張，」他粗聲說道。「牠們只是一群母牛而已。」

「別擔心，」松鼠飛回頭看了一眼。「我們以前也遇見過牛，只要別跑到牠們的腳底下，牠們就不會傷害你們。」

話雖如此，當冬青掌看見棘爪下山時，刻意避過牛群，心裡還是不免鬆了口氣，等到那些奇怪的動物都被他們遠遠拋在後頭時，心情才算真正放鬆下來。

「我聞得到老鼠的氣味，」等他們快走近兩腳獸的巢穴時，獅掌大聲說道。於是跑上前去問棘爪：「我們可以停下來抓點東西吃嗎？我好餓哦！」

冬青掌嘴裡都是口水，因為她聞到香噴噴的獵物氣味。好像是從那兩棟很大的巢穴裡傳出來的，離他們有段距離。於是她也跑上前去問：「拜託啦，棘爪。」

棘爪猶豫了一下，最後竟是波弟回答他們。「小傢伙，你們最好別去那裡，那裡很危險，難道除了老鼠的氣味之外，你們沒聞到狗的氣味嗎？」

棘爪點頭同意。「我聞到了，謝謝你，波弟，那我們就繼續走吧，等找到安全一點的地方再說。」

獅掌發出懊惱的嘶聲。「我才不怕狗呢！」他咕噥說道。

「我也不怕。」風掌跟著附和。「我們在風族領地常看見牠們，如果懂得怎麼智取，根本就不用怕牠們。」

「而且兩腳獸可能早就把那些蠢狗關起來了，」獅掌附和道。「波弟只是小題大作。」

「對啊，」風掌喵聲道。「他是寵物貓，當然會害怕。」

這些沒腦袋的公貓！她聽見弟弟和風掌之間的對話，不禁搖頭，這可是他們兩個生平第一次意見相投。棘爪帶著隊友們走進樹籬的陰暗處，他們卻仍留在後面竊竊私語。

冬青掌豎起耳朵，仔細聆聽獵物的聲響，好像瞄見了樹籬底下有動靜，可是當她轉身想看個仔細時，有根山楂的枝椏纏住了她的毛，結果藏在底下的小動物突然消失不見了。她火大地呸了一口，停下腳步，快速整理一下肩上的毛髮，卻在這時看見獅掌和風掌蹲低身子，往農場的方向偷偷爬過去。

「喂！」她大聲喊道。「你們在幹嘛？」

獅掌用尾巴向她打個暗號。「拜託妳，安靜點好不好！」

冬青掌看看其他貓兒，發現已經離他們有好幾個狐狸身的距離，根本聽不見這裡的聲響。松鴉掌正走在暴毛和溪兒之間，顯然也沒察覺他們已經不見。

冬青掌衝到弟弟和風掌旁邊。「你們要去哪裡？」

「妳小聲點，」獅掌嘶聲道。「我們只是要回農場去，他們走得這麼慢，等我們抓到幾隻老鼠，再趕過去也不遲啊。」

「走啦，」風掌催促道，推推獅掌的肩膀。「我現在就聞到老鼠的氣味了。」

「你們是鼠腦袋嗎？」冬青掌質問道。「萬一走丟了怎麼辦？我們不可以落單的。」

「放心啦，不會走丟啦。」獅掌喵聲道。

「那隻貓只是隻寵物貓，而且又那麼老，」風掌插嘴道。「他這輩子可能連隻老鼠都沒抓過，憑什麼要我們聽他的話？」

「是棘爪告訴我們不可以去，」冬青掌指正道。「如果被逮到，一定會把你們的尾巴咬下來當午餐的。」

「那就別讓他發現啊。」獅掌那雙琥珀色的眼睛，閃著某種奇異的光采。冬青掌全身打起寒顫，她不希望她弟弟去冒險，尤其跟風掌一起，誰都知道這傢伙危難當頭時，一點都不可靠。可是她知道她阻止不了，除非她跑去跟戰士們告發他們。

「好吧，」她喵聲道：「我跟你們一起去。」

風掌瞪著她。「我們又沒邀妳來。」

「讓她來吧。」獅掌的尾尖搭在冬青掌肩上。「多一隻貓抓獵物，等於多個幫手，更何況冬青掌是部族裡最棒的狩獵者之一，幾乎跟沙暴一樣厲害。」

「好吧，那就來吧。」風掌語氣不悅地說道。

冬青掌又往樹籬的方向看了一眼，其他貓兒已經消失在視線之外，不過從氣味上聞得出來他們並沒有走遠。

「走吧。」獅掌低聲道。

他旋身一轉，飛快越過開闊的空地，往兩腳獸的籬笆奔去，冬青掌和風掌尾隨其後，地上青草不斷刷拂他們的毛髮，尾巴飛揚在風中。冬青掌豎起耳朵，仔細聆聽會不會有誰追在他們後面怒聲斥罵，但什麼也沒有。

這裡的籬笆和馬場的籬笆一樣都是用亮晶晶的材質做成。獅掌將身子貼近地面，從下面的縫鑽了過去，進去之後，立刻跳了起來。

「快一點！」他催著他們。

冬青掌在下方扭著身子，感覺得到那些晶亮的籬笆正刮著她的背，她想起母親當年第一次旅行時，曾被卡在籬笆底下。她緊張到爪子微微刺痛，深怕自己也跟母親一樣被卡在這裡。

還好終於穿過去了，風掌也跟在她身後爬過來。獅掌已經往兩腳獸巢穴中間的一道缺口衝過去。冬青掌聞到強烈的老鼠氣味，口水又開始直流，她跟在弟弟後面，在開闊的空地邊緣短暫停留，放眼所及，都是石子。

在這三個見習生的正對面，有一棟很大的兩腳獸巢穴。入口有一道木製的障礙物，微微敞開。巢穴裡很幽暗，獅掌舉目張望。冬青掌雖然聞得到狗和兩腳獸的氣味，卻沒見到牠們。

「我們快行動吧！」風掌低聲說道。

獅掌用尾巴示意，於是三個年輕的貓兒一口氣跑過開闊的空地，穿過缺口，鑽了進去。

一進到裡面，冬青掌就嚇得不敢動，大口喘著氣，直到眼睛適應了裡頭的幽暗光線。原來這裡面的巢穴是用粗糙的石頭蓋成。陽光由入口斜射而入，高牆之上開了幾個透光的窖洞，金色的塵埃就懸浮在淺綠色的光影中飛舞，至於其他地方則是幽暗一片。老鼠的氣味很強烈，但冬青掌緊張到根本不敢去抓獵物，反而頻頻回頭去看他們剛剛進來的那條路。

「我抓到一隻了！」風掌得意地大聲說道。冬青掌看見他正蹲坐在一隻肥老鼠的屍首上。

獅掌也做出狩獵姿態，臀部不斷扭來扭去，眼睛盯著陰暗處裡的某個生物。冬青掌不禁倒抽口氣，那是一隻巨大的老鼠，簡直就跟獅掌一樣大。

獅掌卻在這時縱身一躍，一陣騷動過後，老鼠尖聲一叫，隨即被獅掌咬斷脖子，動也不動，他站在獵物身上，得意極了。

「好厲害！」冬青掌大聲喊道。

「不錯哦！」風掌滿嘴鼠肉地含糊說道。

獅掌叼起那隻老鼠的尾巴，打算把牠拖到巢穴中央。「跟我一塊吃吧，」他邀冬青掌一起享用。「我不可能吃得下這麼大一隻。」

「謝了，我……」這時冬青掌突然聽見外頭有聲響，並聞到某種強烈氣味。

她全身動也不動地瞪著通往外面的那道缺口，但什麼也看不見，卻聽到木製障礙物底下有鼻子嗅聞的聲音，還有沉重的腳步聲以及低沉的咆哮聲。

風掌眼睛倏地瞪大。「是狗！」

第十六章

「快點出去！」風族見習生立刻丟下吃剩的獵物，朝入口跳過去，卻在離入口兩個狐狸身遠的地方煞住腳步，有三個黑白相間的精瘦身影從缺口鑽進來，下顎張大，眼裡閃著兇光，不斷打量眼前的貓兒。

「一對一。」獅掌的喉嚨因恐懼過度而開始發乾。「這下可好。」

冬青掌環顧四周，巢穴裡沒有其他出口，石牆上也沒有縫隙缺口，除了那幾個透光的窄洞，但是太高了，他們根本爬不上去。

這三隻狗開始匍匐前進，低頭弓腳，隨時準備衝上來。**現在我終於明白被當獵物是什麼滋味了，**冬青掌心想道，緊張地跟著兩隻公貓不斷後退。

「看看能不能閃過牠們，」獅掌小聲說道。「只要我們能出得去，一定能跑贏牠們。」

第一隻狗撲了上來，冬青掌旋身一閃，跳

了開來，她感覺得到牠黏熱的鼻息呼在她後腿上。她死命地想讓自己跑得更快，但這趟旅行早已讓她疲累不堪，她的腳爪在滿是灰塵的石頭地滑了一跤。前方遠處的角落，有一大堆乾草。冬青掌絕望地想，或許他們可以躲進乾草堆裡，但旋即又想，這些狗一定也會鑽進去，把他們拖出來。乾草堆的上方，就是光禿禿的牆面。

我們怎麼會自掘墳墓呢？我們怎麼會這麼笨呢！「星族，快救救我們！」她氣喘吁吁地喊道，卻又希望星族戰士沒看見他們的蠢行，沒發現他們竟公然違抗命令。

「快上來！」上方傳來一聲吼叫，她抬頭一看，瞄見牆上高處的一個窄洞，有隻貓的頭顱和肩膀正探出來。她驚訝地張大嘴巴。是波弟！

「快爬上乾草堆！」老貓催促他們。「還是你們想留在那裡被吃掉？」

獅掌立刻衝上乾草堆，死命往上爬。冬青掌緊跟著，卻聽見身後牙齒猛咬的聲音，只離她後腳一條鼠尾之遠。這時她後方傳來尖叫聲，回頭一看，風掌也試圖爬上乾草堆，卻被狗咬住尾巴給拖了回去。

冬青掌一時驚嚇到不知如何是好，她必須回去幫他，雖然她不喜歡風掌，但畢竟是部族貓，她不能丟下他。但她還沒來得及下去，風掌已經忍痛用力一扯，拔出尾巴，死命地往上爬，逃離那張可怕的大嘴。

那些狗也想爬上來，但是乾草堆承受不了重量，塌了下去，牠們只能饑渴地淌著口水，嗅聞地上留下的血跡。

冬青掌回頭又往上爬，身子半埋進乾草堆裡。草屑扎進毛裡，種子吸進鼻子裡，害她打起噴嚏。跑在她前面的獅掌已經爬到波弟所在的窨洞。老貓抓住他頸背，用力將他提了上去，往外一丟，就不見了蹤影。

然後他又接住冬青掌，一樣將她四腳朝天地拋了出去，她以為自己會摔到地上，嚇得繃緊肌肉，但還好只是掉到離窨洞只有兩條尾巴遠的紅色斜屋頂上。掉在屋頂的她失去平衡，一路跌跌撞撞地滑向屋頂邊緣，眼看就要跌下屋頂，獅掌趕緊擋在前面，才讓她止住。

「謝了！」她倒抽口氣。然後回頭一看，只見波弟把風掌也丟了出來。

「我的尾巴怎麼辦？」風族貓兒被波弟丟出來後，在他們面前這樣抱怨。「它在流血！」

「閉上嘴巴，快跟我走！」波弟喵聲說道，砰地一聲跳了下來，來到他們身邊。「再不走，你要擔心的就不只是你的尾巴了。走這邊！」他補充道，然後小心爬到屋頂邊。

他瞄準下方的水桶，先跳到桶緣處，再跳下地面，然後示意他們照著做。獅掌一馬當先，輕鬆跳了下去，冬青掌跟在後面，但動作小心多了，因為她怕自己掉進水桶裡。風掌也在她身邊安全落地，但立刻把尾巴彈到前面，檢查受傷的情形。

「別再看了，」波弟嘶聲喊道。「我們要趕快逃啊！」

巢穴裡頭傳來狗吠聲，接著腳步雜沓地朝空地衝了出來。波弟拔腿就跑，速度之快，如同戰士一樣，當他們快跑到籬笆那裡時，冬青掌緊張到心臟差點跳出來，他們能趕在狗兒追上之前鑽到籬笆外嗎？

但波弟卻帶著他們往籬笆另一頭跑去，接著就將獅掌塞進一個洞裡，讓他爬了出去，冬青掌也跟在後面爬出去，這方法比從籬笆底下鑽，要來得快和容易。風掌也爬過來，最後才輪到波弟。波弟爬過來之後，還故意轉身對著狗兒嘲弄幾聲。但這幾隻狗只能跳上跳下地大聲吠叫，聲量之大，恐怕連星族都被吵醒了。

「滾回直行獸那去吧，」他奚落牠們。「叫牠們餵飽你們，因為你們今天一隻貓也抓不到。」

冬青掌不認為那些狗聽得懂他的話。牠們還是繼續撲打籬笆，但就是過不來。那個洞太小，牠們根本鑽不過來。過了一會兒，有個兩腳獸出現在離他們最近的那棟巢穴旁，朝狗兒大聲嘶吼。這些狗才不敢再吠，發出低鳴聲，悄悄溜走，但仍不時回頭狠瞪他們一眼。

「好了，我們走吧！」波弟喵聲道。

他帶著他們走回樹籬處，三個見習生立即倒在長草堆裡，冬青掌閉上眼睛，等到再度睜開眼睛時，沒見到波弟，倒是見到棘爪和鴉羽站在她面前。

「你們三個是鼠腦袋嗎？」棘爪的聲音非常冰冷。「早就告訴過你們，農場裡有狗，偏偏還要去冒險，到底是為什麼？就為了幾隻老鼠？」

「對不起。」冬青掌低聲道，不敢看她父親的眼睛。

「是我們不懂事。」獅掌也承認自己錯了。

「是很不懂事。」棘爪駁斥道。

「不過這也不都是我們的錯啊。」風掌舔舔尾巴，抬頭說道。「誰叫你們剛剛不准我們抓東西吃，害我們好餓……」

「你們還沒嚐過真正飢餓的滋味。」鴉羽呸口道。

「你們要去跟波弟道謝，」棘爪繼續說。「還好他猜到你們可能在哪裡，要不是他……」

「我們自己也能逃出來啊，」風掌猛地打斷。「我們才不欠那隻老貓任何情呢。」

冬青掌瞪目瞪他，好吧，如果剛剛他們沒那麼驚慌失措，而且知道哪一個窄洞是最快的逃生路線，那麼或許他們可以自己找路出來，但她非常確定，這次要不是波弟前來相救，他們三個一定會慘死在兩腳獸的巢穴裡，被狗兒生吞活剝。

鴉羽發出一聲不耐的嘶吼，轉身不再理他兒子。冬青掌突然同情起風掌。她情願被棘爪當眾責罵，也不要面對鴉羽的冷漠。他真的喜歡風掌這個兒子嗎？她和獅掌、松鴉掌或許很討厭這個風族見習生，但身為父親的鴉羽，怎麼可以也討厭他呢？

還好他不是我父親。她心想。

這時樹籬處傳來窸窣聲響，她嚇了一跳，原來是松鴉掌叼了一嘴的藥草朝他們走過來。「這是山蘿蔔，」他將葉子丟在風掌腳下，這樣說道。「我本來想用木賊，但這裡找不到。你先把這嚼爛，再敷在尾巴上。」他告訴風掌，接著轉身走到冬青掌和獅掌身邊。「你們有沒有受傷？」

「沒有。我們沒受傷。」獅掌向他保證。

「我最好檢查一下。」松鴉掌將獅掌全身聞了一遍，然後是冬青掌。

「我們真的沒受傷，」她喵聲道，卻發現她弟弟緊張到全身不斷發抖。「對不起，我沒帶老鼠回來給你吃。」

「妳不必為這件事跟我說對不起。」她弟弟的語調帶著憤怒與驚恐，害她嚇了一跳。「該對不起的是，你們怎麼可以丟下我，跑去做那種蠢事？你們都沒想到我嗎？要是你們有個什麼三長兩短，那我怎麼辦？」

冬青掌困難地吞吞口水。當時她的確沒想到松鴉掌，她只是回頭查看他有沒有發現他們不見了。她忘了松鴉掌有多需要她和獅掌。要是他們都不在了，他怎麼自理生活呢？

「對不起，」她喵聲道，然後用鼻子碰弟弟的肩膀。「我們……」

「是對不起沒幫我抓到獵物嗎？」松鴉掌轉身，快速聞聞敷在風掌尾巴上的山蘿蔔，然後往樹籬走去。「他們沒有大礙，我們可以走了。」他回頭朝棘爪丟了這句話就生氣走了。

「走吧，」棘爪喵聲道。「我們已經浪費太多時間了。」

他帶他們回去找其他同伴，後者全都坐在樹籬底下。波弟蜷起身子，顯然睡著了。松鼠飛和褐皮在把風，暴毛和溪兒正在說話，兩隻部落貓則蹲在旁邊竊竊私語。

「也該走了。」褐皮咕噥道，同時站起身來。

「你們都沒事吧？」松鼠飛問道，語氣很嚴厲，但冬青掌感覺得出來她的擔心。

「我們沒事，」獅掌小聲說道。「我們再也不敢了。」

棘爪的聲音很嚴峻。「諒你們也不敢。」

暴毛叫醒波弟，大夥兒開始出發。冬青掌的腳因剛剛在巢穴裡的石頭地板上磨得太久而微微發痛。她的毛又熱又不舒服，乾草屑和種子到現在都還黏在上頭。再過一會兒，他們就得離開樹籬，穿越開闊的野地了。陽光當頭罩下，她喉嚨好乾，肚子也餓得咕嚕咕嚕叫。等到他們終於抵達山谷另一頭的林子時，她的腿已經累到開始發抖。

棘爪在樹底下停下腳步。「今天就留在這裡過夜吧。」他大聲說道。

「可是現在還是白天！」鷹爪反駁道。「我們可以在天黑之前，再多趕一點路。」

「我希望你不是為了這三個見習生才決定停下來。」鴉羽追問道，冷冷看了他兒子一眼。

「就算他們累了，也是咎由自取。」

「不，不是因為他們。」棘爪低聲說道。「不過萬一他們體力不支，倒了下來，反而更會拖累我們。所以還不如在這裡先好好休息，明天一早再出發，趕在天黑之前抵達山裡。」

於是戰士們各自散開，到林子邊緣的蕨叢和刺藤叢裡狩獵。獅掌和風掌同時撲通倒在樹根附近的柔軟青苔上，呼呼大睡起來。

冬青掌也想加入他們，但她得先做一件事，於是拖著疲憊的腳，強迫自己走進林子深處，她看見灌木叢間有隻老鼠，立即撲了上去，老鼠卻鑽進腐葉堆裡，她追在後面，好不容易才用爪子逮住牠。

我真是笨手笨腳的，她心想，不過她也實在累到懶得再多想了。

她叼起死老鼠，走回林子邊緣，波弟趴在那裡並將四肢塞在身子下，瞇起眼睛望向山谷。她才剛靠近，波弟就睜開其中一隻眼睛，「妳要做什麼？」他問道。冬青掌本來以為他會不太友善，沒想到還蠻親切的。

「我要送你這個。」她把老鼠放在他面前。「食物，還有別的東西。」她的其中一隻腳爪不斷搓著草地，突然害羞起來。「我……呃……我注意到你身上有蝨子，」她結結巴巴。「如果你願意的話，我可以幫你抓蝨子。」

波弟抬起一隻後腿，很有精神地搔搔耳後。「當然願意啊。」

於是冬青掌小心地取出老鼠膽，強迫忍受惡臭味，再抓起一球地衣沾上膽汁，然後對波弟解釋道。「部族裡的巫醫都是這麼做。我曾當過一陣子的巫醫見習生，所以學了點皮毛。」

「這氣味真難聞！」波弟喵聲道，將臉撇開。冬青掌於是拿膽汁去拍他身上那幾隻肥大的蝨子。他動也不動，蝨子紛紛掉落，他發出舒服的喵嗚聲。

「兩腳獸怎麼沒幫你除蝨子呢？」冬青掌一邊做，一邊問。

波弟搖搖頭。「我的直行獸死了，後來又找到幾隻直行獸，牠們偶爾會餵我，但不會幫我整理毛髮，我是無所謂啦。」冬青掌不太相信他後面那句話。

她突然有點同情他。**換言之，他已經不算是寵物貓了，只是一隻上了年紀的獨行貓。**「我弄好了。」她告訴他。

波弟發出滿足的喵嗚聲。「謝謝妳，真是舒服多了，」他喵聲道。「所以這就是妳在當巫醫時學到的本領囉？至少在這方面，部族教得還不錯。」

「今天的事情，我們很抱歉。」冬青掌小聲說道。「真的很感激你救了我們一命。」

「舉手之勞而已，」老貓回答道。「更何況逗逗那些狗，會讓我覺得又年輕了起來。」

「我覺得我們可以從你身上學到很多東西。」冬青掌告訴他。

但老貓只是好笑地哼了一聲，就低頭去啖剩下的老鼠肉了。冬青掌在他身邊的長草地上躺了下來，蜷起身子，耳裡聽著他滿足的進食聲，漸漸進入了夢鄉。

第十七章

松鴉掌試圖將爪子固定在光裸的岩面上，但野風迎面拂來，像要把他從狹窄的岩脊上吹走，他驚慌害怕，冷冽的星子在他頭頂之上閃爍不定，而腳下，除了幽暗的陰影，什麼也沒有，黑暗遮掩了一切，只看得見離他幾條尾巴之外的岩石如貓兒背脊一樣陡峭。

在他前方的陰影處裡，突然走出一隻貓，松鴉掌立刻從那一身光禿無毛的粗糙身子和那雙盲眼認出對方就是古代貓磐石。磐石愈走愈近，即便走在狹窄的岩脊上，也像如履寬廣的林地一樣平穩。

「我照你的吩咐來這裡了。」松鴉掌盡量不讓自己的聲音發抖。「是你要我到山裡來的，記得嗎？」

磐石搖搖頭。「你們應該三個一起來。」

「是三個啊，」松鴉掌反駁道，同時回頭去找獅掌和冬青掌的身影。「我只是爬得比他們快，他們不能……」

他最後一句話還沒說完，就突然驚叫一聲，爪子一滑。他驚慌地揮動爪子，卻什麼也抓不到，只感覺到自己掉進幽暗的深淵，不斷墜落……

「快點醒來！」松鴉掌感覺到有隻腳掌在戳他肋骨。原來是獅掌。「我的老天，你怎麼動來動去得像隻快乾死的魚。」

他總算放下心來，原來自己仍安全無虞地睡在林子邊緣的臨時臥鋪裡，獅掌就在他旁邊。他嗅聞空氣，發現冬青掌的氣味也在附近，更覺得寬心不少，於是甩甩身子，將剩下的夢魘全數拋開，爬了起來，弓起背，伸個懶腰。清晨冷冽的寒氣爬上他的背脊，他聽得到身邊其他貓兒的動靜。

「棘爪說我們可以狩獵，」獅掌喵聲道，「但是動作要快，因為還有很長的路要走，得趕在天黑之前抵達山裡。」

松鴉掌正蹲在露溼的草地上吞食一隻田鼠，這時聽見褐皮的腳步聲，「我們該走了。」她大聲說道。

於是他囫圇吞下剩下的鼠肉，站起身來，走向他們。

「波弟，很高興能再次與你同行，」棘爪喵聲說道。「尤其感謝你救了那幾個沒腦袋的見習生。不過我們不能再邀你同行了，因為恐怕會讓你離家太遠。」

這群貓兒和波弟大聲再見，隨即啟程出發，穿過林子。獅掌和冬青掌並肩走在松鴉掌身邊，他們的毛髮輕刷他身體兩側。今天和前幾天的氣氛不太一樣，一路上大家都很沉默，這時太陽已經爬上樹頂。

冬青掌的尾巴突然往松鴉掌肩膀一按，要他止步。他感覺得到灑在身上的陽光比先前來得溫暖許多，野風正拂過他的頰鬚。他們一定是來到林子的另一頭了。

「好漂亮哦！」冬青掌低語道。

「妳說什麼？」松鴉掌有點不太高興，他好氣自己看不見冬青掌口中讚嘆的景色。

「哇！這些山！」這次換獅掌回答他，語氣顯得驚訝。「好巨大哦！」

「這座岩壁好壯觀哦！」冬青掌解釋道。「全是灰色的，不只陡峭，而且光禿禿的，只有岩縫裡才長得出植物。松鴉掌，我真希望你能親眼看看，它高的不像話。」

「我根本看不到山頂欸，」獅掌補充道。「被雲擋住了。」

「終於要回家了。」溪兒的聲音從松鴉掌前方傳來。他感覺得到她那種近鄉情怯的心情，其他兩隻部落貓也有同樣情緒。他們一定很害怕前方未知的險惡，因為他們必須面對家園裡的入侵者，而這個家園……他們一直以為是自己的，只屬於他們的。

「殺無盡部落，」無星之夜正在低聲呢喃。「請保佑我們，帶領我們的腳步。」

松鴉掌不禁發起抖來。**星族看得見我們嗎？**雖然他知道總有一天，他的力量將遠超過星族，但在這樣一個陌生的天空底下，仍不免感覺得到自己的無力與渺小。

「我們到達山腳的時間剛剛好，」鷹爪喵聲說道。「這樣一來，就能趕在天黑前，抵達洞穴了。」

「你確定？」松鼠飛的聲音顯得遲疑。「別忘了這些見習生並非熟練的登山者，我們可不希望被迫在山路上過夜。」

「難道我們又要被這些見習生給耽誤行程嗎？」鷹爪反駁道。

松鴉掌聽見他語氣的不悅，毛髮不禁豎了起來，但他知道對方說得沒錯。獅掌和冬青掌不知怎麼想的，竟然莽撞地跑到穀倉去冒險？

「我相信見習生們不會有問題的。」暴毛冷靜回答。「我們可以幫他們忙，你認為呢？棘爪？」

棘爪想了一會兒才答道：「好吧，我們走。」

松鴉掌和哥哥姊姊並肩穿過開闊的空地，接著路面開始往上傾斜，腳下的草愈來愈稀疏，地上偶有混雜著沙石的鬆軟泥土，爪間還不時被小石子卡住。沒多久，斜坡就愈變愈陡，差點站不住腳。

「該死！」他低聲咒罵，試圖站穩身子。

「走這裡！」松鼠飛的氣味一直在他身邊，他感覺得到她的尾巴正指引他走另一個方向，腳下踩的是堅硬的岩石。

「這裡有一條路可以走。」他母親喵聲說道。「但另一邊是騰空的，會掉下去哦，所以你的身體要盡量挨著岩壁走。」

松鴉掌跟在褐皮的後面，松鼠飛緊跟在後，他聞得到他的哥哥姊姊就在前方不遠處。他開始比較有信心了，這有點像在爬擎天架，或者像是要去月池的那條路。

我一定可以平安爬上去，我不會有事的。

但愈往山裡走，就開始愈沒信心。他不斷回想他母親的警語，他知道這是座懸崖，只要一個錯踏，就會掉進萬丈深淵。山風迎面襲來，像在威脅他，要把他吹落山腳。岩石很堅硬，他看不到眼前的路，老有尖銳的礫石戳到他腳墊。

這時上方傳來一聲粗嘎叫聲，松鴉掌嚇了一跳，差點絆倒，還好松鼠飛用肩膀頂住他，幫他站穩。

「那是什麼？」他倒抽口氣。

「老鷹！」他母親答道。「牠們很危險，但這隻離我們很遠，所以沒關係。」

「我倒希望牠飛下來，」暴毛從後方說道。「這樣我們就可以飽餐一頓了。」

松鼠飛再次輕輕推著松鴉掌前進，但才沒走幾步，他就聽見無星之夜從他上方某處傳來。

「等一下，停下來，全都別動。」

松鴉掌趕緊停住，鼻子撞上褐皮的尾巴，「發生什麼事了？」他問道。

「這裡有個缺口，」棘爪大喊道，聲音迴盪在岩間。「我們得跳過去。」

松鴉掌不禁懼怕起來，但還是把頭抬得高高的，不願讓部落貓知道他的恐懼，松鼠飛緊緊挨著他，他很感激她的無聲支持。

「別擔心，松鴉掌。」棘爪的聲音再度響起，帶著鼓勵的語氣。「你以前就跳過風族邊界上的河，這次的距離沒有上次大。」然後沉默了片刻，接著便聽見他喵聲說：「跳得好，接下來是風掌。」

松鴉掌一邊等待，一邊伸縮爪子，不斷磨著地上堅硬的礫石。他討厭這個地方，不懂自己為什麼想來這裡。他以為可以找到夢裡的景致，結果只聞到野風不斷將各種陌生的氣味飄送過來，而且他完全感覺不到磐石或任何古代祖靈的存在。此外，他的無助感也令他生氣。

等到他聽見褐皮鼓勵冬青掌快跳時，他更害怕了。「別看下面，」影族母貓喵聲道。「眼睛看著棘爪就行了。」

「沒問題。」冬青掌的聲音聽起來很緊張。

過了一會兒，松鴉掌聽見獅掌開口誇她，他就知道他姊姊一定是平安落地了。這時褐皮的氣味突然消失，這代表她也跳過去了。現在他的前面再也沒有別的貓，而他腳下就是萬丈深淵，肩上的毛不禁根根倒豎。

「你聽好，」松鼠飛緊挨他身邊。「缺口就在前面，離你有兩條狐狸尾巴的距離，缺口寬度約三條狐狸尾巴。你以前也跳過這麼遠的距離，所以你可以先助跑三步，再跳過去。」

「松鴉掌，我就等在這裡。」棘爪喊道。「你跳過來，我會立刻抓住你。」

「我知道，」松鴉掌喊了回去，頗為自豪聲音沒有出現顫抖。他繃緊全身肌肉，「我現在要跳了。」

他沒給自己時間猶豫，立刻往前衝去，腳爪掠過岩面，後腿一蹬，躍入空中，他的心瞬間狂跳，接著四腳砰地一聲落地，身子搖搖晃晃，還好獅掌立刻用肩膀撐住他。

「跳得好！」他哥哥說道。「再多練習幾次，保證能成為空中飛貓！」

「我才不想呢！」松鴉掌低聲咕噥，站定身子，強迫自己穩住呼吸，也讓毛髮服貼回去。

等到其他貓兒全都跳過來之後，他已經準備好再度啟程，甚至有點洋洋得意。這下他總算向部落貓證明，一隻瞎眼的見習生也能完成這趟旅程。

如今他感覺得到腳下小徑的兩側就是高聳的岩壁。四周空氣完全靜止，不過他聽得見上方岩間有野風呼嘯迴盪，地上碎石也因他們的重踏而不斷滾落，發出很大的聲響。

「最好小聲點，」鷹爪喵聲道。「我們快要到了，附近可能會有入侵者。」

這條小路似乎蜿蜒曲折。終於松鴉掌聽見嘩嘩的水流聲，他一腳踏進溪裡，濺起水花。這時他聞到獵物的氣味，肚子開始咕嚕咕嚕叫，但那氣味很淡、甚至稀少，他不免納悶怎麼會有貓兒想住在這種鳥不拉屎的地方，更別提要為它不惜一戰了。

他聽見風掌在問，可不可以停下來，先抓點東西吃，但鴉羽厲聲回他，沒有時間。「你或許想留在這裡過夜，但我不想。」

「等我們抵達目的地，就有東西可以吃了。」溪兒喵聲道。

但松鴉掌懷疑這話的屬實性，部落貓的問題之一不就是入侵者搶了他們的獵物嗎？他試圖感覺現在的時間。難道太陽已經下山，所以峽谷裡才這麼陰暗嗎？以前在林子裡，他可以從許多跡象得知太陽何時下山，包括風向和氣味的變化、漸稀的鳥叫聲以及薄暮降臨時，草葉的冰涼觸感。但在這裡，根本無法分辨。

多岩的小徑開始上坡，野風又起，他們好像正要爬出山谷。突然松鴉掌聽見頭頂上傳來一聲吼叫。

「獅掌，快上來這裡，美呆了！」冬青掌的聲音很激動。

無星之夜發出惱怒的嘶聲。鷹爪吼道：「不是叫你們要保持安靜嗎？」

「冬青掌，快點下來！」松鼠飛命令道。

貓兒們只得停下來等她，過了一會兒，腳步聲出現了，冬青掌的聲音再度傳來。「對不起，我忘了。」但松鴉掌並不覺得她有懺悔之意，反而還是很興奮，激動的情緒像河水氾濫一樣無法收拾。「但是真的很壯觀，可以看到整個世界欸！」

「妳是在警告入侵者，我們已經到了嗎……」鷹爪才剛開口，又立刻閉上嘴巴。

松鴉掌察覺到有某種東西正在靠近，沒有聲響，只有空氣裡的騷動告訴他有什麼東西正快速移動著。「好像有誰正往這邊靠近。」他低聲說道。

「是他們！」鷹爪俐落回答。

「我們最好快離開這裡。」棘爪開口道。

「來不及了。」無星之夜打斷道。「別分散開來，叫見習生站到裡面。」

鴉羽突地將松鴉掌往其他見習生那裡一推，害他差點跌倒。

「我們也能作戰！」獅掌堅持道。

「沒錯，你們不必保護我們。」冬青掌附和。

風掌一句話也沒說，只是發出惡狠的吼聲。

但這些成年貓沒理會他們，松鴉掌發現自己被夾在冬青掌和風掌中間，外面圍著經驗老到的戰士。冬青掌低聲咒罵。

松鴉掌聽見岩石上的腳步聲，聞到陌生的貓味，他猜大概有三、四隻。然後就聽見周圍戰士發出挑釁的嘶聲。

這時一個陌生的聲音傳了過來：「看看我們逮到了什麼？」

第十八章

冬青掌摩拳擦掌，伸出利爪，繃緊肌肉，隨時準備開戰。要是她剛剛沒大聲叫嚷，或許就能避過這些入侵者。現在至少有四隻陌生貓兒擋在他們前面，就算打起來，對方也根本贏不了。這些入侵者或許可以輕鬆打敗部落貓，但相信他們很快就會發現，受過訓練的部族戰士可沒那麼好惹！

剛剛說話的貓兒是一隻體型龐大的銀色公虎斑貓，琥珀色的眼睛傲慢地打量著每隻貓兒。他的三個同伴緊挨身後：其中一隻是瘦小的淺棕色公貓，正警覺地來回張望；另一隻是棕白相間的母貓，有雙綠色的眼睛；最後一隻是年輕的雜黃褐色母貓，臉上有閃電般的白色條紋。

「我以前見過你，」銀色虎斑貓奚落鷹爪。「你在這裡做什麼？竟然敢離瀑布這麼遠？還以為你們再也不敢到這裡狩獵了。」

精瘦的棕色公貓推了推他的肩膀。「斑

紋，你看他們是不是嚇呆了？」

斑紋慢條斯理眨著眼睛。「彈耳，你說得沒錯，我猜他們應該早就知道這裡的獵物全都屬於我們的。」然後伸出舌頭，舔舔下顎。「我今天早上才剛吃了一隻兔子，又肥又香，從沒吃過那麼好吃的兔子。」

「你應該對獵物有最起碼的尊重！」鴉羽呸口道。

彈耳啐口道：「你是誰啊？敢教訓我們？」

鴉羽齜牙咧嘴，怒斥對方：「想知道嗎？」

棘爪用尾尖碰碰風族戰士的肩膀，低聲提醒，「現在還不是開戰的時候。」

鴉羽狠瞪他一眼，但沒吭氣，只是不斷用爪子刮著堅硬的地面，連尾巴也在抽動。

「你打算怎麼處置他們，斑紋？」那隻精瘦的貓這樣問道。

銀色虎斑貓還來不及開口，無星之夜就氣顫顫地搶先上前一步，豎起毛髮。「你們憑什麼有權處置我們？」她嘶聲說道。「你們根本沒權利來這裡偷我們的獵物。」

「權利？」棕白相間的母貓首度開口說話。「那你們的權利又是誰給的？」

「說得好，花兒。」那隻精瘦的貓竊笑道。

母貓的那句話令冬青掌好生洩氣。她本來已經準備好隨時上場幫急水部落打這一場仗，因為這裡是他們的領地，是他們的戰士祖靈所庇佑的領地！但花兒的質疑令她啞口無言。也許急水部落根本沒有權利驅逐這些入侵者。

「我們不是來找碴的，」棘爪低聲說道，尾巴搭在無星之夜的肩上。「我們只是要去瀑布那裡，你們應該放我們過去。」

斑紋和彈耳互看彼此，然後斑紋退後一步，用尾巴指整座山谷。「我們可沒擋住你們。」

哦，是嗎？冬青掌心想。對方本來態度很挑釁，不斷在岩石上拍打著尾巴，毛髮豎得筆直，現在卻很識時務地知道自己一定會寡不敵眾。算了，他們愛怎麼裝，就怎麼裝吧。只是她很清楚，如果對方遇到的是部落貓，絕對不可能善罷甘休。

棘爪垂頭冷冷致意，然後就領著同伴往山谷深處走去。入侵者目送他們離去，臉上帶著嘲弄的表情。冬青掌的目光與那隻年輕的雜黃褐色母貓不意交會，後者就站在其他貓兒後面，不發一語地看著他們從眼前經過。冬青掌心想，如果她生在部族，現在一定也是個見習生，**搞不好還是我的朋友。**

而風掌的眼裡顯然只有敵人，沒有其他。當他從入侵者身邊走過時，還故意甩著尾巴，兇惡地呸了一口。

他父親立刻往他後臀一推，要他到前面去。「你是鼠腦袋嗎？沒事想打架啊？」

「是他們自找的。」風掌咕噥抱怨。

冬青掌注意到獅掌的爪子並沒收起來，彷彿隨時想撲上那幾隻入侵者，只是他的敵意沒表現得像風掌那麼明顯。

在爬上山谷的這一段路，冬青掌覺察得到那些入侵者的灼灼目光一路尾隨，等到繞過一座突岩，完全看不見他們了，她才長吁口氣，並感覺其他同伴也跟她一樣鬆了口氣。

「真可怕！」溪兒大聲說道。「他們以為路是他們開的嗎？難道部落貓現在都被困在洞裡，出不來了？」

「也沒那麼糟啦。」無星之夜答道。

「可是他們自以為可以命令我們，你們現在還出來狩獵嗎？」

鷹爪走到溪兒身邊。「你說得沒錯，入侵者愈來愈囂張，現在甚至直接上瀑布那裡抓獵物。」

「他們知道我們阻止不了他們。」無星之夜苦澀說道。

「尖石巫師怎麼說？」溪兒問道。

鷹爪聳聳肩。「他說為了安全起見，我們不應該向他們挑釁。」

這是什麼爛辦法啊？冬青掌好奇想道。**尖石巫師是部落首領，應該拿出點作為來的！**

溪兒搖搖頭，慢下腳步，等暴毛過來一起爬上山谷。剛剛和入侵者照面時，灰色戰士一句話也沒吭，眼裡滿布憂傷。冬青掌猜想，他一定是想起了他那場失敗以終的戰役，還有那些喪命的貓兒。

太陽西下，紅霞滿天，尖峭的山頂投下大片的暗影，曠野上的岩石像染了一層血色。冬青掌不禁發抖，彷彿聽見戰場上貓兒垂死的哀號。

一座斷裂的岩脊橫擋在山谷入口。冬青掌好不容易爬上岩頂，目光越過成排的裸岩和陡峭斷崖，向四面八方極目遠眺。野風吹亂她的毛髮，她的爪子緊緊戳進岩縫，深怕一個站不穩，就失足墜落。她無法想像在這片貧瘠的荒地上，貓兒們要住在哪裡。

鷹爪走向山脊的另一頭，俯視下方平坦的岩面。「走這裡！」然後這樣喊道。

貓兒們都跟著他走，除了風掌。他跳到另一頭，「這條路應該比較快！」

冬青掌眼珠轉了轉。**笨蛋，你又不知道瀑布在哪裡！**

然後就聽見風族見習生一聲驚叫，接著就看見他的身子不斷下滑，四隻腳胡亂扒著岩面，想要停下來。這時冬青掌驚見岩脊盡頭有個深幽的缺口。

她衝過去想幫忙拉住風掌，但鴉羽跑得比她更快，張口猛地咬住風掌的尾巴，將他拉回岩脊頂的平坦處。

風掌發出一聲痛苦哀號。「我的尾巴好痛哦！」

「你就忍著點吧，」鴉羽咆哮道。「拜託你腦袋清楚一點，別再逞英雄了。部落貓叫你怎麼做，就怎麼做。」

風掌瞪他父親一眼，低下頭去，垂著尾巴，乖乖跟在其他貓兒後面走。

「真可惜，」獅掌等風掌走到他身邊時，譏諷他。「還以為可以看見你一路滾到山腳下呢。」

「閉嘴，你這個笨毛球！」

「吵夠了沒？」褐皮擋在這兩個見習生之間。「看在星族的份上，別再吵了。」

獅掌低聲咕噥。「對不起。」低頭尷尬地舔舔胸毛，風掌則不理她。冬青掌心想，其實他們都又累又餓了，要是再不快點抵達部落貓的營地，恐怕隨時都會擦槍走火地吵起來。

鷹爪帶著貓兒們往山脊深處走去，那裡有一條很窄的下坡路，寬度只容一隻貓兒通過，冬青掌正排隊等候時，突然聽見上方傳來翅膀拍打的聲音。有個黑影從她頭上掠過。她嚇得驚叫一聲，身子趕緊平貼岩面。她母親也立刻撲上松鴉掌，將他護在身子下方。

冬青掌放膽抬頭望去，只見一隻巨大的棕色禽鳥正展翅掠過山脊，往下方岩面俯衝。彎曲的鷹爪一縮一張，準備俯衝下來，去抓離牠幾條尾巴以外的一隻老鼠屍體。冬青掌肚子咕嚕咕嚕叫，雖然部族貓不吃腐肉，但她太餓了，心想就算要她吃那隻老鼠，她也願意。

老鷹的鷹爪剛攫住那隻死老鼠，岩間陰暗處就突然衝出四隻灰棕色的瘦貓，嚇得冬青掌目瞪口呆，眼睜睜看著他們撲上那隻大鳥。大鳥發出粗嘎的哀號，瘋狂拍打翅膀，試圖掙脫，好不容易飛離地面約一條尾巴之遠，又被四隻貓兒的重量給拖拉下來，在地上死命拍打翅膀，四隻貓兒蜂擁而上，其中一隻跳上牠的頸子，猛地一咬，老鷹一陣痙攣死了。

「抓得好！」鷹爪大喊道。

四隻貓兒身子突然一僵，抬頭去看。其中一隻倏地喊道：「鷹爪！」他們似乎很訝異，不時面面相覷，並抬頭瞪著山脊上的貓兒。

暴毛走到冬青掌旁邊，喵聲說道：「歡迎來到急水部落！」

第十九章

獅掌跟著鷹爪走下小徑，來到下方的岩坡。剛剛抓到老鷹的那些貓兒，正等在那裡。他們的神色顯得戒慎，尾巴不斷抽動。

一隻灰白色的公貓走上前來，與鷹爪互碰鼻子。「很高興再見到你，」他喵聲道，語氣溫和。「也很高興再見到你，無星之夜。」一黑色母貓走了上來，於是他又補充說道。

「謝謝你，灰濛。」鷹爪回答道。

獅掌狐疑地看著這幾隻部落貓，發現他們比部族貓都來得瘦小。他們刻意在灰棕色的毛髮上敷上泥巴，好隱身岩石之間，眼睛閃閃發亮，夕陽的紅光折射在他們眼底。其中一隻貓兒轉過頭來看他。他趕緊向前一步，走到松鼠飛身邊，松鼠飛卻低下頭，舔舔他的耳朵，害他覺得好丟臉。

我又不是小貓。

更何況，他們是來這裡幫忙部落貓的，他這樣告訴自己。

那隻被稱為灰濛的貓正瞪大眼睛，看著跟在無星之夜後面走下小徑的其他貓兒。「暴毛！」他大聲驚訝地喊道，「溪兒！你們來這裡做什麼？你們……你們不是死了嗎？」

部落貓全都緊緊靠在一起，毛髮豎得筆直。獅掌突然惱怒起來，就算尖石巫師說暴毛和溪兒對部落來說已經死了，也不代表他們真的死了啊。難道這些貓完全相信他們首領說的鬼話？

暴毛看看溪兒，神情疲憊。「沒有，我們沒死。」他喵聲道，然後轉身對部落貓說：「我們只是被放逐了而已。」

那幾隻貓兒走上前來，伸長脖子嗅聞暴毛，本來只是小心問候，最後問題卻愈問愈多，簡直沒完沒了。

「你還好吧？」

「你們去了哪裡？」

「為什麼回來了？」

「鷹爪和無星之夜找我們回來的。」溪兒首度開口。「他們說，你們需要我們。」

部落貓不很肯定地互看彼此。獅掌本來在等他們開口說：**是啊，謝謝你們，我們正指望你們回來幫忙**。可是他們沒有，反而把注意力轉到其他部族貓身上。

灰濛上前一步，仔細聞了聞棘爪。「嘿，我以前見過你，很久以前，有幾隻貓兒來到山裡，你也是其中之一。」

「沒錯，」棘爪垂頭致意。「我還記得你……你叫灰濛對不對？」

「對！」灰濛很驚訝，棘爪竟然還記得他名字。「你們……找到新家了嗎？」

尾巴。

「找到了，謝謝你。」棘爪答道。「那是一個好地方，就在湖邊。」

灰濛偏著頭。「那你來這裡做什麼？你們一大群跑來這裡做什麼？」

「我們是為了……」褐皮正要開口，看見溪兒使了一個眼色，立刻吞了回去，懊惱地抽抽

「他們只是經過這裡。」溪兒解釋道。

獅掌氣得毛髮豎得筆直，這時冬青掌傾身對他低聲說道：「她怕他們生氣，所以不敢說他們需要外援，畢竟光看到她和暴毛從死裡復活，就夠他們吃驚了。」

可是他們本來就需要我們幫忙啊！這些貓瘦到他都可以數出他們身上有幾根肋骨了。他們根本就打不過那些入侵者。獅掌氣得快要冒煙，因為他想起了斑紋和彈耳的不屑目光和傲慢的態度。

他們以為自己可以為所欲為，而且竟然沒有貓兒阻止得了他們！

夕陽的紅色餘暉正在褪散，山裡覆上一層薄暮微光。鷹爪揮揮尾巴，示意大家繼續前進。

「待會兒洞裡見囉，灰濛！」他喵聲道，語調堅定，清楚表示他現在不想再回答問題。

那四隻部落貓於是回頭繼續處理他們的獵物，拖著老鷹穿過岩間，羽毛在岩石上摩擦，發出輕微的窸窣聲響。獅掌小心繞過那隻老鷹，從旁邊走過去。雖然老鷹已經死了，但他還是不想去看那雙尖銳扭曲的鷹爪，總覺得像珠子一樣的眼睛仍死瞪著他。

正當他和冬青掌、松鴉掌結伴穿過多岩的高原時，突然聽見打雷聲，他抬頭一看，發現天空根本萬里無雲，只有熠熠閃亮的星星高掛夜空。但這雷鳴似的聲音愈來愈大，空氣變得潮溼

起來，連毛髮都沾上水氣。

他們已經快到高原邊緣，冬青掌跑上前去，從邊緣處小心俯瞰下方。「你快來看看這裡！」她喊道。

獅掌跳過去找她，卻緊急煞住腳步，趕緊回頭查看松鴉掌會不會太靠近這裡。因為高原在他腳下憑空消失，取而代之的是狹窄迂迴的溪谷，直通而下。溪流盡頭，白沫翻騰，水花在岩間飛濺，溪水繞著岸邊灌木叢的裸根不停打轉。如雷的聲響就是來自於更下方的溪谷，溪水漫過岩石邊緣，往下奔竄。

「那就是瀑布。」松鼠飛用尾巴指著方向，抬高音量說道。「我們快到了。」

鷹爪還在前方帶路，他慢慢走下岩石堆，往那條溪走去，溪邊有一條窄如刺藤的蜿蜒小徑。「小心滑腳。」他喊道。

「還記得我們第一次來這裡的經驗嗎？」松鼠飛問棘爪。

虎斑公貓的頰鬚動了動。「當然記得。」

「那時我們正要從太陽沉沒之地往回家的路上走，」松鼠飛向見習生解釋。「結果下起大雨，我們被洪水沖進溪裡，流進瀑布，最後掉到下面的水潭裡。」

「當時我還以為死定了。」暴毛附和，並停下腳步、俯看溪流，然後小心地踏上岩坡。

松鼠飛跟在暴毛後面，又回頭補充道，「我們就試試看這次能不能腳不打溼地走到下面去。來，松鴉掌，你抓住我的尾巴，小心跟我走。」

於是這些貓兒安靜地排好隊伍，沿著溪邊慢慢走到瀑布頂端，就連風掌也乖乖聽從帶隊的部落貓所下的指令。

獅掌抵達溪谷盡頭時，停下腳步，低頭俯瞰溪水如洪流滾滾，衝進下方水潭。空氣裡水花四濺，水霧氤氳，豐沛的水氣讓岩石都變得滑溜難走。

「松鴉掌要怎麼下去啊？」他低聲對冬青掌說道。

他姊姊也一樣憂心搖頭。「他不可能爬得下去。」

這時突然傳來嘶吼的抗議聲，原來是棘爪把松鴉掌當小貓一樣叼在嘴裡，慢慢走了下來。

「我自己可以走！」松鴉掌生氣地吼叫。

已經安全抵達瀑布下方的松鼠飛抽著尾巴，全程盯看。「你不要亂動，不然就把你丟進水潭裡。」她出聲警告。

獅掌在姊姊耳邊說道：「等一下千萬別在松鴉掌面前談這件事，他會宰了我們的。」

冬青掌趕緊點頭，才小心翼翼地走下去。獅掌跟著她，褐皮尾隨其後。他在潮溼滑溜的岩石上小心尋找可以踏腳的空間，心跳速度快到讓他很不舒服。突然不小心滑了一跤，後腿在急衝而下的瀑布裡邊呀晃的，褐皮趕緊用牙齒咬住他肩膀，一把將他拉了回來。

「謝謝！」他嚇得倒抽口氣。

褐皮彈彈耳朵，沒有說話。

獅掌好不容易走到只離地面一條尾巴的距離，才趕緊一躍而下，踩在潭邊平坦的地面上，心裡覺得好踏實，開心極了。他的腳到現在都還在發抖，身子早被水花濺溼，但還是打從心底感到自豪，覺得自己很厲害。什麼事都阻擋不了部族貓，就連從瀑布上面爬下來，也辦得到。

所以他相信他們馬上就能逮到那些入侵別族領地的敗類，讓他們知道誰才有資格在山裡狩獵。不過也難怪部落貓沒辦法禦敵，他們看起來又瘦又小，怎麼可能有體力作戰。鷹爪和無星之夜的決定是對的，他們是該找部族貓幫忙。部族貓才是急水部落的唯一希望。

這時有好幾隻部落貓從潭邊四周的岩石後方緊張地探出頭來偷看新來的貓兒。獅掌故意假裝沒注意到他們。他不喜歡這樣被別的貓兒鬼祟偷看，彷彿自己是隻奇怪的大臭蟲。他們應該對前來援助的部族貓表現得更有禮貌一點。

鴉羽這時緩步走到水潭對面的亂石堆旁，坐在一棵形狀怪異的樹底下低垂著頭。

「鴉羽在做什麼啊？」冬青掌問道。

「那裡是羽尾長眠的地方。」褐皮解釋道。

獅掌看著那隻坐在亂石堆旁的灰黑色公貓。「鴉羽為什麼那麼難過？他們又不是同一部族的……」

「鴉羽很愛她。」褐皮的語調溫柔。「她為了將他從尖牙的魔掌裡救出來，犧牲了自己，也拯救了急水部落。」

獅掌感動莫名，心裡亂紛紛的。也許就是因為失去羽尾，才會讓那隻風族貓兒的脾氣變得這麼乖戾。他注意到風掌正瞇起眼睛，瞪視他父親，眼裡帶著妒意。獅掌不免同情起他。因為他真的無法想像，要是棘爪也對一隻久逝的貓如此傷心難過，做兒子的他會有什麼感受，畢竟他父親都已經有松鼠飛了，不是嗎？

「來吧。」鷹爪的聲音打斷他的思緒。「該走急水小徑了。」只見他繞過潭邊，跳上前面一堆岩石。

獅掌驚訝地瞪大眼睛，因為鷹爪竟憑空消失在隆隆的水幕之中。「他去哪裡了？」

褐皮用尾巴碰碰他肩膀。「你等一下就知道了。」

獅掌也跟著爬上滑溜的岩石，和冬青掌、松鴉掌及松鼠飛一起站在岩頂，那裡正是鷹爪剛剛消失的地方。原來他們就站在一塊直穿瀑布的細窄岩石上，盡頭處是幽暗的缺口。獅掌不禁毛骨悚然。

「你跟著我，」松鼠飛對松鴉掌說道。「盡量緊挨著岩壁走哦。」

松鴉掌還在懊惱他剛剛被父親叼下來，所以嘴裡仍在咕噥著什麼，但獅掌聽不清楚。

松鼠飛走在前方帶路，小心地沿著牆壁直線而走，松鴉掌跟在後面，獅掌緊跟其後，怕他不小心失足，好隨時撐住他。

瀑布在他們身邊奔流而下，隆隆水聲灌進他耳裡，沁涼水珠濺到他毛髮。獅掌總覺得自己好像會被瀑布沖走，掉進下方潭裡。幽暗的暮光讓他看不清楚緊挨岩壁而走的松鴉掌身影，水氣重到連其他同伴的氣味都被掩蓋，完全聞不到，感覺好像是自己正踽踽獨行，走進深幽的地底，再也回不來。

「就是這裡了，」他聽見松鴉掌的低語聲。「這裡就是我們要來的地方。」

獅掌不確定他這句話是什麼意思——他一直認為自己屬於森林，腳下踏的應該是綠色草地。他深吸口氣，走進那個缺口，發現自己竟然就在洞口。粼粼水光微弱地從他後方的瀑布透射進來，照出洞穴兩旁的陡峭岩壁，洞頂一片幽暗。

獅掌眨眨眼，走了進去。等到他遠離狹窄的洞口，就聽不見後面的隆隆水聲了。冬青掌和松鴉掌走到他旁邊。冬青掌驚訝地環目四顧，松鴉掌緊張地發著抖。

棘爪、鷹爪和松鼠飛已經進到洞穴深處，四周都是毛色灰棕的部落貓，他們蹲著身子，瞪著部族貓，不太敢上前來招呼新到的訪客。而且體型都很瘦小，神情焦慮。

別擔心，獅掌心想。**我們已經來了，馬上就能幫你們解決問題。**

這時一隻棕色虎斑公貓從幽暗的洞穴後方走了出來，他瘦得跟皮包骨一樣，鼻頰因上了年紀而有些灰白，琥珀色的眼睛在幽光裡更顯晶亮。

棘爪垂頭致意。「你好，尖石巫師。」

獅掌的腳爪不耐地摩搓堅硬的地面，等待那隻老貓出聲歡迎他們。他們得立刻展開計畫，趕走入侵者。

但尖石巫師沒有開口，琥珀色的目光凌厲掃過洞裡的每一隻部族貓，頸肩上的稀疏毛髮豎得筆直。

接著竟然大聲一吼：「你們還敢來這裡？」

第二十章

獅掌瞪大眼睛，不敢相信。尖石巫師不歡迎他們來？他是笨蛋嗎？

只見部落首領刷地轉身，面對鷹爪和無星之夜。「你們到底在幹什麼？」他呸口問道。

獅掌聽見鷹爪吞吞口水，「我們……我們去找部族貓。」他結結巴巴，一隻腳爪緊張地扒著地面，「我們去求援……」

「我們覺得這才是上策。」無星之夜附和道。

「你們錯了！」尖石巫師的聲音雖然虛弱，卻憤怒到有些發抖。「我們還以為你們去狩獵，結果竟然跑去告訴部族貓我們的弱點在哪裡，然後又帶了這麼多張嘴回來吃東西，你們怎敢踏進洞裡？這裡不歡迎你們！」

暴毛和溪兒跟在獅掌及其他見習生後面走進洞裡，最後站定在尖石巫師面前。那隻老貓瞇起眼睛。「你們兩個已經死了！」

暴毛身子挺得筆直，毫不畏縮，「不，我

們沒死，不管你怎麼想，我們還是一樣忠於急水部落。」

「我們是來幫助你們的。」溪兒懇求道。

但尖石巫師的目光就像石頭一樣冰冷。「我放逐你們不是沒有理由的。你們以為我不是認真的嗎？不，這是我們的祖靈要求的。」

「那麼我們的祖靈錯了。」溪兒的琥珀色眼睛閃閃發亮。「現在的急水部落，處境比我們當初離開時還要悽慘，入侵者變得比以前更囂張。我們在路上遇到幾個，他們表現得好像這座山就是他們的領地似的，隨時可以趕我們走。」

「我們是來幫你們忙的。」暴毛堅持道。「你們需要我們。」

「需要你們？」尖石巫師不屑地說道。「你們以為自己有通天本事嗎？已經有太多貓兒喪命了，難道血流得還不夠多？而這些都是拜你之賜。你要我們展現實力，保衛領地，但一點用也沒有。」

「你們根本沒有明確的領地範圍，」棘爪直言道，並上前一步，站在暴毛旁邊。「你們必須先把領地的界線標出來。」

「我們從來不做這種事！」尖石巫師啐口道。「急水部落沒這個習慣，暴毛也知道。」

暴毛低下頭。獅掌和冬青掌互看一眼，他姊姊的眼裡也和他一樣充滿怒火。這隻老貓怎麼這麼笨啊，不只放逐了暴毛，還拒絕接受他們的主動援助。

「暴毛已經盡力了。」松鼠飛打斷，綠色眼睛帶有惱色。「鷹爪和無星之夜也是。再說，對外要求援助，並不可恥，難道你就這麼驕傲到情願看著部落等死也不對外求援嗎？」

尖石巫師朝薑黃色母貓那兒上前一步，頸毛豎得筆直。獅掌繃緊肌肉，要是對方敢攻擊他母親，他一定會撲上去。

突然這隻老貓的尾巴垂了下來，頸毛跟著貼平。「殺無盡部落並沒有給我任何跡象指示要我接受部族貓的幫助。」然後轉身對棘爪說道：「我無意冒犯你或你的同伴，我也知道我們過去欠你們很多，我相信你們本意是善良的。」

棘爪正要開口說話，尖石巫師卻抬起尾巴制止。「你們不應該來的。」他繼續說道。「這不是一場你們該加入的戰爭，你們可以留在這裡過夜，但明天一早，我們會護送你們下山，別再回來了。」

「難道你們阻擋得了我們嗎？」風掌在獅掌後面咆哮吼道。

獅掌這一次倒是很認同風族見習生的說法。部落貓哪有那個能耐跟體力執行尖石巫師的命令。不過他想棘爪應該不會死皮賴臉地待在這個不受歡迎的地方。

「那我們兩個呢？」溪兒質問道。

尖石巫師琥珀色的目光掃向她。「我們沒有能力再多養兩張嘴。」

就這樣不了了之嗎？獅掌震驚不已，全身發抖。**難道我們就這樣轉身離開，什麼忙也不幫了？**他開口想抗議，卻看見棘爪的警告眼神，只好閉上嘴巴。

「我們只能客隨主便。」棘爪用嚴厲的眼神看著四個見習生。「千萬別惹麻煩。」

「可是那個笨……」

「別再說了，」棘爪嘆口氣。「我也像你們一樣失望，但我們不能把事情愈搞愈糟，你們明白嗎？」

「既然你都這麼說了……」獅掌心不甘情不願地應聲道。冬青掌和松鴉掌也都點頭同意，就連風掌也懊惱回應：「也只能這樣囉。」

一隻棕灰色母部落貓緩步穿過洞穴，朝他們走來。「嗨，棘爪，」她招呼道。「還記得我嗎？」

棘爪偏著頭。「飛鳥，我們第一次見面時，妳和鷹爪在一起。」

「沒錯，」飛鳥開心地說道。「很高興再見到你們。尖石巫師要我幫你們找臥鋪過夜。你和戰士們可以跟我一起到護穴貓的地方睡覺，」她的尾巴指指洞穴一側。「至於你們的見習生，可以跟我們的半大貓睡在一起。」

獅掌心想尖石巫師是不是故意拆散部族貓，好趁機偷襲他們。可是棘爪竟然爽快答應，獅掌才跟著想通，要是有一大群外來的貓要在雷族過夜，雷族族長也會這樣安排。

正當飛鳥帶著見習生們走進洞穴深處時，獅掌不禁伸長脖子，四處張望。現在應該天黑了，月光將洞口的瀑布染成銀色水幕，光線探進洞穴裡，瑩瑩閃爍。他看見洞穴邊緣有許多岩石散置，岩壁四處都是縫隙，上方穴頂，倒生著許多如尖牙般的石頭。

新鮮獵物的氣味使他的肚子不禁咕嚕作響。在洞穴的另一側，灰濛和他的狩獵隊把拖回來的老鷹正肢解著。**真希望他們待會兒分我們一點**，獅掌心想。他上一頓是在林子裡吃的，感覺好像是很久以前的事了。獵物堆那裡只有兩隻老鼠和一隻兔子，**難怪他們瘦成這樣！**

飛鳥帶他們走到洞穴後方，這裡有兩條幽暗的通道。有兩隻年輕貓兒正在離他們幾條尾巴遠的地方玩著摔角，三、四隻貓兒在旁觀戰。

「這些是我們的半大貓。」飛鳥說道。

正在玩摔角的貓兒停下動作，坐在地上看著新來的貓兒。「他們是誰？」一隻淺灰色母貓問道。「他們是我們的囚犯嗎？」

「不是的，卵石，他們是我們的客人。」飛鳥答道。「他們今天會在這裡過夜，你們要好好照顧他們，幫他們找個臥鋪睡覺。」

「什麼？四個都是嗎？」一隻黑色公貓大聲問道。「可是沒有多餘空間了。」

灰色母貓推了他一把。「別這麼沒禮貌！」然後對四隻部族貓說：「別理尖嗓，他像甲蟲一樣笨！」

「妳才像甲蟲一樣笨呢！」尖嗓咕噥道。

「沒關係，只待一個晚上而已。」飛鳥簡單說道，然後向見習生們親切地點個頭，就回頭往棘爪和其他貓兒等候的地方走去。

半大貓們一擁而上，不斷嗅聞他們，害獅掌很尷尬。「我叫獅掌，」他喵聲說道，試圖表現出自信的舉止。「這位是我的姊姊冬青掌，還有弟弟松鴉掌，那位是風掌。」

灰色母貓點頭致意，然後向他伸出一隻腳掌。這個手勢令獅掌嚇了一跳，不過他必須承認，對方給他的感覺很有禮貌。「我叫卵石，」她告訴他們。「至於這個討厭的毛球是我哥哥，他叫尖嗓。」

尖嗓先對著妹妹齜牙咧嘴，然後也一樣很有禮貌地伸出腳掌。獅掌垂頭致意，暗自希望對方別覺得他們很沒教養。

「我是水花。」一隻虎斑母貓補充道，身子跳了起來，尾巴豎得老高。其他半大貓也都跑過來，狐疑打量著他們。

「你們一定走了很遠的路，」卵石評論道。「我從沒聞過你們這種氣味。」

冬青掌於是告訴他們，是鷹爪和無星之夜去找他們來的，但她還沒來得及說明整個旅程經程，就被嘴裡叼著老鷹肉朝他們走過來的狩獵貓給打斷。

「給你們。」灰濛在半大貓面前丟下獵物。「夠你們吃的了。」

「謝謝。」尖嗓舌頭舔舔嘴巴。「這是這陣子以來見過最豐盛的一餐了。」他小聲地說道。

「入侵者奪走了我們所有的獵物，」卵石悲傷地說道。「他們偷學我們的狩獵技術，自己也跑去抓，結果現在老鷹的數量愈來愈少。」

「等我當上狩獵貓，」尖嗓誇口道。「一定會找到足夠的獵物來餵飽部落。」

「是哦，那恐怕得等到老鷹會說話才行囉。」他妹妹嘲笑道。

獅掌心想，他們是不是得等這對兄妹吵完架了才能開動。「你們的制度很奇怪，」他開口道，希望能轉移他們的注意。「在我們那裡，職務不會分得那麼細，狩獵和戰鬥是一體的。」

「這太違反常理了，」水花喵聲道。「什麼都學，很辛苦的。」

「是啊，」冬青掌同意道。獅掌很驚訝她竟然會這麼說。「不過也很有趣。」

「我們的職務都是由尖石巫師決定，」卵石告訴她。「體型比較壯碩的小貓長大後會成為護穴貓，至於看起來跑得快和跳得高的小貓，則會成為狩獵貓。我以後會當護穴貓。」

是哦，那我們到底可不可以開動了？獅掌的肚子已經在抗議，這些事情他早就知道了。還好卵石和其他半大貓已經開始在分那些食物。只見半大貓兩隻一組，每隻貓兒都先各咬獵物一口，再跟同組的貓兒交換。

「也許我們應該學他們那樣做，」冬青掌低聲道。「不然人家會以為我們很沒教養。」

「好吧，」獅掌喵聲說。「你跟松鴉掌一組，我跟風掌一組。」

「做什麼啊？」松鴉掌不耐地問道。「獵物就是獵物啊，吃就好啦。」

冬青掌蹲在松鴉掌旁邊，低聲向他解釋這是怎麼回事。至於獅掌則試圖不去多想待會兒得吃風掌嘴裡吃過的東西。

「為什麼她要告訴你弟弟我們的進食方法？」卵石從食物堆裡抬起頭來問道。「他不能自己學嗎？」

獅掌極不自在地看了弟弟一眼，松鴉掌最在意貓兒在背後談論他。「呃……因為他眼睛看不見。」

卵石瞪大眼睛。「哇，好奇怪哦！」

「那他怎麼行動呢？」尖嗓好奇問道。「你們得靠尾巴帶著他走嗎？」

獅掌看見弟弟的耳朵平貼下來，張嘴好像要反駁，但冬青掌立刻用尾巴塞住，松鴉掌生氣地呸出一嘴的毛。

「他眼睛是看不見，但耳朵聽得到。」獅掌喵聲道，他很為自己的弟弟抱不平，但又不想惹爭端。「他自己可以照顧自己。難道你們以前沒見過盲眼貓嗎？」

「沒見過，」卵石答道，好像覺得獅掌怎麼會笨到問這種問題。「你們部族怎麼會答應讓他出來呢？」

獅掌懂她的意思，身子不禁打個寒顫。一隻瞎眼貓本來就不該在這種地方久留，就算逃得過老鷹的鷹爪，也可能失足掉下懸崖。

「松鴉掌正在接受巫醫訓練。」冬青掌插嘴道，語氣有點自我防衛。

卵石聽她這麼說，表情更驚訝了，這時就連其他半大貓也都豎起了耳朵。

「太不可思議了！」水花大聲說道。「怎麼會讓盲眼貓成為你們部族的首領呢？」

什麼？獅掌和冬青掌互看一眼。「他不會成為首領啊。」

「可是你……哦，我懂了。」卵石眼裡的疑色消失了。「在我們部落裡，尖石巫師就是行醫貓，可是我猜你們那裡的制度跟我們不太一樣。」

「我們有族長和巫醫。」風掌以一種優越的態度解釋道。

「好奇怪哦……」尖嗓喃喃道。

獅掌倒覺得急水部落的制度更奇怪。尖石巫師沒有巫醫，怎麼做出睿智的決策？他甚至連個副手都沒有。如果不是因為部落貓這麼乖乖聽從尖石巫師的話，搞不好早就自己能想出對策來解決問題了。

「嗨，你們還好嗎？」

獅掌突然聽見松鼠飛的聲音，嚇了一跳，他沒看到她從後面走來。「謝謝，我們很好。」他試圖讓自己的語調聽起來更有說服力。

「那就好，不過你們最好早點休息，好好睡上一覺，因為看來明天我們又得趕路了。」

獅掌吞下最後一口老鷹肉，抬頭看看母親。她的尾巴拖在地上，神情焦慮。他猜她大概是覺得他們做錯了，根本就是白跑一趟。於是他伸出鼻頰，抵住她，希望能多少安慰她，他很想告訴她，這些愚笨的部落貓應該接受援助才對，可是他怎麼能在這些半大貓面前這樣說呢。

「好吧，」他喵聲道。「那我們明天見囉。」

松鼠飛用尾巴輕輕撫他肩膀，低頭舔舔冬青掌和松鴉掌的額頭，這才轉身緩步離去。獅掌的目光尾隨著她，看著她穿過洞穴，朝其他戰士走去，真希望自己也能跟他們在一起，而不是跟這一群奇怪的半大貓睡在一塊兒。

「來吧，」卵石喵聲道，用尾巴彈彈他耳朵。「我帶你們去睡覺的地方。」

她領著見習生們走到有幾個淺形凹洞的地方，裡頭鋪滿地衣和羽毛。

「你們自己挑吧。」卵石說道。

獅掌和冬青掌、松鴉掌決定一起睡在一個較大的凹洞裡。至少睡覺的地方還蠻舒服的，他不禁心生錯覺，彷彿又回到雷族的育兒室。只是以前從來沒有這麼多煩惱讓他睡不著覺。

他瞇著眼睛躺著，並看著穴壁上不斷變化的光影，耳裡聽著永無休止的瀑布流水聲。先前他在丘頂俯看湖面時，以為什麼事都難不倒自己，卻沒想到這趟旅程竟是一事無成：這些奇怪的貓兒根本不給他們機會幫忙。

獅掌發出一聲長嘆。這趟旅程，他曾渴望了許久，他想親眼見到這座山，但來了這裡之後，他卻好想回家。

第二十一章

松鴉掌聽見哥哥的嘆息聲，感覺到他的失望情緒像湖浪拍岸一樣翻騰不已。他甚至察覺到冬青掌還沒入睡之前，也有同樣的感受。但他和他們的想法不一樣。他們好不容易才來到山裡，他只擔心還沒來得及找到這裡的祕密，就得被迫回家。

他靜靜地躺在溫暖的臥鋪裡，試圖想像洞穴的景致。他可以從聲音辨識出瀑布在哪個方向，從氣味裡判斷每隻貓兒的位置。他發現護穴貓和狩獵貓的氣味不盡相同，就像部落貓和部族貓的氣味有別一樣。

但除了這些氣味之外，他還感受到整個部落的情緒氛圍。面對眼前一發不可收拾的情勢，他們是害怕和無助的。此外，還有一種近似絕望的消沉心理，彷彿已經決定放棄山裡的生存權利。

他們的祖靈呢？松鴉掌不免好奇。**為什麼殺無盡部落不幫忙呢？**

他的腦海裡浮現出尖石巫師的影像，他曾在溪兒的記憶裡看過這隻毛髮灰白的虎斑貓。瀑布的水流聲愈來愈大，不斷振動他的耳膜，他倏地睜開眼睛，竟發現自己是站在之前遇到古代貓磐石的那座突岩上。熠熠星光在他頂上發出冷冽光芒，寒風吹亂他的毛髮。尖石巫師正背對著他，站在離他幾乎不到一條尾巴之遠處。

松鴉掌趕緊鑽到岩石下方，往外窺探。這時有一隻貓兒正沿著岩脊走了過來，瘦長的身形如同大多數的部落貓一樣，只是毛髮上綴有星光。松鴉掌趕緊躲進陰暗處，心想祂一定是來自殺無盡部落，是部落貓的祖靈之一。他很納悶，如果這地方對部落貓來說如此神聖，為什麼磐石曾在夢裡帶他來過這裡？

尖石巫師等祖靈離他只有一條狐狸尾巴遠時，才垂頭致意。「祢好，」他喵聲道。「請問祢要給我什麼旨意？」

那位祖靈半響兒不吭氣。松鴉掌感覺得到祂的挫敗，彷彿殺無盡部落已經厭煩了戰爭，準備放棄。

「我沒有旨意給你。」祖靈終於回答。「回顧部落貓的歷史，從沒遇過這種永無止盡的戰爭。在這之前，山居生活一向安全無虞。」祂的嘆氣猶如岩間的野風低吟。「我們看不到戰爭的結束。」

「一定會結束的！」尖石巫師出聲反駁。「我的部落正坐以待斃，一定有什麼辦法可以解決。」

祖靈搖搖頭。「這次沒有，」祂悲傷地喵聲道。「我們以為這裡是個安全的地方，但它不是。」他轉身離開，身影慢慢消失在黑暗裡。

「等一下！」尖石巫師上前一步，甩著尾巴，最後止住，像被澈底擊敗一樣垂下頭。彷彿累到無法站立，只見他蹣跚走到一座突岩的陰暗處，倒了下來，閉上眼睛。

松鴉掌立刻從藏身的地方跳了出來，沿著岩脊追了上去，無視兩邊的斷崖。過了一會兒，又看見那位祖靈的形體出現在幽暗裡，緩步前行。

「等等我！」松鴉掌大喊道。

祖靈停下腳步，回頭一看，目光落在松鴉掌身上。祂彈彈耳朵，驚訝地睜大眼睛。「你來了。」嘴裡這樣低語。

松鴉掌瞪著祂。這話什麼意思？殺無盡部落的貓兒怎麼會認得他？他從來沒來過山裡？但他還沒來得及說話，那隻貓又開口了。「跟我來。」

松鴉掌倒抽口氣，他沒想到祂會這樣回答。可是他已經來到這裡，而且還有好多問題想問，腳步於是不自覺地跟了上去。只見那位祖靈越過岩脊，踏上一條盡頭幽暗的小路。

這條小路似乎是正沿著岩壁，蜿蜒經過一座懸崖。星光晦暗，松鴉掌看不清楚崖底究竟有什麼。**但至少我眼睛能看見。**這絕對比昨天那趟可怕的旅程好多了，當時他像小貓一樣被棘爪叼在嘴裡，真是丟臉死了。此刻他緊挨著岩壁而行，不願去想失足的可能。

祖靈的步伐很穩健，一點也不慌亂，還不時回頭查看松鴉掌有沒有跟上來。最後祂停下腳步，用尾巴示意松鴉掌，然後縱身跳下懸崖，消失不見。

松鴉掌的爪子不斷磨搓岩面。難道也要他跳下去？但這一跳，就算不死，也會從夢裡驚醒吧？可是他都還沒機會跟那個祖靈談一談，實在不甘心現在就從夢裡醒來。他探頭俯看懸崖邊緣，發現下方地面其實只離他兩條尾巴遠而已，這才放心地跳下去，然後看看四周。

原來祖靈將他帶到山谷底部，這裡有點像雷族的營地，只是兩邊岩壁較為高聳。唯一的出入口，似乎就是剛剛他們走的那條小徑。山谷中央，有一座面積幾佔整座山谷的水池。池面星光熠熠，這讓他想起月池，只是這座池子比較大，不像瀑布那樣老是水花四濺，這裡水波不興，非常安靜。

松鴉掌眨眨眼睛。他本來以為池面的星星是天上星子的反射，沒想到竟是從池邊的成排貓兒身上折射出來的——抑或這只是祂們的顯形方式？他環目四顧，不禁打起寒顫。他已經很習慣星族的存在了，卻從沒想過竟然有一天得面對異族的祖靈。

其中有些貓的形體幾乎快要看不見，彷彿已經老到幾近消散。至於其他還很清楚的靈體，有些身上仍帶著戰役中留下的傷口，甚至有血絲汩汩滲出，彷彿祂們才剛加入殺無盡部落似的。

其中一名祖靈站了起來，朝他走近，開始嗅聞他，他嚇得動也不敢動。松鴉掌的視線可以穿過祂透明的形體，直接看見後面的水池。「我們聽說你們會來，」這位祖靈低聲說道，但聲音不是很清楚，好像蒙了灰塵。「可是我們沒料到你們這麼早就來了。」

早？松鴉掌不懂「早」這個字對這些古老的祖靈來說代表的究竟是什麼意思？不過祂們應該等了好幾輩子了吧。

「祢是說那個預言嗎？」他問道。

「是的。」老貓低聲說道。「有三隻會來，他們將星權在握，是毛如火焰的貓兒的至親。」

松鴉掌的心開始撲通撲通地狂跳。**連祂們也知道！祂們跟星族都知道！祂們到底等多久了？**

「其他兩位呢？」那個古老的祖靈問道。

「在洞穴裡。」松鴉掌不想告訴祂們還沒把這預言告知哥哥姊姊。「這預言是從哪裡來的？」他低語問道。

古老貓沒有回答，反而有一隻靈體更明亮的祖靈從遠處池畔發聲問道：「祢為什麼帶他來這裡？」祂質問帶松鴉掌走下懸崖的那隻虎斑貓。「他不屬於我們。」

其他貓兒也低聲同意，祂們發亮的眼睛敵意地瞪著他。松鴉掌強忍住想回頭逃走的衝動。**我愛去哪裡，就去哪裡，這是我的自由，**他這樣告訴自己，放膽地昂起頭來。**如果我不屬於這裡，就不會在這兒了。也許我比尖石巫師更有能力幫助急水部落……**

「祢們必須轉告急水部落，」他喵聲說道。「部族貓是來幫他們逐退入侵者的。」

古老的祖靈看看彼此，然後搖搖頭。這時先前說過話的那隻母貓站了起來。「急水部落不需要你們幫忙。」

「祢怎麼能這麼說？」松鴉掌倒抽口氣。「部落貓都快餓死了。」

「我們也愛莫能助。」帶松鴉掌來這裡的那位祖靈羞愧地低下頭去。「我們錯了。」

「山裡不再安全。」另一個祖靈低聲說道。「我們本來以為可以靠高山的保護，沒想到我們錯了。」

這群祖靈的羞愧和憤慨情緒一波接一波，令松鴉掌無法招架，好不容易他才揮卻這些情緒，重新放空自己。

「部落貓不該輕言放棄，」他堅稱道。「他們應該勇敢捍衛。」兩隻身上仍帶傷的祖靈從所在的位置站起身，繞過水池，站在松鴉掌面前。「我們是在戰役中喪命的，」其中一個喵聲說道，低頭看著脅邊的深長傷口。「不該再流血了，部落貓愛好和平。」

松鴉掌抽動尾巴。「可是入侵者不理會這一套啊。我的同伴會幫助部落貓的，不管他們願不願意。」

另一隻也帶傷的祖靈上前一步，頸毛倒豎。「你們的做法只是把部落貓訓練得跟部族貓一樣，但這不是他們想要的，部落貓不喜歡暴力，不會去追殺其他的貓。」

「事情總會變的。」松鴉掌抽抽耳朵，指正道。

「變了不見得比較好。」那個祖靈反駁道。

這些話在松鴉掌耳裡迴盪。池邊開始起霧，朝他飄過來，阻擋了視線，他看不到殺無盡部落，等到霧散，四周竟逐漸變暗，松鴉掌這才知道自己又回到洞穴，身邊的冬青掌正在叫他起床。

「來吧，」她催促他，「尖石巫師要召開會議，所有貓兒都到洞穴中央集合去了。」

松鴉掌全身無力地爬了起來。對他來說，夢境裡的山谷與擠滿祖靈的水池，似乎比這個洞穴更來得真實。

「好啦，別催了，」他咕噥抱怨，「我來了啦。」

他循著冬青掌和獅掌的氣味，爬出臥鋪，穿過洞穴，走到部族貓那兒，跟他們坐在一起。

地面冰冷，松鴉掌不安地蠕動身子，部族貓和部落貓的低語聲充斥在他耳裡。

突然低語聲消失了，松鴉掌知道一定是他在夢裡見到的那隻老貓出來了，也許正跳到大圓石上。以前尖石巫師也曾坐在大圓石上，下令驅逐暴毛。**所以真的沒救了，我們八成也要被他驅逐了，而且驅逐前，應該不會再請我們吃東西了吧**，他這樣想道。

「急水部落的貓兒們，」尖石巫師開口說道。「昨晚我看了水象和星象，殺無盡部落對我說，祂們不希望我們離開這座山，所以我決定請部族貓幫我們忙。」

松鴉掌不敢相信，尖石巫師竟公然撒謊！那不是殺無盡部落說的話。尖石巫師一定是夜裡自己改變心意，決定不再理會祖靈了。

尖石巫師才剛說完，四周就響起一片交頭接耳聲。松鴉掌聽得出來有些貓兒很反對，但大多數貓兒都很想聽聽部族貓怎麼說。果真如他所料，部落貓真的是對尖石巫師唯命是從。昨天他不希望部族貓留下來，他的同胞也這麼認為，今天他又改口說他們應該接受援助。**難道這些貓兒都不會自己思考嗎？**

「安靜！」尖石巫師抬高嗓門。「我們聽聽棘爪怎麼說。」

四周安靜了下來，然後松鴉掌就聽見他父親的腳步聲從貓群裡頭慢慢走向尖石巫師。

「我們應該先做什麼？」急水部落的行醫貓這樣問他。

「先評估眼前的情勢。」棘爪的語調堅定，充滿自信。松鴉掌知道他父親一定會不負眾望。「我們必須知道真正的威脅在哪裡。這些入侵者會去哪裡狩獵？又會在哪裡攻擊部落貓？我們必須找到他們落腳的營地。」

「另外我們也必須弄清楚部落貓需要多大的領地才夠養活自己。」褐皮的聲音從某處冒了出來，她應該就在松鴉掌附近。

「沒錯，」暴毛插嘴道，聲音低沉卻亢奮。「我們不能坐以待斃，我們必須設好邊界，展開防衛工作。」

有貓兒開始附和，但另一個聲音插了進來。「等一下。」等大家安靜了下來，棘爪才開口問道：「鷹崖，你有什麼意見？」

「棘爪，我們已經認識很久了，」那位插嘴的貓兒開口說道。「當年是我把你從水潭裡救起來。我是護穴貓，也和暴毛一起參與過大戰役，所以我想大家都知道我並不貪生怕死，但我必須告訴你，你錯了。」

「為什麼？」雖然只是三個字，但松鴉掌聽得出來他父親對對方的尊重。

「因為你想把我們改造成部族貓，」鷹崖答道。「但我們不是，我們是部落貓。」

「但這是唯一能活下去的方法！」棘爪堅持道。「你們以前從來不跟別的貓兒均分領地。可是你們也不能像囚犯一樣被關在這裡，不敢出外找食物。」

「沒錯，」有隻貓兒這樣喊道。「我們需要有自己的領地。」

「我們需要捍衛領地！」另一隻貓兒附和道。

「可是你們想想這風險有多大。」鷹崖用堅定的語氣告訴其他部落貓。「過去的傳統造就現在的我們，如果改變了我們的傳統，以後就得花很多力氣四處巡邏，隨時搞清楚哪塊石頭屬於我們的。」

「你認為呢？」冬青掌趁大家還在討論時，這樣低聲問道。

「棘爪說得沒錯，」獅掌毫不猶豫地回答。「他們沒別的選擇了。」

「可是鷹崖說得也沒錯，」冬青掌的語氣不太肯定。「如果別的貓兒來我們族裡告訴我們，從今以後必須改變生活方式，你會高興嗎？」

「我們又沒快餓死。」獅掌直言道。「妳到底怎麼了，冬青掌？在來這兒的路上，妳不是還很信心滿滿地說要怎麼把部落貓改造成部族貓嗎？」

「我知道啊，可是等你親眼見到他們的生活方式之後，想法就會不同了。」冬青掌的憂心忡忡感染了一旁的松鴉掌。「你覺得呢？松鴉掌？」她追問道。「你認為部落貓應該為了力抗入侵者而放棄自己的傳統生活方式嗎？」

松鴉掌聳聳肩。「這不是我們能決定的，再說這些傳統也不是我們的。」

他聽見冬青掌發出氣惱的聲音，好像原本以為他會支持她的論調。但這問題其實遠比她或獅掌所能理解的還要複雜。松鴉掌不願談論他的夢境。他一向很重視星族所下達的旨意，但現在卻覺得不安，因為他知道殺無盡部落並不希望部落貓成為部族貓。

他還記得池邊的祖靈所溢散出來的羞愧情緒，祂們懊惱讓後代子孫失望，沒能為這群忠心的子民找到一個安全的居所。祂們認為是這座山背棄了祂們。

這時他突然興起一個念頭，令他震驚不已……如果部落貓曾費了好大的力氣，才在山裡找到安全的地方落腳，那麼這就表示他們一定是從別地方來的——而且是個不再安全的地方。

那麼，他們到底從哪裡來的？又為什麼要搬到這裡？

第二十二章

獅掌看著部落貓意見不合地吵成一團。**反正尖石巫師都已經做決定，現在只要交給棘爪就行了。**

話雖如此，他還是很佩服鷹崖勇於說出自己的想法，也很高興看見那位護穴貓與他父親之間英雄互惜的態度。鷹崖是強壯英勇的護穴貓，只要施以適當訓練，一定能成為很厲害的戰士。

「至少我們不會大老遠地跑來，最後一事無成的回去。」風掌自下斷語，不耐煩地轉來轉去。「我們很快就能把這地方重建起來，搞不好從現在起要改叫他們山族呢。」

「你要是敢在部落貓面前說這種話，小心被撕爛耳朵。」冬青掌嘶聲道。

「別理他，」獅掌告訴她。「如果他真的那麼笨的話……」

他的話還沒有說完，就被走過來的棘爪打斷。「我有任務要派給你們。」

獅掌立刻跳起身來，豎直尾巴。終於要行動了！

「你們三個覺得有能力教大部分的貓一些戰鬥技巧嗎？」棘爪問道。

獅掌有點吃驚，因為他明白所謂的「你們三個」是含風掌在內，不是松鴉掌。這三個見習生互看彼此，根本忘了剛剛的爭執。

「當然可以。」獅掌點點頭。「我們很樂意幫忙。」

他用尾尖碰碰松鴉掌的肩膀，與他道別，然後跟著他父親穿過洞穴去半大貓那裡。松鴉掌似乎沒有注意到他們離去，兩眼發愣地瞪著洞穴牆面，若有所思。

「包括狩獵貓在內的每隻部落貓，都要接受基本的戰鬥訓練，」棘爪解釋道。「只是我們會把邊界的巡邏工作交給護穴貓。他們是部落裡最強壯的貓，本身就具備一些格鬥技巧，不過在技巧方面仍有待補強。」

「可是邊界還沒設好。」冬青掌直言道。

棘爪和藹地用尾巴輕拍她耳朵。「很快就會設好了。」

半大貓已經在他們的窩裡集合完畢，他們轉頭看見棘爪帶著見習生走過來。

「你們好。」卵石喵聲道，她向棘爪垂頭，並伸出一隻腳掌致意。

「大家好，」棘爪答道。「我想你們都認識獅掌、冬青掌和風掌了，他們會教你們一些基本的戰鬥技巧。」

但這些半大貓看起來興趣缺缺，獅掌不免失望。

「水花和我是狩獵貓，」尖嗓放膽說道，彈彈尾巴，指著身邊那隻淺棕色的虎斑母貓。

「我們不學那種東西。」

「所有部落貓都得學會『那種東西』。」棘爪告訴他。

「這是為了你們好。」獅掌補充道。

尖嗓瞪著他看。

「走吧，」冬青掌好心說道。「很好玩的，而且萬一入侵者攻擊你們，你們可以靠它來保護自己。」

獅掌看見卵石和一兩隻半大貓露出躍躍欲試的神情，總算鬆了口氣。他等不及了，滿心期待，心想剛好也可以趁這個機會好好練習一下將來怎麼當導師。

棘爪讚許地點點頭。「那就交給你們了，我和褐皮、鴉羽要去探勘一下領地，看看能不能設好邊界。」他轉身離去，突然又轉頭說道：「獅掌，要不要跟我們一起來？訓練的事交給冬青掌和風掌就行了。」

獅掌本來有些失望，但又轉念一想，反正他本來就想去探索湖邊以外的世界，這機會正好可以幫他增廣見聞。「好啊。」他喵聲道，搖搖尾巴向其他貓兒說再見，跟著棘爪走向洞口。

褐皮和鴉羽等在那裡，隨行的還有鷹爪、飛鳥和灰濛。

「我們跟你們一起去，」鷹爪喵聲道。「如果有入侵者出現，你會需要幫手的。」

「謝謝你。」棘爪用尾巴示意，要那隻護穴貓帶路。

獅掌跟在他父親後面走上瀑布後方的急水小徑。陽光在水花飛濺的水幕間折射，熠熠生輝，感覺不像上次暮色低垂時那麼恐怖。他來到戶外空地，一躍而下潭邊岩地，甩掉身上水珠。天空湛藍，朵朵白雲在風的吹拂下掠過天際。太陽正爬上山頭，整座山沐浴在金燦的陽光下。蒼穹處有隻飛鳥正在盤旋。

「老鷹，」飛鳥低聲道。「我們最好小心點。」

「走這邊。」鷹爪喵聲道，然後跳過潭邊幾座岩石，爬上一座平坦的突岩。獅掌和其他貓兒尾隨其後。獅掌好不容易氣喘吁吁地也爬上突岩，小心張望四周嶙峋的岩石，發現在這片灰棕色的大地上，只零星點綴了一些綠色植物，除此，什麼也沒有。

「這裡好空曠。」他蹲下來俯瞰突岩下方。「感覺上這裡只有我們，沒有別的貓兒。」

「你們知道嗎，」鷹爪從他後方走了過來，粗聲說道。「那些入侵者本來不像我們這麼擅於隱身，但現在他們已經愈來愈厲害了。」

「所以你們也要改變自己，」棘爪伶俐回答。「才能反制他們。」

鷹爪表情懷疑，冷哼一聲，開始爬坡，往山脊走去。獅掌剛一腳跨上去時，還以為自己根本爬不上去。他每踩一步，就覺得又往下滑了兩步。後來才發現部落貓都是緊挨著陡坡的邊緣走，於是也有樣學樣，終於漸漸上手。最後在只剩一條尾巴距離的地方，奮力提起身子，跳上了山脊頂。

山風強勁，吹亂他的毛髮，他的眼睛很不舒服地流出淚來，於是眨眨眼。這裡的視野更遼闊了，可以遠眺懸崖峭壁、嶙峋山谷，就連下方的河流也細的像植物莖幹般蜿蜒流淌於山壁之間。遠處盡頭是一片朦朧的綠野，他想那裡應該就是山腳下，也許是他們曾路過的那片林子。

「我覺得自己好像一隻鳥哦！」他大喊道。

但話才說出口，腳下就突然一滑，那一瞬間，他還以為強勁的山風會把他吹落崖底。他頓時天旋地轉，還好不知誰的牙齒及時咬住他的頸背，將他拉了回來。他抬頭一看，是鴉羽。

「謝謝你。」他倒抽口氣。

「別以為自己是隻鳥。」風族貓兒咆哮道。

獅掌坐了下來，等到頭不昏了，心不再狂跳了，才抬頭張望，發現鷹爪、褐皮和棘爪正站在幾步以外的地方。部落貓揮揮尾巴，指著山脊下方的某處。

「暴毛就是在那裡帶領我們殺敵作戰。」他喵聲道。

獅掌這次學乖了，小心翼翼地走到邊緣，向下探看。下方就是陡峭的山谷，兩邊有鋸齒狀的岩石，谷底有條細窄的小溪在岩石之間蜿蜒流過。他不禁打起冷顫，彷彿可以看見岩坡上鮮血四濺，貓兒們衝進戰場，尖聲嘶吼。

「我們現在已經不去那個地方了。」鷹爪繼續說道。「入侵者認為那裡屬於他們的。」

「也許我們可以讓他們知道，他們錯了。」褐皮甩著尾巴，這樣建議道。

鷹爪搖搖頭。「不值得，反正那裡也沒什麼獵物。如果我們沿著這座山脊再走遠一點，就可以到達另一座河谷，那裡有草地和灌木叢，通常都能抓到一兩隻老鼠，幸運的話，還能抓到兔子。我們臥鋪上的地衣，也是從那裡採集的。」

獅掌朝他指的方向看去，發現沿著山脊再過去幾條狐狸尾巴的地方，有一座尖釘狀的岩石，就像一棵被閃電劈開的樹。「那裡倒是可以做為邊界的地標。」他向棘爪提議道。

棘爪點點頭。「這主意不錯，這樣一來，那座河谷就算是你們的領地了。」

部落貓沒有吭聲，面露疑色地互看彼此。獅掌不免有點同情，心想他們可能認為那塊領地早晚也會被搶走。

「鷹爪，要不要帶我們過去看看？」棘爪問道。

「好啊。」護穴貓沿著山脊開始前進，獅掌和其他部族貓跟在後面，他現在每一步都踩得很小心。不過剛剛看見的那隻老鷹已經不見了，這讓他放心不少。

他們到了那座河谷。發現真的比較適合狩獵，因為有很多遮蔽物供獵物躲藏。鷹爪本來想走到這裡為止，但棘爪催他們繼續往山脊頂前進。

「我們必須繞邊界走一圈。」他喵聲道，「或至少沿著我們認為是邊界的地方走一圈。」

「什麼？」飛鳥表情驚訝。「我們不可能在一天之內走完的。」

「走山路得花比較久的時間，」灰濛附和道。「不像平地可以走得很快。」

「我知道，」棘爪答道，琥珀色的眼睛露出體諒的神色，「但時間是不等你們的，入侵者也不會等你們。」

鷹爪長嘆一聲。「你說得對，我們繼續走吧。」

於是又帶著這支隊伍沿著河谷的高點繼續前進，決定將那座扭曲變形的釘狀岩視為邊界地標。等到走到河谷頂端，山脊突然直削而下，河流從岩縫間向下奔流。

「這地方也很適合做為邊界的地標。」棘爪說明道。「等到邊界都確定了，你們就得每天到這些地方標上氣味記號，所以最好選容易記住的地方。」

鷹爪點點頭，但獅掌總覺得他看起來不太相信這一套。

然後從這裡開始，他們一路經過佈滿礫石的高原，越過幾座罕無小徑可循的陡峭山脊。太陽這時已經高掛天空，獅掌的腿又痠又痛，腳墊早就不知道被粗糙的石頭給磨破幾回了，一路上都留下斑斑血跡，就連部落貓也開始顯出疲態。

棘爪正要繞過一座大圓石，突然停下腳步，獅掌差點撞上他。暗色虎斑貓的毛髮豎得筆直，獅掌聞得到憤怒的氣味。他警覺危險，趕緊伸長脖子，探看前方動靜。

他看到前方窪地有座池子和幾叢灌木。灌木底下走出三隻貓兒，第一隻嘴裡還叼著老鼠。對方也停下腳步，抬頭好奇張望。

「搞什麼啊？」一隻黑色公貓問道：「你們想幹嘛？」

「我們正想問你們呢。」棘爪回答，然後向前走了幾步，停在窪地口。

鷹爪走上前去，站到他旁邊，褐皮則站到另一邊。獅掌注意到飛鳥和灰濛也都站好位置，隨時保持警覺。至於鴉羽則繞過窪地的最高點，從另一頭監看灌木叢那邊的動靜。

剛剛說話的黑色公貓瞇起眼睛。「如果你們想打架的話，我們隨時奉陪。」

「我們不想打架，」棘爪的聲音很冷靜，但獅掌看見他的頸毛蓬了起來，他知道他父親已經做好迎戰的準備。「我們只是在設定邊界。這裡將成為急水部落的領地，至於山裡的其他地方則隨你和你的同伴使用。等我們設好邊界位置，就會很清楚哪些地方屬於誰的。」

獅掌覺得這說法很公平，但入侵者顯然不這麼想。另一隻淺灰色母貓抬頭用冷漠的藍色眼睛瞪著棘爪。「你憑什麼告訴我們哪裡不能去？」她輕蔑地問道。「我們愛到哪裡都可以。」

「這是我們的地方。」鷹爪咆哮道。

「那就證明給我們看啊，」母貓言語挑釁。「到目前為止，還看不出你們有這個本事。」

「就算有邊界，也擋不住我們的。」那隻黑色公貓附和道。

鷹爪的尾巴拍來打去，身子蹲伏下來，打算撲上去。而在窪地對面的鴉羽也發出一聲震耳欲聾的嗥叫。三個入侵者緊靠一起，爪子出鞘，雙耳貼平。

「別動手！」棘爪抬高尾巴。「今天我們不想見血，如果你們有首領，就回去向他報告，」他告訴那些入侵者。「順便告訴你們的同伴，從明天起，邊界就會設好，以後不准再越界。」然後他退回窪地邊緣，用尾巴示意鷹爪。「讓他們走吧。」

護穴貓看著入侵者從他身邊經過，嘴裡發出低沉的咆哮，但並沒擋住他們。「下一次，你們就沒那麼走運了。」他呸口道。

對方不理他，那隻灰色母貓甚至高傲地抬起尾巴，然後這群入侵者就消失在岩間。褐皮跳著追上前去，在他們的消失處停下腳步。

「他們已經走了。」過了一會兒，她回報道。

可是他們還會回來。獅掌沒大聲說出來，但他知道大家一定都這麼想。

「這有意義嗎？」灰濛垂頭喪氣地問道。「這些貓不會尊重我們的邊界。」

「我們還不如回洞穴裡去。」飛鳥附和道。

「不行，你們千萬不能放棄，」棘爪鼓勵他們。「一旦邊界設好了，你們必須不斷強化那裡的氣味記號，直到入侵者明白你們的用意為止。」

其實獅掌也不確定他父親的說法到底對不對。邊界得靠雙方同意，才算存在。要是其中一方不同意，就得靠尖牙鷹爪來捍衛這些氣味記號才行。這些部落貓有能力捍衛嗎？

鷹爪帶頭在窪地上繞了一圈，把它劃進部落貓的領地裡，然後往石縫裡走去，穿過岩壁間的一道狹窄缺口，這條小路一次只能容一隻貓兒通過，鷹爪寬大的肩膀不斷摩擦兩邊岩壁。

他們在這條小路上走了大概好幾條狐狸尾巴之遠，才進到一處比較開闊的空間，這裡堆滿落石。突然有嘶吼聲從他們上方傳來，一個黑影瞬間落在獅掌身上，將他撞倒在地。他身子一滾，翻到一旁，這才發現是一隻年輕的雜黃褐色母貓，臉上有閃電般的條紋。

「我見過妳！」他倒抽口氣。「我昨天就有看到妳。」

那隻母貓伸掌往他頭上猛擊，但獅掌知道她的爪子沒有出鞘。他步行了一整天，現在正想好好打上一架，活動一下筋骨，於是立刻跳了起來，往年輕母貓身上撲了上去。

正當他用後腳猛踢對方時，竟也瞄見褐皮正和一隻緊抓住她毛髮不放的灰貓扭打在一起。另一隻年輕的貓兒則騎在鷹爪肩上，嘶聲大吼，爪子狠戳下去。小路前方傳來更多的扭打聲，空氣裡瞬間充滿尖聲嘶吼。

這條窄徑根本沒有足夠的打鬥空間。雜黃褐色母貓甩掉獅掌，爬上大圓石，呸他一口，弓起身子，抖開尾巴的毛。

獅掌旋身一轉，看見棘爪正伸腳將一隻年輕的薑黃色公貓的脖子緊緊掐住。在他前面，有兩隻長得一模一樣的虎斑貓正將飛鳥壓在地上，爪子扒過她的毛髮。獅掌大吼一聲，縱身一跳，越過棘爪，撲上離他最近的那隻虎斑貓。

「不要出現流血衝突，除非必要！」棘爪嘶聲喊道。

獅掌憤怒到幾乎聽不進去。但他還是沒讓爪子出鞘，只是把其中一隻虎斑貓撞到一旁，再對著另一隻兇狠地齜牙咧嘴，同時幫忙飛鳥站起來。

這場架來得快，去得也快，入侵者一哄而散，四處竄逃。

棘爪走到獅掌身邊，鼻頰抵住他的肩膀。「打得好！」他喵聲道。「你沒受傷吧？」

聽見他父親的讚美，得意極了。「我沒受傷，」他答道。「他們並沒使出全力。」

「對我來說，他們的功夫只有見習生的程度而已。」鴉羽走了過來，呸掉嘴裡的灰毛。

「也許他們只是打好玩的。」棘爪說道。

「打好玩的！」鴉羽眼珠轉了轉。

「他們只是想嚇嚇我們。」褐皮從大圓石上跳下來，剛剛她跳上去追那隻攻擊她的貓。

「他們不是在狩獵，也不是在保衛自己的營地。」

「你們部族貓真的很會打架。」鷹爪沿著小徑蹣跚走了過來。他猶豫了一會兒，才自言自語道：「這些仗到底要打到什麼時候才會結束？」

灰濛和飛鳥不安地互看一眼，飛鳥喃喃說道：「我覺得這裡不再是我們的家了。」

獅掌發現部落貓在這場戰役中被打得很慘。灰濛的耳朵正在流血，飛鳥身子下面有擦傷，鷹爪肩膀的毛幾乎被扯禿。他們真的需要好好學習戰士的格鬥技巧。但他們卻一副想放棄的模樣。如果連部落貓都不肯自立自強，部族貓又該怎麼幫他們？

第二十三章

冬青掌帶著大部分的貓走出洞外，正好看見獅掌跟棘爪的隊伍消失在岩間。當時她真希望能跟他們一起去，但她知道教幼貓們戰鬥技巧的教學也很重要。

「你們坐下來。」當他們全都走出洞外，跳下潭邊空地時，風掌對他們這樣說道。「我跟冬青掌會向你們示範打鬥的技巧。」

冬青掌有點不悅，毛髮豎了起來，就算他們是在教對方，也不必表現得這麼高高在上吧。「乾脆我們先看看他們到底懂多少，」她提議道。「再根據他們現有的基礎來上課。」

「呃……好吧。」風掌不願意地聳聳肩。

「只有護穴貓學過這種東西，」卵石上前一步，對冬青掌解釋道。「我們學的技巧是如果有老鷹攻擊狩獵貓，要怎麼擊退牠們。」

冬青掌坐了下來，尾巴圈住腳掌。「好啊，那就讓我們看看你們是怎麼擊退老鷹的。」

於是卵石蹲了下來，靠有力的後腿，騰空

一躍，並在跳到最高點時，兩隻前腳往前猛擊，然後落地，立即恢復蹲姿。

冬青掌暗自叫好，這個跳躍動作的時間掐得剛剛好，足以擊退會飛的敵人，她開始盤算該怎麼把這動作套用成陸地上的攻擊招式。

「這一招很棒，」她喵聲道。「你們都會嗎？」

另外兩隻半大貓上前一步。「我們也會。我們也像卵石一樣，將來會成為護穴貓。」

這時包含尖嗓和水花在內的三隻半大貓仍站在潭邊，全都帶著敵意地看著冬青掌和風掌。

「我不懂為什麼要聽你們的話，」尖嗓咕噥抱怨道。「你們又不是戰士。」

「至少我們比你們懂怎麼作戰。」風掌吼回去。

冬青掌很想嘆氣，但強忍住，風掌雖然說得沒錯，但這樣的回嗆只會讓尖嗓更反感而已。

「我們是因為棘爪的吩咐，才來教你們的。」

「那又怎樣？」尖嗓粗魯地背過身去，然後回頭嗆道：「他又不是我們的首領，我們根本不必聽他的命令。」

「再說，我們是狩獵貓。」水花的語氣至少有禮貌多了。「我們正在接受狩獵訓練。」

「好吧，那就假裝風掌是隻兔子好了。」

「喂！」風掌出聲抗議。

但他還沒來得說話，水花已經像狩獵貓一樣蹲下來，縱身一躍，撲上他。風掌一個使力甩掉她，爬了起來，抖抖身上亂掉的毛。

「跳得好！」冬青掌喵聲道。「這很適合用在戰鬥裡，但是跳上去之後，爪子一定要緊緊抓住他，再不然就是用牙齒去咬對方的喉嚨。」

水花點點頭，冬青掌總算鬆了口氣，因為她看見對方終於顯得興味昂然，不再懷有敵意。

「如果是抓兔子，我就會這樣，」她解釋道。「但剛剛我想最好還是別傷到他。」

「我倒想看看妳怎麼傷得了我？」風掌咆哮道。

「你們剛剛也跳得很棒。」冬青掌轉身對將來要當護穴貓的那群半大貓說道。「只是要改成不要在空中猛揮爪子，而是先落在敵人背上，再伸出利爪對付他。」這一招很高明，入侵者根本意料不到。「現在就由風掌和我示範幾個基本的動作。」她補充道。

於是他們表演了幾招新見習生必學的招式：從敵人身邊衝過去，同時迅雷不及掩耳地伸爪去扒對方的脅腹；還有身子一滾，順勢抬起後腿，戳對方肚子。

「現在換你們試試看。」風掌命令道。「兩隻貓一組，一隻護穴貓、一隻狩獵貓。」

「千萬記住，練習時，要把爪子收起來哦。」冬青掌補充道。

於是她和風掌坐在旁邊看著大家練習。令她驚訝的是，狩獵貓學得比較快。他們的行動顯得較敏捷，她猜那是因為他們不必像護穴貓那樣先改掉之前學過的招數。

在水潭的另一邊，松鼠飛和暴毛正在訓練一群成年的部落貓。冬青掌聽見其中一隻喵聲說道：「為什麼要學這種東西，我們的方法已經用了很久，目前為止都很好用啊。」

冬青掌不免同情起他們。她能理解部落貓想要遵循傳統的心情，她也不想逼他們改變。**可是他們必須求新求變**，她告訴自己，**因為這是能幫助他們活下去的唯一方法**。她心想，等邊界都設好了，流血衝突應該就會跟著減少，因為到時他們會懂得如何保護自己，入侵者將不敢再偷襲他們，她只能這樣說服自己。

等到全都練習好了，她請風掌再教狩獵貓幾招進階的招式，至於她則幫忙護穴貓修正一些既有的招式。

太陽高升又沉落。冬青掌的肚子咕嚕咕嚕叫得厲害，但沒有一隻半大貓提議回去吃東西。她猜他們大概一天只吃一餐吧。在那當下，她真巴不得能回到雷族營地裡，至少在那裡，只要把工作做完了，隨時都可以去獵物堆拿她想吃的東西。

最後她示意半大貓可以先到潭邊休息。「你們都做得很好，」她喵聲道。「尖石巫師應該出來看看你們的成績。如果他知道你們這麼優秀，一定會很驕傲的。」

「尖石巫師從來不出洞穴的。」卵石告訴她。

冬青掌驚訝得瞪大眼睛。「真的？」

「只有在瀑布上頭舉辦儀式時，他才會出來，譬如幼貓升為成年部落貓這類成年儀式。」水花喵聲道。

「有緊急事件時，也會出來。」卵石喵聲道。

「我猜部族貓的做法一定又不一樣了，對不對？」尖嗓哼地一聲說道。這隻貓雖然最後還是接受了訓練，但冬青掌看得出他不願意。

「沒錯，我們的族長會和戰士們一起狩獵和巡邏，」風掌解釋道。「必要的話，也會一起打仗。」

「那不就可能會戰死嗎？」卵石問道，那副驚訝的表情就跟冬青掌剛剛沒兩樣。

「是沒錯啦。」冬青掌不想告訴他們其實部族族長都有九條命，因為她不確定殺無盡部落有沒有賜給尖石巫師九條命，要是沒有，部落貓的心裡也許會很不是滋味。再說，林子裡比山裡容易生存，也比較容易找到遮蔽物躲開老鷹，不會一不小心就失足墜死。她看看四周那些冰冷的灰色岩石，突然覺得好想回家。

「我想我們最好再繼續練習。」她開口說道，正準備站起來進行下一回合的課程。

這時突然有個什麼東西從後面撲了上來，害她在地上滾了幾圈，趕緊趴在地上，才沒滾進潭裡，但尾巴已經掉了進去。風掌兩隻前掌壓在她身上，琥珀色的眼睛閃著得意的光芒。

「攻擊敵人的最好方法……」他誇口道。「就是趁其不備！」

他後退幾步，讓冬青掌從地上爬起來，幾隻半大貓發出好玩的笑聲。

「笨毛球！」她喵聲道，故意用尾巴往他臉上潑水。不過她沒生風掌的氣，因為她和獅掌以前也常玩這種遊戲。「風掌說得沒錯，」她繼續說道。「狩獵的訣竅就在於你要偷偷接近獵物，再趁其不備地攻擊牠，我們再練習一下吧。」

但才剛開始練習，冬青掌就發現自己已經餓到快沒力氣。她的動作變得遲緩，不再像平常那樣俐落。這時她聞到氣味，發現獅掌和棘爪跟著其他巡邏隊員回來了，突然覺得鬆了口氣。

她的弟弟從岩壁上方跳下來，腳跛得很厲害。冬青掌趕緊打發掉那些半大貓，反正他們也累到不想練習。風掌陪著半大貓們走回洞穴裡，一邊走一邊告訴他們，他在風族領地裡跟狐狸大戰的經過。

山上又沒狐狸，冬青掌心想。她趕緊走向獅掌，用肩膀撐住他，扶他走向潭邊。「你還好吧？」她問道。

「我沒事。」獅掌疲憊地嘆口氣，蹲在潭邊喝水，然後抬起頭來，抖掉頰鬚上的水珠。「今天真是累極了，我們根本走不完整個邊界，山路實在太難走了。」

冬青掌本想說點幼貓受訓的趣事來提振他的精神，但因為她對這種改造他族的做法其實也不太認同，再加上有一、兩隻像尖嗓的幼貓不斷提醒她，他們沒興趣學習，所以她就不太想說了。她看看其他戰士和部落貓，也都是無精打采地沿著小路走回洞穴裡。這時她突然看到一天不見的松鴉掌，他正坐在瀑布旁邊的岩石上，腳掌塞在身子底下。那些成年貓陸續從他身邊經過，他乾脆跳了下來，往他哥哥姊姊這兒走來。

「我快受不了。」他大聲說道。「簡直無聊到很想拔身上的毛。我待在洞裡一整天了，一直在聽一群母貓嘮叨她們的小貓生病了。」

「你不能幫她們忙嗎？」冬青掌問道。

「我又不是她們的巫醫，」他啐口道。「要是我搶尖石巫師的工作，搞不好他會生氣。」

「那你是我們的巫醫，」冬青掌心情已經沮喪到脾氣變得不是很好，「你就過來看看獅掌好了。」

「他怎麼了？出了什麼事？」松鴉掌問道，同時仔細嗅聞獅掌。

獅掌把那痛到不行的腳墊伸進潭裡，然後舔舔它們。「我沒事，真的。」

冬青掌才不相信呢。他的聲音聽起來累極了，而且他的腳墊都破皮流血了。「他的腳掌很痛，你能不能想想辦法？」她催促松鴉掌。

松鴉掌懊惱地抽抽耳朵。「在這種鳥不拉屎的地方，我上哪裡找藥草啊？」可是他還是站起身，嗅聞空氣，然後往岩壁走去，那裡有一些矮小灌木，還有一小叢從岩縫裡冒出來的小草。過了一會兒，他叼了些羊蹄葉回來。「嚼一嚼，然後塗在腳墊上。」他告訴獅掌。

「謝謝。」冰涼的汁液舒緩了疼痛，獅掌吁了口氣。

冬青掌聽見岩石上有腳步聲，抬頭一看，只見松鼠飛繞過水潭，朝他們走來。「妳今天的訓練課程進行得怎麼樣？」她問道。

「還好吧。」冬青掌答道。「有些貓學得很快，但我不確定……」

「不確定什麼？」

「他們有自己的傳統，我們卻直接推翻，感覺上好像不太對。」

「邊界的問題也一樣啊，」獅掌喵聲道。「我覺得這根本沒用，我們不能把這座山當成部族的領地來處理。入侵者根本不管你有沒有邊界。再說我也不覺得部落貓想設立邊界，他們只想照以前的方式過活。」

「我不懂你們為什麼要自找麻煩。」松鴉掌的語氣顯得尖酸。「殺無盡部落都不想幫部落貓的忙了，也不要我們幫忙，我們幹嘛勉強他們去做不想做的事情呢？」

「因為如果不幫忙，他們就只有死路一條，」松鼠飛厲聲說道，但隨即又用尾巴摸摸松鴉掌的肩膀，表示她不是故意要這麼兇。「對不起，我和你們一樣也很沮喪，但我認為我們不應該輕言放棄，我們有寶貴的經驗可以傳授，他們遲早會明白我們的苦心。」

冬青掌還是不太確定。**畢竟這裡有待改造的地方太多了，不光是會流血的那種而已。**

第二十四章

松鴉掌躺在鋪滿地衣的臥鋪上，獅掌和冬青掌也躺在他旁邊，瀑布的隆隆水聲永無休止地傳進他耳裡。這水聲裡頭好像還摻著某種聲音，但不管他如何豎直耳朵都聽不出來那是什麼，倒是能聽見貓兒疲累地回到臥鋪，準備就寢的低語聲。

辛苦工作了一整天的冬青掌和獅掌，早就累得呼呼大睡。松鴉掌把鼻子埋進尾巴裡，試圖入睡，但睡不著，於是他躡手躡腳地爬出臥鋪，走到洞穴中央。

他已經開始熟悉這裡的環境，可以分辨出護穴貓和狩獵貓各自睡覺的地方，也聞得到同伴在哪裡就寢。他偷偷往洞穴深處走，離身後的瀑布愈來愈遠。突然他聽見水的回聲，有水滴成串落在池子裡。他蹲下去舔了一舔，只覺得池水冰涼，帶有野風的氣味。

他不敢相信他們竟然會在山裡待這麼久。不管尖石巫師怎麼說，他們終究不受歡迎，而且就算強迫部落貓學會部族貓的所有求生技術，也不見得就能解決一切問題。只是他已經決定一定要在離開這裡之前，查出有關殺無盡部落的真相。他又站起身，伸舌舔掉下巴的水滴，嗅聞空氣。

有尖石巫師的氣味！松鴉掌在地上隱約聞到他的氣味，於是一路追蹤，往洞穴後方走去，那裡有個缺口，他小心溜進去，並沿著狹窄的通道往裡面走。他從空氣的浮動及腳下的回音察覺出他已經走進另一個洞穴。

洞裡傳來的寒意告訴他，這個洞穴的上方不是封閉的，至少有個小缺口。他又往前走了幾步，一不小心踩進水坑裡，水花四濺，他趕緊縮腳回來，滿臉厭惡地甩甩腳，然後身子挨著身邊石頭，小心往前探索，一次只伸出一小步。他身邊這座石頭像樹幹一樣從地上長出來，空氣裡充斥著奇怪的低語回音，微弱到他根本聽不清楚。

這時有隻貓兒出聲說話：「松鴉掌，歡迎你來到尖石洞穴。」

松鴉掌當場僵在原地。他剛剛太專心於眼前的探索，完全沒想到萬一被尖石巫師發現他在這裡，下場會如何。他知道這裡是行醫貓的住所，如同部族族長的窩一樣。但現在也沒必要假裝自己的無辜了。

「謝謝你，尖石巫師。」

他聽見腳步聲，想像得到老虎斑貓正朝他走來。等到尖石巫師的聲音二度傳來，感覺已經近在耳邊。

「這裡是我和殺無盡部落溝通的地方。祂們會藉由各種自然異象賜我啟示，包括天上的星光；水裡的月亮；跳躍的光影；地上和穴頂的突岩所投下的影子；風聲、水聲以及腳步聲的回音。」他的聲音高低起伏，不像平常說話的樣子，最後竟變成喃喃低語。「但祂們從沒告訴過我，我的部落能否得救。」

當初松鴉掌得知尖石巫師沒有老實說出殺無盡部落的旨意時，曾經很鄙夷他，但現在他也必須承認行醫貓處事上的成熟與智慧，開始多少能體諒對方在面臨部落存亡之秋，所承受的椎心之痛。

「我們的祖靈根本不肯幫我們，」尖石巫師繼續說道。「祂們好像不再管我們的死活。」

松鴉掌不太確定尖石巫師究竟是不是在跟他說話。他好像是在對一隻年紀很長的老貓說話，期望對方分享經驗與智慧。

「部族貓崇拜的是星族，」松鴉掌有點猶豫。「但星族也不是萬能，也許是殺無盡部落不知道怎麼幫你們。」

「那麼當初祂們為什麼要帶我們來這裡？」尖石巫師粗聲答道。「祂們曾告訴我們這裡很安全。」

松鴉掌豎直耳朵。**莫非尖石巫師知道部落貓的起源？**

「你們以前住在哪裡？」他問道。「為什麼要搬到這裡來？」

尖石巫師嘆了口氣，松鴉掌的頰鬚為之一震。「我不知道，那已經是好久以前的事了。殺無盡部落從沒告訴過我。」

松鴉掌不禁豎直每根毛髮，原來部落貓以前也不是住在山裡，也許殺無盡部落之所以這麼絕望，是因為祂們認為自己錯了，當初根本不該指引這些貓兒來到山裡。他的前爪緊張地刨著潮溼的地面，希望能知道背後的真相，不光只是這些表面事實。

「你今晚有看見什麼異象嗎？」他詢問尖石巫師。

「不多，」行醫貓答道。「月光照在水裡——就在那兒！一片雲飄過去，就像所有希望都會落空一樣。洞穴裡的回音並沒有透露出什麼訊息，但那兒有微風輕拂水面，代表將有改變。」他又嘆了口氣，聽起來很疲憊。「我不知道這所謂的改變是什麼。唉，我要去睡了，晚安，松鴉掌。」

「晚安。」松鴉掌聽見老貓的腳步聲往回走，然後是一陣窸窣作響，像在整理臥鋪，準備就寢。他站在那裡聽著那些聲音慢慢消失，自己也試圖從洞裡的回音聽出一些端倪，但什麼也聽不出來。

他緩步走到洞穴邊緣，發現地上有個凹洞，那是一塊光裸的岩石，上頭沒有鋪任何東西，但他還是躺了下來，蜷伏其中，知道唯有進入夢裡，才能找到問題的答案。

松鴉掌閉上眼睛，再次醒來時，發現自己在一座突岩的頂端，野風從兩側吹來，撫平他的毛髮，古代貓磐石就坐在他對面一座大圓石上。月光照著祂光禿的身子，兩隻瞎掉的禿眼好似正盯著他看。

「這些都不是你的祖靈。」松鴉掌還沒開口，祂就這樣說道。「所以最好小心點。」

「我會小心的。」松鴉掌反駁道。「但我得想想辦法！殺無盡部落已經對部落貓放棄希望，祂們什麼忙也不肯幫。」

「有你的同伴在幫他們。」磐石答道。

「但這是不對的！」松鴉掌抗議道，困惑地抽抽尾巴。「照顧後代子孫應該是戰士祖靈的責任，不是嗎？」

磐石一句話也沒說，但松鴉掌感覺得到祂的悲痛。他不免又好奇起來，**為什麼磐石這麼關心部落貓？為什麼沒有貓兒可以為我解答？**

磐石的靈體開始消散，他不免沮喪地發出一聲嗥叫。只見磐石漸漸幻化成瑩亮的微光，終於消失在風和星光裡。他往前一跳，卻發現自己是在尖石洞穴的凹洞裡，也就是他剛剛睡著的地方，亂扒著四隻腳。

「該死！」他呸口道。

洞裡的氣味告訴他，他已經睡了好久，尖石巫師早已離開洞穴。松鴉掌趕緊起身，梳整身上毛髮。剛剛那個夢還在他腦海裡縈繞，他相信只要他再加把勁兒，或許就能找到答案。

但不是現在，因為他聽見遠方傳來的貓叫聲，感覺有災事發生，不禁繃緊神經，循著原路，往前面的洞穴走去，那聲音愈來愈大，有哭號有吼叫，幾乎淹沒了瀑布的水聲。松鴉掌剛走進洞裡，血腥的氣味就像潮溼的野風迎面撲來。

「發生什麼事了？」他警覺問道。

他嗅聞空氣，第一個聞到的熟悉氣味是褐皮的。他跳到她身邊，開口問她：「到底發生什麼事了？已經開戰了嗎？」

「有貓兒被攻擊。」這隻影族貓兒的回答非常簡單俐落。「狩獵貓黎明時出去抓到一隻老鷹，可是在回來的路上被入侵者偷襲，搶走食物。」

「我們輸了！」一個陌生的聲音咆哮道。「這些不要臉的傢伙搶走我們的食物，都是你們部族貓害的，把護穴貓全留在洞裡學什麼狗屁技巧。」那最後四個字像詛咒一樣從部落貓的嘴裡呸了出來。

「就算憑你們既有的本事，也抵擋不了對方的暴力強取。」棘爪的聲音在松鴉掌後方響起，他立即聞到他父親的氣味。

「總比都沒有護穴貓在旁邊保護要來得好吧！」那隻部落貓吼了回去。「我的伴侶貓受傷了，」他的聲音突然發起抖來，「不知道會不會死掉。」

「我很抱歉，」棘爪低聲道。「松鴉掌，你可以過去幫尖石巫師的忙嗎？他可能需要巫醫的協助。」

「我知道。」終於有事可做了，松鴉掌聞出尖石巫師的所在位置，然後走了過去，小心經過那幾隻躺在地方哀叫的傷貓。

「我看……」他暗自咕噥道。「受傷的不只六隻吧，叫得這麼大聲，簡直快把屋頂給掀了。」

「松鴉掌，」尖石巫師的聲音冷靜而自持，一點也不像昨夜那隻疲憊困惑的老貓。「幫我把委陵菜的根嚼爛，然後敷在灰濛的傷口上。」

松鴉掌小心嗅一嗅尖石巫師剛推到他腳邊的藥草。「我從沒用這種東西，你剛說這藥草叫什麼？」

「委陵菜，」尖石巫師答道。「可以療傷，也可以解毒。」

「喂，你快點好嗎？」躺在身邊的灰濛因疼痛難耐而顯得聲音尖銳。「等一下再討論藥草名，不行嗎？」

「好啦，」松鴉掌嘆口氣。「你舔過傷口了沒？」

「沒有……」灰濛的語氣顯得驚訝，好像從沒想過自己得先把傷口舔乾淨。

「那就快舔啊，」松鴉掌啐口道。「光把藥草泥塗在乾掉的血塊和骯髒的毛髮上有什麼用？」

他蹲下去嚼委陵菜，耳裡聽見灰濛粗糙的舔舌聲。這種藥草的根聞起來很香，但嚐起來的氣味很辛辣。

「我們也會用鹿蹄草，」尖石巫師邊工作邊說。「還有艾菊，你聽過這些藥草嗎？」

松鴉掌吐出嘴裡最後一口被嚼爛的根，然後用腳掌挖了一勺，準備敷在灰濛的傷口上。

「我們有艾菊，但大多是用來止咳。好了，灰濛，傷口都弄乾淨了嗎？」

「嗯，可以了。」狩獵貓答道。

「差不多了，」松鴉掌咕噥道。「真像隻小貓！」

「你冷靜點。」冬青掌用鼻頰搓搓松鴉掌的頸毛。「我來幫你，需要我做什麼嗎？」

「部落貓得先幫自己才行。」松鴉掌嗆了回去，但隨即又後悔自己的語氣很不好。冬青掌根本不知道急水部落的祖靈已經放棄他們，他也不想告訴她。不過他知道，如果部落貓不自我振作起來，幫再多的忙也沒用。

第二十五章

尖石巫師一直等到受傷的貓兒都得到妥善照料，全在臥鋪上躺了下來之後，才疲憊地走到洞口，用尾巴示意，要棘爪一塊過來。獅掌也跟上去，因為他想知道下一步是什麼。

陽光穿過瀑布透進來，光影模糊灰暗。尖石巫師坐了下來，腳掌擱在身下，他的身影鑲在一片水色光影中，尤其顯得瘦小幽暗。

「部落貓在這裡活不下去的，」他嘆口氣，聲音幾乎被水聲吞沒。「我們必須離開這裡，到別的地方找新家。」

棘爪沮喪地瞪大眼睛。「尖石巫師，這你必須自己做決定，但這是明智決定嗎？一大群貓兒長途遷徙，是件很危險的事。當初我們大遷移時，有不少部族貓因此喪生。再說，你們能搬到哪裡去？」

尖石巫師搖搖頭。對於這個問題，他也沒有答案。

也許他們可以搬到湖邊跟我們一起住，獅掌想道。**可是如果全都加入一個部族，數量未免太多，勢必得打散才行，可是他們不會願意的。再說，四大部族也不見得願意接納他們。**

「就算你找到新家，」棘爪繼續說道。「也必須學會適應新的生活，甚至學習新的狩獵技術，絕不會比你在這裡想辦法生存下去要來得輕鬆簡單。」

尖石巫師轉頭看這隻暗色的虎斑貓。「那你有什麼更好的建議？」

「先讓邊界巡邏隊出去巡邏看看。」棘爪喵聲道。

「巡邏隊？」尖石巫師的語調聽起來不太認同。「把時間都浪費在翻山越嶺上？」

「沒錯，山路是很難走，」棘爪承認道，語氣快要不耐。「但部落貓向來習慣翻山越嶺，這是入侵者比不上你們的地方。」

行醫貓眨眨眼睛，最後目光落在那片隆隆作響的水幕上。過了一會兒，才又問道：「你是說部落貓必須劃地自限於一塊區域？」

「那會是一塊很大的區域，」棘爪承諾道。「有足夠的空間養活整個部落，再說保留部分領地，總比拱手讓出所有領地要來得好吧？」尖石巫師沒有答腔，於是棘爪又繼續說道：「你為什麼不親自視察一下，確定你們有足夠大的領地？」

「行醫貓從不離開洞穴的，除非要在瀑布上方舉辦什麼儀式。」尖石巫師回答道。「這是殺無盡部落的旨意。」

棘爪一臉沮喪，尾尖抽了抽。獅掌心想他是不是不想再爭辯下去了。

但這時尖石巫師又開口說話了。「也許該是我們打破部分傳統的時候了，這樣才能把其他傳統保留下來。我跟你們一起去吧。」

「太好了！」棘爪的尾巴翹得高高的。「我立刻去組一支巡邏隊。獅掌，你也來參加。」他用尾巴彈彈他，然後跑回洞裡。

其實獅掌並不太想再翻山越嶺一次。昨天回來之後，他的腳到現在都還很痠痛，但他又很想幫忙，同時也想看看尖石巫師的反應。於是就待在尖石巫師的旁邊。棘爪回來了，後面跟著鷹爪、風掌和卵石，鴉羽落在後頭，同行的還有鷹崖、無星之夜，以及幾隻半大貓。

「鴉羽會帶他的巡邏隊走那個方向，我們走這邊。」棘爪對尖石巫師喵聲說道。「這樣一來，我們就能在太陽下山前巡視完整個領地。我們不需要仔細搜尋每個角落，只要找到路上的地標，就知道邊界範圍在哪裡了。」

尖石巫師點點頭。「很好。」

他讓棘爪帶路，沿著急水小徑走到洞外。獅掌等了一會兒，才從岩石上跳下潭邊的地面。這時天空烏雲低垂，盤旋山頂，空氣裡有很重的水氣，感覺隨時可能下雨。綠葉季的溫暖陽光及藍天白雲全都不見了。

鴉羽的巡邏隊爬上瀑布旁邊的小路，棘爪則領著他的隊友往另一個方向走，那也是他們前一天才走過的路。他們腳步輕快，很快抵達那座獅掌視為第一個邊界地標的釘狀岩。

「我們要在這裡做氣味記號，」棘爪大聲說道。「獅掌，你去示範一下好嗎？」

「不是應該留下部落貓的氣味嗎？」鷹爪問道。

「沒錯，」棘爪喵聲道。「剩下的就由你和卵石來做記號，獅掌這次只是示範。」

三隻部落貓互看彼此。獅掌感覺到他們並不相信氣味記號足以嚇退那些入侵者。他何嘗不這麼認為。除非部落貓願意不惜一戰地維護這些氣味記號，否則也是徒勞無功。

「我不懂為什麼要這麼麻煩。」風掌在他耳邊低語。「他們的想法根本和部族貓不一樣，完全不懂怎麼發揮邊界的功能。」

等到獅掌標完氣味記號，巡邏隊又繼續沿著山脊走到有河流經過的山谷頂端，再越過高原。棘爪選定一堆亂石作為另一座地標，石縫處有山泉涓流而下，岩面長滿光滑的綠色青苔。

「這堆石頭有什麼用？」正當鷹爪準備去標氣味記號時，尖石巫師反對道。「這裡太潮溼了，根本沒有獵物會躲在這裡。」

「這不重要，」棘爪解釋道。「重點是地標必須很明顯、容易辨識，如果有用處當然最好，但不是必要條件。」

尖石巫師狐疑地冷哼一聲，但不再反對，於是鷹爪前去標好氣味記號，然後繞過那座曾與入侵者狹路相逢的水池，並沿著那處曾遭年輕入侵者偷襲的狹窄山谷前進。

等到他們爬出山谷，卵石就在其中一座可俯瞰陡坡的大圓石底部留下氣味記號，這道陡坡的下方有長年受風的矮樹叢。

「那裡怎麼樣？」尖石巫師用尾巴指著某處。「我們希望那裡也成為我們的領地。」

棘爪眯起眼睛審視了一下，「不值得，」他結論道。「那地方很難從這裡下去。」

「但是部落貓以前常在那裡狩獵，那兒的樹幹都留有我們的爪痕。」

獅掌看見他父親的頸毛微蓬，感覺得出來棘爪正試圖壓抑不悅的情緒。

「如果你想做好防禦工作，邊界就一定得容易管理才行，」他解釋道。「你的目的只是要有足夠的領地來養活你的部落，所以得留點空間給其他外來者，不然他們一定會來攻擊你。」

獅掌看見鷹爪點點頭，好像聽懂的樣子，但尖石巫師卻甩著尾巴，露齒發出不悅的嘶聲。「隨便你吧，部族貓。」

棘爪只是點點頭，便示意鷹爪繼續帶路。

他們經過一座丘陵的山肩處，接著走下礫石坡，來到山谷裡的一條小溪。但還沒走到谷底，天空就下起了冰涼的毛毛雨，野風襲來，臉部頓覺刺痛。不到一會兒，獅掌就全身溼透。他渾身打著冷顫，真希望能找個樹蔭避雨。

「你們部落貓怎麼能忍受得了？」他問卵石。「就算是出太陽，山風也是大得離譜，而山裡的雨又特別……」

「我教你一個辦法。」卵石打斷道。

只見她快步跳過幾塊圓石，抵達溪邊。獅掌好奇地跟在後面。結果發現她竟然跑到岸邊的泥巴裡滾了幾圈，全身敷滿泥巴。

「試試看，」她提議道，身子跳了起來。「這可以保持身體的溫暖哦，還可以防風，狩獵貓在追蹤獵物時也會故意全身沾滿泥巴，作為偽裝。」

獅掌這才想起自己曾看過部落貓全身沾滿泥巴的樣子。當時他還以為他們是懶得梳理毛髮，原來是有這個好處。於是他小心翼翼地低下身子，在泥巴裡滾了幾圈，直到金色毛髮全都沾滿棕色的污泥。

這時他聽見不知誰在冷笑，抬頭一看，只見風掌站在上面。「到時想舔乾淨，可就累啦。」風族見習生揶揄道。

「那就陪我一起舔吧！」風掌還來不及反應，獅掌就撲了上去，將他撞倒，拉進泥巴裡。風掌驚呼一聲，想爬起來，但獅掌死拉不放，直到他的身上也都沾滿泥巴為止。

「笨毛球！」風掌呸口道，總算攀住旁邊一塊岩石，爬了起來，用嫌惡的表情看著身上的爛泥巴。

卵石看著他們，尾巴捲了起來，一臉好笑的樣子。「這樣才公平，」她喵聲道。「你們拿部族的那一套教我們，現在輪到我們教你們部落的這一套。」

獅掌從泥坑裡爬起來，甩甩身子。他討厭泥巴的氣味，也討厭這種黏兮兮的感覺，但他不得不承認，卵石說得沒錯。身上的泥巴，真的可以擋風和保溫。

「好了，」他咕噥道。「我們走吧。」

鷹爪越過小溪，帶著他們往上坡走去。獅掌才沒爬幾步，就聽見上方傳來一聲吼叫，趕緊抬頭一看，只見灰色天空下，有貓影佇立坡頂。他身子一僵，以為是入侵者，但空氣裡傳來的卻是部族貓和部落貓的混和氣味，他才認出那是鴉羽的巡邏隊。

「太好了！」他大聲喊道。「邊界全都標好了。」

兩支隊伍在脊頂會合。據鴉羽回報，他們在路上曾遇到兩隻入侵者，但對方發現寡不敵眾，趕緊逃了，一切都還算順利。

「那我們回洞裡去吧。」尖石巫師喵聲道。

鷹爪於是帶著他們走另外一條捷徑回到洞裡，這讓獅掌鬆了口氣。回程時，雨勢已經和緩，等他們抵達瀑布下方的潭邊時，冬青掌正在教幾隻沒去巡邏的半大貓技巧，課才上到一半而已。

「獅掌！」她停下示範動作，綠色眼睛盡是訝異。「我差點就認不出你，你好像部落貓哦。」

獅掌一臉不自在，只能聳聳肩，他到現在還是很受不了身上的泥巴味。「我得趕快把泥巴清乾淨。」

「為什麼？沒效嗎？」

「不是啦，很有效，」獅掌答道。「只是好噁心哦。」

冬青掌轉轉眼珠子。「你身上的金毛走在山裡太明顯了。」她直言道。「現在這樣子，應該比較容易抓到獵物。」

「應該吧。」獅掌嘆口氣。他真希望趕快回到林子裡，在那裡，他可以靠身上的金毛隱身在林間斑駁的陽光下。

其他貓都已經循著瀑布旁邊的小路，走回洞裡。只有棘爪留下來，站在潭邊的岩石上。「進來吧！」他用尾巴示意那些年輕的貓兒。「尖石巫師要召開會議了。」

獅掌從石頭上跳起來，跟了上去，冬青掌和其他半大貓尾隨其後。洞外夕陽餘暉像鮮血般灑進洞裡，獅掌全身不禁發顫，彷彿腳下踩的是腥黏血河。

尖石巫師坐在洞穴深處的大圓石上，那裡靠近尖石洞穴的通道。部落貓和部族貓不分彼此地圍著他坐。獅掌看見松鴉掌跟松鼠飛在一起，他則和冬青掌走去跟風掌及其他半大貓坐在一起。

「各位部族貓和部落貓，」尖石巫師開口道。「我們的邊界已經設好了，現在就看看入侵者會不會尊重邊界了。」

獅掌感覺得出來，尖石巫師並不相信這一套，就連部落貓也都在低聲質疑。一隻瘦弱的白色母貓開口說道：「那些髒貓不會理這一套的。」

「暴雲，」尖石巫師向她點點頭。「我同意妳的智慧判斷，我也和妳有同樣的看法。」

「那我們現在怎麼辦？」無星之夜喵聲道，神情緊張，在地面上不斷搓著前腳。「難道這一切都只是白費力氣？」

「不，」棘爪站了起來，威風凜凜，頭和尾巴揚得高高的。獅掌很自豪他父親是個英勇的戰士。「我們的工作還沒結束，現在我們必須去找入侵者，告訴他們不准越過邊界。」

「你認為他們會聽我們的話？」暴雲輕蔑地問道。

「我不知道，」棘爪答道。「但至少要給他們一個機會。我們可以依據休戰協定，先找到他們的營地，要求跟他們的首領會面一談。」

「休戰協定！」坐在獅掌和卵石之間的尖嗓，冷哼一聲。「他是腦袋昏了嗎？對方怎麼可能會尊重休戰協定。」

「也許會哦，」冬青掌喵聲說道。「在我們老家，月圓時就是四大部族的休戰日。」

尖嗓看起來不太相信，於是獅掌補充道。「真的啊，如果在月圓那天，有貓兒打架，星族會生氣的。」

卵石眨眨眼睛，顯得好奇。「你們認為這些入侵者認識星族，還是認識殺無盡部落？」

獅掌和他姊姊互看彼此，眼裡都有同樣的疑問。這些入侵者會和部落貓及部族貓的祖靈溝通嗎？

「我不知道，」冬青掌答道。「但值得一試啊。」

他們在私下討論的同時，成年貓也都在熱烈討論中。尖石巫師突然抬起尾巴，要求肅靜。

「夠了！我們就試試看棘爪的辦法吧，我跟他已經選好要派誰去找入侵者談了，如果這個計畫失敗，那麼……」他的聲音愈說愈小，最後低下頭去，害獅掌得豎起耳朵才聽得到他最後那幾句話。「如果這個計畫失敗，部落貓就不再以這座山為家了。」

獅掌從瀑布後面出來時，天色已經魚肚白。岩石上和潭邊灌木叢的葉梢間，猶掛著晶瑩閃爍的露珠，但昨日的烏雲已經散去，他不免揣想，難道這是個好兆頭嗎？

巡邏隊的成員陸續離開洞穴，跳到潭邊地面，獅掌的心情既興奮又害怕。所有部族貓都來了，只有松鼠飛和松鴉掌留下來，至於部落貓的部分，尖石巫師挑出了鷹崖、無星之夜和鷹爪，卵石和水花則是隨行的幼貓。

「我從沒想到我會被選上，」卵石雀躍地喵聲道。「妳認為我們會跟他們打起來嗎？」

「希望不會，」冬青掌答道。「但如果不幸發生，一定要記住我教過妳的那幾招技巧，就不會有問題了。」

棘爪揮揮尾巴，要他的貓兒集合。「我們現在要前往當初遇見入侵者的那座池子，」他大聲說道。「我們可以從那裡追蹤他們的去向。」

「祝你們一路順風！」松鼠飛大聲喊道。

獅掌回頭一看，他的母親已經從洞裡出來，正蹲在瀑布旁邊的一座大圓石上，火紅色的毛髮在漸強的陽光下熠熠閃爍。

「謝謝，」棘爪答道。「我們不在的時候，一定要小心警戒。」

松鼠飛彈彈耳朵。「我會的，別擔心。」

難怪她要留下來，獅掌心想。**原來是怕入侵者趁大家不在時偷襲這裡。**

一群貓兒浩浩蕩蕩地沿著邊界往那座池子走去，感覺上不像以前那麼累。獅掌知道那是因為他已經習慣在岩間上下攀爬，就連他的腳墊也變得耐磨多了。

「這裡有入侵者的氣味，」他們一抵達目的地，褐皮便這樣喵聲道，「但氣味不是很新，我想是因為那天照過面之後，他們就沒再來過這裡。」

「他們往那裡走去了。」鴉羽的耳朵朝岩間一道窄縫指了指。「也許那天他們是帶著獵物回營地裡。」

「有可能。」棘爪同意道，於是帶著大家鑽進岩縫。

獅掌一邊走，一邊嗅聞，可是入侵者的氣味很難追蹤，因為已經和上次巡邏的氣味混在一起。等他們走到上次被偷襲的那個地方時，入侵者的氣味才又強烈起來，可是到了山谷前方，又變淡了。

「搞什麼啊？」褐皮咕噥抱怨。「我們不會追丟了吧？」

大家靜靜地站在原地，嗅聞空氣，查看每一座岩石，想找到可能的蹤跡。獅掌的胃咕嚕咕嚕叫，因為他聞到老鼠的氣味，只好趕緊提醒自己，現在不是在狩獵，但還是遍尋不著入侵者的蹤影。

「在這裡！」獅掌轉頭看見冬青掌在一座突岩底下揮著尾巴。「我想他們應該是朝這個方向走的。」

棘爪走了過去，朝空氣深吸一口氣。「妳說得沒錯。」他用鼻子碰碰他女兒的耳朵。「妳的嗅覺很靈敏，由妳在前面帶路吧。」

冬青掌的眼裡閃著自信的光芒，帶著他們鑽過岩縫，爬上陡坡，但坡度很陡，差點站不住腳。到了頂端，她逗留了一會兒，才又往另一個方向走下去。腳下礫石不斷滑落，獅掌慢下腳步，暗自希望冬青掌沒有弄錯，因為他已經完全聞不到入侵者的氣味。

「你姊姊好厲害哦！」卵石趕了上來，在他旁邊這樣低聲說道。「我想就連我們的狩獵貓都不見得追蹤得到他們的氣味。」

「她是一等一的好手，」獅掌很自豪地喵聲道。「在我們老家，她總能抓到很多獵物。」

到了山腳下，氣味又變得濃烈起來。獅掌找到許多貓兒的足印，不禁繃緊了神經。他們一定是很接近入侵者的巢穴了。

那些足印越過一條乾涸的水道，進入兩座陡岩間的一個缺口，這兩座陡岩向彼此傾斜，靠得很近，頂端幾乎碰在一起。缺口裡面一片幽暗，入侵者的氣味鋪天蓋地而來。

「我想就是這裡了。」棘爪低聲說道。

「我們要進去嗎？」鷹崖問道。

「不，我們無法確定裡面到底有多少數量的貓，再說，如果我們不請自入對方營地，他們一定會直接攻擊我們。所以我們得在這裡等。」

貓兒們於是散成半圓形，獅掌看見褐皮全神貫注地瞪著那個洞穴看，就像在等老鼠出洞一樣。鴉羽看起來很緊張，不時回頭張望，貼平雙耳，警戒後方動靜。暴毛和溪兒坐得很近，正低聲交談。至於鷹崖則焦躁地來回踱步。

獅掌往冬青掌走去，身子輕輕碰她。「做得好，被妳找到了。」

冬青掌的頰鬚抽了抽。「既然都來到這裡了，現在就只能祈禱對方願意跟我們平心靜氣地談一談了。」

這時洞裡突然出現動靜，一隻貓兒探出頭來，獅掌立刻認出那隻雜黃褐色的年輕母貓，他已經見過她兩次了。對方一看見外面的陣仗，嚇得瞪大眼睛，立刻溜了回去。然後獅掌就聽見裡面傳來驚恐的聲響。

「他們馬上就會出來了。」棘爪說道。

等待的時間，感覺好漫長。這時獅掌看見洞內有個淺色身影正要出來，是他們上山時遇見的那隻銀色虎斑公貓，對方一走出來，就直接面對棘爪。

後面跟著更多的貓兒走出洞穴。獅掌認出了那隻叫花兒的棕白色母貓，還有那隻叫彈耳，長得很瘦的棕色公貓。就連巡邏時在池邊遇到的那隻黑色公貓也在這裡。他們看起來都很瘦，有些甚至還不良於行，看得出來山中求生不易，但眼神裡的堅韌卻不容小覷。

「你們要幹什麼？」斑紋質問道。

棘爪看看鷹崖，彈彈耳朵，要部落貓先說話。

「我們要找你談一下，」鷹崖喵聲道。「我們想結束這場戰爭。這座山很大，足夠供每隻貓兒獲得溫飽，但必須先劃分好領地，大家才有公平的機會捕捉獵物。」

他停頓一下，以為斑紋會有話要說，但那隻銀色公貓只是扭著頭，咕噥道：「還有呢？」

「急水部落已經標好領地四周的邊界，」鷹崖解釋道。「你們可以從我們標的氣味聞得出來邊界在哪裡。你們可以在山裡的其他地方狩獵，但請不要越過我們的邊界，我們……」

這時突如其來的吼叫淹沒了他的聲音。入侵者豎直毛髮，眼裡閃著兇光。

斑紋跨前一步，只離鷹崖一條尾巴遠。「你們沒有權利坐擁山裡的任何一塊地方，」他咆哮道。「你們也沒有權利設立邊界，我們想到哪裡狩獵都可以。」

「你這樣說並不公平！」褐皮反駁道。「難道你看不出來，我們只是想……」

「這關係到生死存亡，」斑紋直接打斷，爪子伸了出來。「如果被逼急的話，不是你死就是我亡。」

第二十六章

冬青掌瞬間被一股驚恐的情緒所襲。「他們根本不講道理！」她倒抽口氣，轉身對弟弟這樣說。「就連部落貓也懂得什麼叫本份，什麼叫講道理，可是他們什麼也不管。」

她繃緊肌肉，隨時準備開戰。巡邏隊本來是來當和平使者，只想跟對方好好談，但現在顯然破局。**星族，幫幫我們！**即便不確定在這片陌生的天空裡，星族能否聽見她的聲音，但她還是誠心向祂們祈禱，**告訴我們該怎麼做？**

她尾巴搖了搖，暗示半大貓往她這邊集中，獅掌和風掌則分守兩側。

「我們要開戰了嗎？」水花緊張地問道。

「但願不會，」獅掌答道，語調沉穩，令冬青掌感到放心，「不過必要時，冬青掌會給你們信號。」

冬青掌沒有把握能不能免於一戰。斑紋已經表明，入侵者不打算尊重部落貓辛苦設立的邊界。所以部落貓還是像當初一樣無計可施。

鷹崖上前一步，面對斑紋的挑戰。鷹崖頸毛倒豎，威赫地瞇起眼睛。「如果你想打架……」

棘爪及時伸出尾巴，擱在他肩上，阻止他再說下去，並示意他後退。「不是現在，」他低聲道。「再說他們數量比我們多，我們最好先回洞裡，再視以後的情況來決定。」

「我知道以後會怎麼樣。」鷹崖吼道。

在那當下，冬青掌還以為他會不聽棘爪的話，直接開戰。這樣一來，他們就得全都投入戰局，保護他全身而退。

但鷹崖卻發出一聲長嘆，低下頭去：「就聽你的吧！」他對棘爪這樣說。

棘爪再次用尾尖碰碰護穴貓的肩膀，無言地表示感謝。然後對著斑紋說：「我們會捍衛自己的邊界，如果你們敢越界，那後果自負吧。」

「很好。」斑紋彈彈尾巴。「我們會牢記這句話。但也別忘了你們當中有一些貓兒根本不屬於這裡。」

「他在指我們，」獅掌低聲道。「他知道我們早晚會離開這裡，到時急水部落又會變得沒有防禦能力……」

不用獅掌說，冬青掌也知道斑紋的意思是只要部族貓一離開這裡，他們就會攻擊部落貓。

但我們本來就不可能永遠待在山裡，她心想道，她真的好想念老家的林子和山谷裡的營地。

棘爪轉身帶他們離開。後方響起嘲弄聲。「別再來找我們了，沒用的。」彈耳吼道。

回程的路上，已經是日正當中。金色陽光雖然將路上的岩石曬得暖烘烘的，但冬青掌的心情卻像嚴寒的枯葉季一樣冰冷。

「妳覺得可行嗎？」水花發愁道。「他們已經知道我們有邊界，所以應該不會再來煩我們了吧？」

「我希望我能加入第一次的巡邏隊。」卵石附和道。

「再看看吧。」冬青掌喵聲道。她真的不知道這些半大貓到底有沒有搞懂剛剛發生的事，還是他們只是強迫自己樂觀以對。她不忍心告訴他們，除非兩方都同意，否則就算有邊界也沒用。入侵者已經表明他們根本不在乎，根本不尊重這件事。所以他們遲早會越過邊界，偷取更多獵物。

戰士守則在這裡一點用也沒有，她心想。她一向將戰士守則當作中心信仰，但現在她卻覺得自己好像誤入險崖，掉進深淵，**就連部落貓也不見得懂戰士守則究竟是什麼**。

她甩甩身子，部落貓或許沒有戰士守則，但他們的傳統畢竟像戰士守則一樣古老和重要。所以殺無盡部落或許最後還是會出面幫忙。

巡邏隊來到了直通小溪的礫石坡，棘爪卻突然舉起尾巴，要後面的貓兒停下來。「有入侵者的氣味！」他嘶聲說道。

冬青掌緊張到肩上毛髮都微微刺痛。她嗅聞空氣，新的陌生氣味隨著岩間的野風吹襲過來。她看不到入侵者，但知道他們一定就在附近。

「我真的被打敗了，」獅掌在她耳邊低語，全身毛髮也因憤怒而蓬起，尾巴不斷來回抽動。「我們才剛告訴他們邊界的事，他們現在就明目張膽地越過邊界。」

「你們看……在下面！」卵石用耳朵指指那條小溪。

那隻瘦巴巴的棕色公貓彈耳就在下方，他從一座岩脊後方走了出來，沿著小溪而行，另外有四隻入侵者跟在他後面，其中一隻是稍早前見到的那隻公貓，嘴裡還叼著一隻老鼠。他們大喇喇地走著，活像在逛自家花園似的。

我就知道，冬青掌心想道。**我們做的事都白費了。**

「他們真是差勁的狩獵者，」她批評道，藉此多少抵消沉重的挫敗感。「他們竟然沒聞到我們的氣味，不知道我們在這裡。」

「或者說他們根本不在乎。」獅掌補充道。

棘爪、鷹崖和暴毛快速地交談了幾句，可惜音量太低，冬青掌聽不到。這時棘爪跳上最近一塊大圓石，在天空的映照下，昂然挺直身子，「入侵者！」他大喝一聲。

對方停下腳步，棘爪同時發出聞之生畏的吼叫聲，然後從大圓石上一躍而下，其他隊員也跟著衝下斜坡。冬青掌只覺得像有一陣山洪掃過她身邊。

彈耳那一群貓驚恐地看了看他們，轉身朝下游逃去。彈耳慌忙攀上陡峭的亂石堆，直到爬上頂端的突岩，才轉身瞪著下方的部族貓和部落貓，然後平貼兩耳，收緊下脣，發出怒吼。

棘爪跳到亂石堆下方。「你們已經越過急水部落的邊界，」他喵聲道。冬青掌聽得出來他雖然試圖保持冷靜，但已經憤怒到聲音都在抽搐。「你們越界而且還偷抓獵物。」

「為什麼不行？」彈耳呸口道。「誰也攔不了我們。」

「我們已經跟你們說過有氣味記號了。」鷹崖走上前去，站在棘爪旁邊，這樣說道。

「是哦，有氣味記號！」彈耳哼著鼻子說。「我好怕哦！那你們想怎麼樣？把氣味記號標得更強烈一點嗎？我們愛到哪裡狩獵，就到哪裡，你們管不著。」然後不等他們回答，就往上一躍，消失在岩頂。

「要不要追上去，」鷹爪吼道。「也許給他一點顏色看看，下次他就不敢了。」

「沒那個必要。」棘爪的語氣顯得沮喪。「跟他們講道理，根本沒用，我們才轉身，他們就越界。看來一定要狠狠教訓他們一頓，讓他們永遠不敢再犯。」

冬青掌進入洞穴時，感覺到洞內有股亢奮的氛圍。被留在洞裡的部落貓，都急著要聽巡邏隊遇見入侵者的經過。

「所以他們知道邊界這回事？」飛鳥問道，眼裡滿是期盼。「這是不是表示他們不會再來煩我們了？」

「也許以後我們可以安心狩獵了。」灰濛附和道。

棘爪走進群眾裡。「恐怕還不行，」他喵聲道。「這場戰爭還沒結束，邊界並不存在。」

「可是我們設好邊界啦！」尖嗓從兩隻成年貓之間鑽了出來，質問棘爪，頸毛豎得筆直。

「是你幫忙設的啊！」

「入侵者已經越過邊界了。」暴毛喵聲道。

驚訝聲和憤怒聲在群眾間此起彼落，灰色戰士簡單說明他們和彈耳那群貓的相遇經過。

「他們不能這麼做！」有些貓兒大聲喊道。

「他們已經做了！」鷹爪冷漠答道。

「只要有一方不承認，邊界就等於不存在。」松鼠飛直言道。

「沒錯。」冬青掌轉身一看，只見尖石巫師已經坐在那座大圓石上。老貓的毛髮因憤怒而蓬了起來，他瞪著棘爪。「所以我們的努力都白費囉，現在你打算要我們怎麼做？」

「只剩一個辦法了，」棘爪喵聲道，同時對老貓垂頭以示敬意。「我們必須開戰，一舉打敗他們，讓他們以後再也不敢越雷池一步。」

尖石巫師收起下顎，大吼一聲，洞裡的貓裡立刻安靜下來。尖石巫師的目光看向了暴毛。

「不行，」他喵聲道，語調雖然沉穩，但聽得出來裡頭有怒氣。「我們以前就試過了，結果反而害很多貓兒戰死，失去寶貴的性命。」

「但這一次不一樣，」棘爪允諾道。「你們已經受過技巧訓練，而且這一次有更清楚的目標——保衛領土，不光只是驅逐入侵者而已。」他停頓了一下，深吸一口氣，然後繼續說道：「你們必須自己選擇。看你們是要力抗外敵，還是決定被逐出家園。」

部落貓們開始議論紛紛，尖石巫師尾巴一甩，要他們安靜。

「很好，」他嘶聲道。「急水部落會自己選擇——這次就讓我們證明我們不是部族貓。」

冬青掌看見獅掌一臉訝異。

「他在說什麼啊？」獅掌問道。「他們當然不是部族貓。」

「他不希望開戰，」冬青掌喵聲道。「但或許覺得應該由部落貓自己決定，才算公平。畢竟他們得自負成敗結果。」

部落貓個個面帶疑色地互看彼此，議論紛紛。最後鷹崖說話了。「尖石巫師，我們不瞭解你要我們做什麼？」

「我以為我已經說得很明白了。」尖石巫師的聲音顯得冰冷。「我要你們自己選擇——是要離開這裡，另覓新居，還是待在山裡，抵禦外敵。殺無盡部落不希望我影響你們的決定。」

「我看根本是祂們不想管這件事。」冬青掌被後面憤憤不平的咕噥抱怨聲給嚇了一跳，回頭一看，只見松鴉掌走了過來，坐在他們旁邊，尾巴放在腳底下。

「你這話什麼意思？」她問道。

她的弟弟抽抽耳朵。「妳還聽不出來嗎？誰知道殺無盡部落說過什麼？還不都是尖石巫師的片面之詞，你們怎麼知道他說的是真是假？」

冬青掌緊張地瞪著他。松鴉掌為什麼會這麼說？部族貓從來不敢隨便捏造星族的旨意——難道部落貓敢這麼做？

尖石巫師又開始說話了。「想開戰的請到洞的那一頭，」他揮揮尾巴。「至於想離開這裡的，請到這一頭。千萬記住，急水部落的未來就掌握在你們自己手中。」

「希望他們還有未來。」獅掌低聲道。

但等了一會兒，都沒有貓兒移動腳步。冬青掌心想這些部落貓一定是搞不懂尖石巫師到底要幹嘛。這時她看見那隻瘦巴巴的白色老貓暴雲，對著另一隻長著斑點的棕色公貓咕噥道。

「你認為呢？雨兒？」暴雲問他。「要開戰還是離開這裡？」

老公貓嫌惡地冷哼一聲。「我不喜歡開戰，但我太老了，沒有力氣逃離這裡。」

就在這兩隻老貓的後面，有兩隻母貓也焦慮地交頭接耳。

「撲兒，我們該怎麼決定呢？我不能上戰場作戰，因為我還在餵奶，可是我的小貓根本逃不走，他們小到連眼睛都還沒睜開，我不能棄他們於不顧。」

「別擔心，鷺翔，」另一隻母貓安慰她。「他們不會要妳丟下小貓逃走的，我也不會丟下我的小貓。」

鷹爪走近她們，兩隻母貓都倉皇地抬頭看他。

「那就選擇開戰吧，」這隻體型龐大的護穴貓說道：「這樣部落貓才能保護你們，也保護所有的貓媽媽和小貓。」他用尾巴圈住兩隻母貓，將她們帶到開戰區，然後自己也站在那裡，彷彿想保護她們遠離危險。

冬青掌終於看見部落貓開始選邊站。卵石和水花很快跳到開戰區那裡，尖嗓在他們後面呸了一口，嘴裡不知咕噥什麼，冬青掌聽不見，然後就看見他和其他負責狩獵的半大貓走到另一頭去了。無星之夜加入鷹爪這一邊，而令冬青掌意外的是，灰濛竟然選擇逃離，飛鳥猶豫了一會兒，最後也加入他。

冬青掌發現自己的心撲通撲通跳得厲害，肌肉繃得死緊。她不知道自己為什麼這麼希望部落貓選擇開戰，捍衛自己的家園。她只是直覺認定這件事很重要。要是他們離開這裡，就得長途遷徙，難保不會遇到更多險阻，甚至必須拋開所有傳統，將曾經熟悉的一切全數拋在腦後，那就再也不是部落貓了。

現在就只剩少數幾隻貓兒還沒作出決定。鷹崖仍站在洞穴中央，眼裡滿是疑問。最後他向棘爪點了點頭，往開戰區走去。鷹爪用尾尖彈彈他的肩膀，歡迎他的加入。

在這段期間，暴毛和溪兒一直靜靜站在原地，緊靠著彼此。最後溪兒抬頭看了暴毛一眼，神色似請求。這時只見暴毛用鼻子輕觸她耳朵，再用尾巴圈住她的背，陪她走向她哥哥鷹爪那邊。

「他們也需要選擇嗎？」獅掌低聲問道。「他們到底是部族貓還是部落貓啊？」

「我想就連他們自己也不知道吧。」冬青掌答道。

現在洞穴中央就剩下部族貓了，他們緊挨彼此，站在那裡。而這時的部落貓都已經選好各自的立場。冬青掌看見開戰區的貓數量比較多，心跳得更快了。

「他們已經選擇開戰。」她對松鴉掌低聲說道。

她弟弟彈彈尾巴。「很好。」

棘爪看看兩邊，最後向尖石巫師垂頭致意。「結果已經出來了。」他大聲說道。「你的子民希望開戰。」

尖石巫師的毛髮豎了起來。冬青掌看得出來，他沒料到結果竟會是如此。他瞇起眼睛，瞪著棘爪。「那就開戰吧！」他嘶聲說道。「部族貓，我希望你們今夜睡得安穩，因為這場戰爭勢必會毀掉這個部落。」

棘爪等到行醫貓從大圓石上跳下來，甩著尾巴，消失在尖石洞穴的通道裡，才轉身面對洞裡的其他貓兒。現在就連那些選擇開戰的部落貓也都看起來很緊張，彷彿明白他們所做的決定有多麼重要。

「好了，我們現在該準備一下。」棘爪的聲音簡短而有自信。「這次一定要狠狠打擊入侵者，別讓他們搶先攻擊我們。今夜是月圓之夜，對我們來說，正是個好機會。」

冬青掌的身子不禁一縮，毛髮聳立，似在無聲抗議。月圓之日向來是休兵之日！如果在湖邊，四大部族一定已經在島上召開大集會了。不過她知道在山裡，這是不可行的。她好想離開這個洞穴，下山回到族貓身邊。**月圓之夜對部落貓來說沒有任何特殊意義**，她提醒自己。

「想再多練習一下技巧的貓兒，請去找松鼠飛和冬青掌，」棘爪繼續說道。「鷹崖和鷹爪，我需要你們幫忙我擬定作戰策略。松鴉掌，你去看看能不能找到一些藥草。」

「我知道，」松鴉掌咕噥道。「反正尖石巫師也不會幫我們忙。」

「別忘了，」棘爪神情嚴肅地環顧洞穴，「這和戰士守則或部落守則無關，就像入侵者說的，這和你們的生死存亡有關。而你們——部落貓——一定可以活下去。」

他指揮若定地站在那裡，琥珀色眼睛閃閃發亮，部落貓齊聲響應。

晶瑩的月光穿過水幕，洞穴裡一片熠熠銀光。準備要上戰場的貓兒全都在洞口集合，等著依序步上急水小徑。冬青掌站在獅掌旁邊，感覺得到她哥哥上戰場前的亢奮情緒。他尾巴的毛蓬得比平常大兩倍，琥珀色眼睛閃閃發亮。

「嘿，」一條尾巴突然搭上冬青掌的肩，害她嚇了一跳，轉身一看，原來是松鴉掌。「過來一下。」他重複道，用尾巴示意他們。「我有事想告訴你們。」他的語氣似是刻意壓抑緊張的情緒，好像自己也要上戰場一樣。

「到底什麼事？」獅掌問道，同時回頭去看那些等著上路的貓兒們。「我們要走了。」

「不會太久啦。」松鴉掌允諾道，然後把他們拉進洞穴裡一塊大圓石下方的僻靜角落。

「你們一定要好好照顧自己，」等他的哥哥姊姊都蹲了下來，他才繼續說道。「千萬記住，這裡沒有星族保護你們。」

「有殺無盡部落會保護我們。」冬青掌提醒他。

「沒有，」松鴉掌彈彈耳朵。「殺無盡部落早就放棄了，祂們不會幫你們的。」

他怎麼知道？冬青掌納悶。但沒有時間多問了。反正她也早學會別去多問松鴉掌一些無從解釋的事情。

「聽我說，你不必擔心我們……」獅掌正要開口。

「我不是擔心，」松鴉掌的藍色盲眼顯得嚴肅。「不管發生什麼事，你們一定要回來，我知道這很難說得清楚，但這真的很重要。」

「你又不是不知道，我們不可能逃走。」獅掌喵聲道。

松鴉掌的緊張令冬青掌害怕了起來。不管那是什麼難言之隱，她都想知道。但就在這時候，她聽見瀑布那兒有貓兒在喚她。

「冬青掌！獅掌！」棘爪正在等他們，尾巴不斷抽動。

「來了！」她大喊道。

她和獅掌只得站起來，穿過洞穴，往瀑布小徑那裡奔去。當她在隆隆水聲下從拱形洞口走出去時，似乎聽見松鴉掌正最後一次地放聲大喊：

「你們一定要回來哦！」

第二十七章

月兒圓潤，銀色月光遍灑山脈，山間突岩的陰影點綴其中。獅掌正走在父親身旁。

「千萬記住，」棘爪回頭看著他和冬青掌，喵聲說：「如果遇到應付不了的對手，千萬別逞強單挑，除非你有把握。」

「我們才不想讓自己的耳朵被撕爛呢。」冬青掌直言道。

「那就小心點。」棘爪琥珀色的眼睛溢滿溫柔的光。「你們一定要平安回來，不然我沒辦法對火星交代。」

獅掌全身亢奮，躍躍欲試。他生平第一場真正的戰役正隨著腳步聲益發地逼近。他多希望他父親和雷族能以他為榮。這次他不只是為雷族及戰士守則而戰，更是為部落貓而戰。這些部落貓已經成為他的朋友，他們的敵人就是他的敵人。因為那些入侵者完全不講道理，不願公平均分山裡的領地。

他看見離他幾條尾巴之外的風掌也一樣豎

直頸毛，準備出征，還不時收起下顎，發出兇猛的吼聲。風掌走向鴉羽，但他父親什麼鼓勵的話都沒說，獅掌不免同情起他。要是風掌的父親也像棘爪一樣，或許他就不會那麼討人厭了。

這時一大片黑影慢慢覆蓋岩面，獅掌抬頭一看，只見雲層遮住月亮，令他不禁全身打起寒顫，彷彿踩到冰塊。莫非這代表星族不高興他們打破滿月協定？**可是星族不會來這裡**，他心裡想道。松鴉掌警告過他們，這次得靠他們自己。過沒多久，雲層散去，月亮再現。

當這群出征的貓兒抵達入侵者的營地時，月亮已經高掛空中。四周靜悄悄的，獅掌凝看那兩座斜岩中間的洞口，只見裡面一片幽暗，什麼也看不見。

「我沒看到守衛。」冬青掌低語道。

「大概他們認為不需要吧。」獅掌低聲道。「畢竟在他們眼裡，部落貓沒那個能耐來攻擊他們，不是嗎？」

冬青掌的綠色眼睛帶著興味。「等著瞧吧！」

棘爪揮揮尾巴，召集身邊的貓兒，要他們到某塊岩石下方集合。「鷹崖和我會幫你們分組，」他喵聲說道。「每一組都有部落貓和部族貓，也有見習生和半大貓，這樣一來，各組的作戰實力才會平均。我們的策略是，先把入侵者引到外面來，再攻擊他們，才不必摸黑到洞裡跟他們作戰。」

獅掌又看了一眼那個幽暗的洞口，然後回頭看看棘爪。「不對……」他反駁道。

棘爪轉頭過來。「哪裡不對？」

「那個洞穴不可能黑到什麼都看不見，他們的窩就在裡面——所以他們不可能讓自己在裡頭摸黑吧。」

棘爪瞇起眼睛。「你說得對，一定還有其他可以採光或通風的洞口。」

「我們應該先把它找出來！」獅掌開始覺得亢奮。

他的父親想了很久，最後點點頭。「好，我們先確定整個地形，再展開攻擊。萬一還有別的出入口，他們可能會從那裡跑出來偷襲我們。」他用耳朵指指那些岩石。「冬青掌，我們走，風掌，你也一起來。」

「我也去！」卵石跳了起來。「我對岩石地形很熟，」她補充道。「也許幫得上忙。」

「那就來吧。」棘爪喵聲道。「鷹崖，你先分組，大家要像在追蹤獵物一樣保持絕對的安靜，等我們都準備好了，才能展開攻擊，千萬不要搶快。」

於是這五隻貓兒小心穿過洞前空地，步上斜岩下方的一條小徑，爬了上去。獅掌早就做好準備，萬一洞裡傳來任何動靜，他立刻就能開戰。但到目前為止，一切平靜。

這兩座斜岩緊挨著一片礫石坡，上面就是山脊。小徑蜿蜒於礫石之間，直通坡頂，離兩座斜岩接合的地方很近。獅掌往斜岩爬了過去，腹毛輕刷岩面。

「風掌，你去那邊把風，」棘爪低聲道。「如果出現入侵者，立刻通知我們。」

被委以重任的風掌看來很高興，只見他小心匍匐，爬到能俯看坡底動靜的位置。棘爪則和其他見習生各自散開，開始搜尋岩塊上方有無出入口。

獅掌沿著山脊在礫石之間嗅聞，這裡有很濃的貓味，他認出那氣味是入侵者的，但找不到氣味的源頭。這時他瞄見有個缺口露在兩座岩石之間，那裡的氣味尤其強烈。

「我好像找到了。」他小聲說道。

棘爪、冬青掌和卵石走了過來。獅掌把頭探進洞裡，看見裡頭有通道下去，最底層鋪滿沙子，月光下，他的頭顱在沙地上投下黑影。下方沒有貓的蹤跡，但氣味很強烈。

「讓我看看。」卵石不耐地說道。

獅掌只得退後一步，讓那隻半大貓探頭看看。她看了一會兒，才抬起頭來，藍色眼睛閃閃發亮。「他們不可能從這裡爬得上來，但我可以爬得下去。」

「太好了，」獅掌真想像小貓一樣跳兩下。「我們可以全都下去，再把他們趕出空地，這樣一來，我們的戰士就能迎頭痛擊他們了。」

棘爪搖搖頭。「不行，太危險了。」

「不，不會危險，」冬青掌用頭推推他的肩膀。「他們會嚇一大跳，只顧著逃命。」

「那我去好了。」棘爪反駁道。

獅掌小聲地笑了出來。「你以為你塞得進去這麼小的洞啊？這工作是給體型小的貓做的。嘿，風掌！」

他示意風掌過來，然後向他解釋整個計畫。風掌緊張地吞吞口水。「好，我也下去。」

「我還沒准你們下去呢，」棘爪指正道。「這個計畫很好，但你們可能失足跌落，摔斷脖子，更別提入侵者會怎麼傷害你們了。」

「我不會跌下去的，」卵石有很自信地說道。「只要他們也很小心，也不會跌下去的。因為那裡有很多岩縫可以攀，」她解釋道，「你們的爪子一定要先抓穩，才能移動身子，非常簡單，就像吃東西一樣。」

對妳來說當然簡單囉，獅掌心想道，但他不打算退出。「我們一定得試試看，」他堅持道。「這是一招出奇不意的策略，或許可以因此改變整個戰局和部落的命運。」

棘爪嘆口氣。「你說得對，再說你們已經是見習生了，不是育兒室裡的小貓，很好，那你們就下去吧。」

獅掌看看冬青掌那雙發亮的眼睛，真希望自己也像她那樣充滿自信。

「我現在就下去告訴其他貓兒，」棘爪繼續說道。「你們等我回來，再進洞裡，這樣我們才能做好準備。」

他琥珀色的眼睛先看看獅掌，然後是冬青掌，最後才轉身，消失在小徑裡。

風掌又去把風了，這時卵石又重新說明了一遍往下攀爬的技巧。「千萬別往下看，」她結語道。「因為一往下看，頭會昏，就會掉下去。」

風掌爬了回來。「他回來了。」

「那我們走吧。」獅掌喵聲道。

「我先下去。」卵石已經把下半身塞進洞裡。「你們看我怎麼做。」

但洞口根本不夠大到供三個見習生一起探頭去看卵石怎麼下去。儘管風掌的耳朵不斷擋住獅掌的視線，但他還是多少瞄見卵石會先確定爪子抓牢了，才將身體的重量移過去。

「我第二個下去，」他低聲道。「不能讓她單獨在下面。」

於是冬青掌和風掌讓出空間，讓他爬進洞裡。當他先把身子塞進洞裡時，不免有些擔心自己的體型會不會大到根本塞不進去。他的肩膀不斷摩擦著洞裡岩石，還好最後總算穿了過去。他的四隻腳緊緊抵住狹窄的岩壁，耳裡聽見下方的卵石輕聲說道：「很好，慢慢下來。」

他記得她說過千萬不要往下看，於是小心地往下移動身子，將爪子牢牢戳進縫隙裡。但岩壁一度承受不了重量而碎裂，害他的身子往下一滑，磨過岩面，他緊張地揮著爪子，好不容易攀牢了，趕緊停下來休息一會兒，心臟撲通撲通跳得厲害，總覺得這心跳聲大到連湖邊的貓兒都可能聽到。

他聽見風掌在他上方咕噥抱怨。「你是打算一個晚上都吊在上面嗎？」

獅掌聽得咬牙切齒，他可不打算讓這個風族見習生說他是膽小鼠，於是爪子又往下探，等到固定好，再小心地移動身子。沒多久，就聽見卵石在他下方輕聲說道。

「你可以放手了，已經到了。」

獅掌繃緊肌肉，一個使力，身子離開岩壁，往下跳到離他有兩條尾巴遠的沙地上。過了一會兒，風掌也跳了下來，冬青掌尾隨其後。

「太好了！」卵石的眼睛在月光下閃閃發亮。「然後呢？」

獅掌甩掉身上的沙子，環顧四周。眼前有條曲折的通道，看不出來會通到哪裡，但入侵者的氣味很強烈。

「等我一下。」他低聲說道。

他像追蹤老鼠一樣躡手躡腳地爬進通道，四處探看。轉個彎之後，發現是一處大面積的沙地，地衣沿著岩壁兩邊整齊鋪放。有貓兒躺在地衣上，也聽見小貓的叫聲，於是他嗅聞空氣，聞到貓后的乳汁味。再過去一點，隱約可聞貓兒的低語聲和些許聲響，許多貓正在那裡睡覺。

他又偷偷爬回同伴身邊。「這裡有個育兒室，」他壓低音量回報。「記住，我們別去驚嚇貓后或小貓。其他的貓都睡在更前面，比較靠近洞口。我想他們根本不知道我們在洞裡。」

「那現在怎麼辦？」冬青掌問道。

「我們別在洞裡跟他們起衝突，只要衝去嚇醒他們，就像有一群獾在後面追我們一樣。」

卵石一臉疑惑。「你說什麼？」

風掌轉動眼珠子。「那是一種體型很大、牙齒很尖的可怕動物。」

「反正盡量別被困在這裡。」獅掌蹲下來，蓄勢待發。「準備好了嗎？開始！」

他往前一躍，發出尖銳的叫聲。他的同伴也跟著跳上前去，就好像一整群貓衝入戰場似地尖聲吼叫。通道那頭的貓兒們緊張哭號。獅掌看見一隻黃白相間的母貓緊挨岩壁，小貓們全都擠進她懷裡。他沒理會他們，直接從旁邊衝過去，直搗入侵者的窩。

入侵者被嚇得跌跌撞撞，全往洞口跑。獅掌本來以為他衝進窩裡時，會有貓兒攔阻，所以準備好隨時迎戰。如今那個唯一的洞口，全擠滿了想逃出去的貓兒。獅掌跳轉過身，背對著牆，爪子出鞘，但就連離他最近的一隻薑黃色公貓，也只是驚恐地看他一眼，就往洞口逃之夭夭。不到一會兒功夫，洞裡就空空如也，只剩下他們四個見習生。

冬青掌發出最後一聲可怕的尖號，才終於止住，氣喘吁吁。「有效欸。」

貓兒廝殺的聲音從洞外傳來，棘爪正在外頭帶領戰士們投入戰場。獅掌深吸一口氣，聞到空氣裡的血腥味。「我們到外面去！」他催促道。

現在洞口已經沒有貓兒。獅掌衝出洞外，岩洞前方的開闊空地上，到處都是廝殺扭打的部族貓、部落貓和入侵者。月光照在夾雜著虎斑色、薑黃色和白色的貓群身上。鷹爪尖牙閃閃發亮，哀號聲夾雜著怒吼聲，劃破夜晚的空氣。

獅掌豎起耳朵，好像聽見誰在後面對他低語：「衝吧！獅掌！」他倏地轉頭，是虎星在說話嗎？但陰暗處裡看不見那個虎斑身影，也沒有琥珀色的目光，只有戰爭的聲聲召喚。

就在他正前方，棕色的入侵者彈耳正和尖嗓扭打在地，彈耳的利爪正劃過半大貓的肚皮。獅掌怒聲一吼，跳上去，用力往他脖子一咬。彈耳痛得尖叫一聲，抬起前腿，想甩掉他。尖嗓扭動身子，掙脫開來，趕緊逃進暗處。

獅掌失去平衡，但不肯鬆手，將彈耳拉過來，倒在他身上，抬起後腿狠狠踢他肚子。棕色貓毛到處亂飛。獅掌聞到血的氣味，爪子往彈耳的喉嚨戳過去，彈耳嚇得伸爪劃他耳朵，腳步蹣跚地爬了起來，他才鬆手放開。

獅掌站在原地喘氣，尋找下一個作戰目標，卻好像又聽見那個聲音。「獅掌——小心後面！」他趕緊旋身一轉，看到一隻體型很大的灰色公貓，身上流著血，朝他撲來。獅掌及時閃過，並趁對方滑跤時，扒他一爪。

接著他爬上一座大圓石，環顧月光下的戰場，看見冬青掌和卵石正合力想從一群貓兒裡頭殺出一條重圍，她們衝到棘爪和斑紋單挑打鬥處，那兩隻大貓正在廝殺扭打，貓毛亂飛，利爪橫肆。他也看見松鼠飛往前一躍，繞過一塊圓石，去追一隻消失於視線之外的黑色公貓，只見她揚起薑黃色的尾巴，露出牙齒，怒聲一吼。

灰藻正在獅掌下方和一隻黑白相間的母貓纏鬥，四隻腳不斷掙扎，想擺脫對方咬在他肩上的利牙，體力似乎就快耗盡。

獅掌怒聲一吼，隨即撲上那隻母貓的肩膀，使出灰毛教過他的招數。這隻母貓隨即鬆開灰藻，滾了一圈，把獅掌壓在地上。獅掌沒法呼吸，因為他的鼻子被壓在她的毛髮裡。他想透口氣，卻突然一陣劇痛，感覺到她的牙齒正在咬他耳朵。**一定要冷靜思考！**那個低沉的聲音又出現了。但這一次，獅掌看見的是鷹霜的淡藍色眼睛。

他故意癱軟身子，母貓於是鬆開箝制，他立刻趁機往上一躍，抽回被她咬住的耳朵，再將她甩到礫石地上。母貓爬起來，蹲下身子，正準備向他撲來。他蓄勢以待。

這時獅掌看到冬青掌和風掌朝他這兒衝來，他們一分為二，奔向母貓的左右兩側。母貓往前一跳，四腳張開，獅掌趁機滑進她下方，他感覺到她從他頭上飛了過去，正好落在冬青掌和風掌等候處，然後就看見他們伸爪往她身上一扒，那隻母貓立刻慘叫一聲，逃之夭夭。

「太帥了！」獅掌氣喘吁吁，又跳了起來。「風族八成也教過這一招！」

混戰中的貓兒將他及另外兩個見習生打散。他又開始積極尋找目標。他可以聽見體內熱血沸騰的聲音，覺得自己精力百倍，誰都不怕，比任何時候都來得情緒激昂。貓兒一隻接一隻地在他爪下逃之夭夭，他終於明白自己天生是個戰士。

這下再也沒有貓兒敢跳過來跟他挑戰，他不停旋轉身子，像小貓追著尾巴似的，**還有誰要打？還有誰？快出來打啊？**

「獅掌。」這次不是神祕的低語聲，而是他父親。「獅掌，夠了，已經結束了。」

獅掌停下來瞪著棘爪，露出尖牙。「還沒結束，」他嘶聲喊道。「一定要把每個入侵者都打得落花流水才行。」

「冷靜點，獅掌，」棘爪喵聲道。「他們已經被打得落花流水了，我們贏了。」

獅掌的反應竟是失望。**難道不必再施展我的拳腳和利爪了嗎？再也看不到敵人抱頭鼠竄了嗎？**他用力吸了好幾口氣，環目四顧，這才發現所有部族貓和部落貓都瞪著他看，滿臉訝異——或者應該滿臉懼怕吧？為什麼？我剛做了什麼？

「打得好，獅掌，」鷹崖小聲說。「部落貓永遠會記得你的英勇和高超的技巧。」

獅掌低下頭去，看見自己的毛髮全是血漬。身上既熱又黏，血腥的氣味令他反胃。他突然一個不穩，冬青掌趕緊上前扶住他，綠色眼睛滿布驚恐。

「你哪裡受傷了？」她焦急地問道。

獅掌困惑地搖搖頭。他唯一覺得痛的地方只有被咬的耳朵，還有因爬了一整天的山而痠痛不已的腳掌。「我沒事。」他喃喃說道。

冬青掌還沒來得及說什麼，就看見幾個入侵者怯生生地從岩間爬了出來，斑紋走在最前面，單側肩膀的毛被扯禿了，鼻頰也在流血。他一跛一跛地走向鷹崖和棘爪，低垂著頭。

「你們贏了，」他粗聲說道。「從現在起，我們會尊重你們的邊界，但求你們放過我們的貓后和小貓。」

鷹崖和棘爪互看一眼，似乎正在考慮這隻銀色公貓的請求。獅掌的心裡有一部分的他很想吶喊：**別答應他們，快把他們趕出山裡！**可是他沒有吭聲。

「急水部落跟貓后及小貓沒有過節，」鷹崖終於說道。「只要你們不越過邊界，我們就不為難你們。」

斑紋再度垂頭，揮揮尾巴，領著他的老弱殘兵，鑽進洞裡，回到自己的營地。

獅掌看著他們一個個離開，心裡想，虎星和鷹霜真的陪他打過這場仗嗎？抑或仍在湖邊的林子裡徘徊，等他回去？他現在聽不見他們誇獎的聲音，只有一旁的冬青掌想幫他檢查傷口。

「躺下來，休息一下，」她哀求他。「你要我把松鴉掌找來嗎？我可以帶他過來。」

「我沒事，」獅掌堅稱道。「我不需要幫忙。」

棘爪正在召集包括部落貓和部族貓在內的兩方戰士，準備回去。獅掌也走上前去，排在風掌和卵石的旁邊，不去理會冬青掌的大驚小怪，但冬青掌還是跟得很緊，顯然擔心他隨時可能不支倒地。

卵石的眼睛閃閃發亮。「你們有沒有看見他們逃之夭夭的樣子？」她喵聲道。

「我早就知道部族貓一定可以幫忙部落貓解決問題的。」風掌倨傲地說道。「你們會永遠感激我們的。」

獅掌不經意瞄見冬青掌憂慮的眼神，感覺得出來她不認同這個說法。可是這場仗已經贏了，不是嗎？他打贏了這場仗，必要的話，他可以再戰一次。

第二十八章

松鴉掌躺在凹洞的臥鋪裡，一直豎著耳朵，仔細傾聽有無戰士回來的聲響。他焦慮到連胃都很不舒服。要是冬青掌或獅掌有個三長兩短，那該怎麼辦？

在幾乎空盪盪的洞裡，連瀑布的隆隆水聲都變得不一樣了，感覺很空洞，像是有回音。育兒室裡還有兩隻貓媽媽和小貓在一起。至於叫做暴雲和雨兒的長老，也都窩在洞裡另一側的臥鋪上。名叫翅影的狩獵貓上次為了搶回入侵者手裡的老鷹而受傷，現在就睡在他附近。至於其他貓兒全都上戰場去了，因為所有入侵者都會加入戰局，所以也沒必要留下任何守衛來保護這個洞穴。

松鴉掌實在躺不住，只好站起身，穿過洞穴，在地上的池子裡舔了幾口從岩間滴下來的冰涼泉水，然後走進通道，往尖石洞穴走去。

洞穴裡靜悄悄的。松鴉掌感覺到有風隱約拂來，部落行醫貓的氣味隨風飄了過來，氣味很強烈很新鮮。

「尖石巫師？」他喵聲道。

「我在這裡，松鴉掌。」一聲音從洞穴深處傳來，聽起來既悲傷又疲憊。「有什麼事？」

「殺無盡部落有告訴你什麼嗎？」松鴉掌問道。

「沒有，我注意過水塘，但什麼也沒看見，只有水面上的月光。」

一陣痛楚漫向松鴉掌的腹部，像被什麼尖銳的荊棘戳到一樣。他知道尖石巫師沒有老實對部落貓說出殺無盡部落的真正決定，還試圖要部落貓主動選擇離開這裡，好讓棘爪和部族貓知道他們根本沒有影響力，但計畫落空，部落貓選擇開戰，他只能留在這裡獨自面對一個事實，那就是就算部落貓活了下來，祖靈也不會再支持他們。行醫貓心裡的痛苦就像河流一樣漫流整座洞穴，松鴉掌不禁深感同情。

「我很遺憾。」他喵聲道。

「也許祂們對我們不再有信心。」尖石巫師回答道，語調平板。

「我相信祂們不會。」松鴉掌想起峭壁間的那潭池水，他就是在那裡遇見整個殺無盡部落。醒來後，他不斷回想那個夢境，終於明白那個夢境的意義。但就算明白了，對他來說又有何用呢？這一點他還不是很清楚。

「松鴉掌。」粗嘎的聲音在他身後響起。

松鴉掌立刻轉身，他看見古代貓磐石的無毛身軀和那雙盲眼，毛髮不禁豎得筆直。**可是我沒睡著啊？**古代貓全身發亮，有如站在月光裡，但洞穴裡其實一片幽暗，古代貓似乎正懸浮在幽暗的空間裡。

松鴉掌的心開始狂跳，他用盡所有感官去感覺尖石巫師，卻發現那隻老貓一點反應也沒有，仍然沉浸在自己的傷痛裡，一言不發。

「尖石巫師聽不到我的聲音，也看不到我的存在，」磐石說道。「只有你可以。」

「找我什麼事？」松鴉掌的聲音在發抖。

「仗打贏了，你們可以回家了——你們全都可以回家了。」

松鴉掌強自壓下喜悅的情緒。**冬青掌和獅掌平安無事了！**但他相信磐石絕對不是為了告訴他這件事情才來的，一定還有別的目的。

「部落貓很英勇，」他喵聲道。「也許殺無盡部落從現在起就會對他們另眼相看了。」

「為什麼要另眼相看？」磐石反駁道，語氣有些尖酸。「這次是靠部族貓，才拯救了急水部落。」

「這有什麼不對？」松鴉掌質問道。以前在湖邊，他一直想找磐石說話，但每次的談話都只是讓他更氣餒而已。

「星族又沒派你們來，」磐石答道。「殺無盡部落也沒找你們來。」

「可是……」

「安靜！」磐石那像藤蔓一樣的光禿尾巴突然一掃，嘶聲說道。「你們來了，而且贏了——至少就這場仗而言。但你們有沒有想過，這裡的邊界又能維持多久？部落貓不是部族貓，他們沒有捍衛領地的經驗，入侵者根本不講道理，不會信守承諾的。」

「所以我們只是白忙一場？」松鴉掌問道，非常失望。

磐石搖搖頭。「不，你們學到了很多，而部落貓以後也能吃得飽，至少還可以維持一陣子。」祂的凸眼看向幽暗處，松鴉掌不知道祂到底看到了什麼。

松鴉掌深吸口氣。「部落貓還沒來到山裡之前，祢就認識他們了，對不對？他們是從湖邊來的。」

他看見磐石表情驚訝，不免有些得意。「沒錯，你是怎麼知道的？」

「我是看到山裡的部落貓祖靈所聚集的那座池子，才想到的，」松鴉掌解釋道。「祂們找到了另一座月池，就像湖邊那座一樣。」

「祂們放棄許多傳統。」古老貓的聲音裡有種傷痛。「不過還是能在池邊獲得心靈的平靜。」

松鴉掌的心跳得更快了，但他必須再問下去。「殺無盡部落就像祢一樣知道我是誰，所以這預言早在祢們全都住在一起的時候就有了，對不對？」

磐石低下頭。「是的，我們已經等你們很久了，現在你們終於來了。」松鴉掌瞪著老貓的那雙盲眼，一種交織著恐懼與欣喜的情緒注滿祂全身。「另外兩隻貓也有權知道這件事，」磐石繼續說道。「因為這不只關係到你的命運，在這條路上，你不可能踽踽獨行。」

「松鴉掌！松鴉掌！你在哪裡？」冬青掌的聲音迴盪在前面洞穴。「你快點出來！」

古代貓突然像被黑色翅膀覆蓋，消失不見。尖石洞穴裡除了沉默如常的尖石巫師之外，就只剩下松鴉掌。他趕緊找到通道，衝出去找他姊姊。

「快來看看獅掌！」她氣喘吁吁，往他這兒跳過來，快速地舔舔他的耳朵。「他全身都是血，可是他說他沒有受傷，但一定是哪裡在流血啊，你快過來看看他。」

「他在哪裡？」

「在外面的水潭邊。」冬青掌喵聲道。「我叫他在那裡休息。」

松鴉掌跟著她穿過洞穴，往瀑布走去。部族貓和部落貓從他們身邊川流經過，大聲對著洞裡的貓兒報告好消息。松鴉掌聞到鷹崖的氣味，聽到這隻體型龐大的護穴貓喵聲喊道：「我去告訴尖石巫師。」

冬青掌沿著瀑布下方的小徑，急忙往外衝，好像根本不擔心跟在後面的松鴉掌能不能自己走得出來。松鴉掌費力地循著她的腳步走了出去，身子緊挨岩壁，感覺到冰涼的水花飛濺到他身上。

他的心又開始狂跳，他們雖然回來了，但他哥哥的性命會不會不保呢？

他來到潭邊，仔細嗅聞獅掌。恐懼像爪子一樣攫掠他，因為他發現他身上到處都是凝結的血塊。「我們得先把這些血塊清乾淨，」他生氣地說道，試圖掩飾自己的恐懼。「不然我根本診斷不出來他受傷的情形到底有多嚴重。」

「那我們到瀑布旁邊好了，」冬青掌建議道。「那邊的水花可以幫忙沖掉一些血漬。」

三隻貓於是走到那裡，松鴉掌感覺得到自己也被水花給濺溼了。

「你們先別大驚小怪好不好？」獅掌抗議道，他刻意抬高音量，好蓋過瀑布的隆隆水聲。

「早就告訴過你，我沒事。」

他的聲音讓松鴉掌又開始心驚膽跳了起來，因為那聲音聽起來好遙遠，就好像這場仗不只影響了他的身體，還包括他的意識。「等我確定你真的沒事，才算沒事。」他厲聲說道。

「我真的沒受傷……」獅掌的語氣聽起來很迷惑。「沒有貓兒敢動我一根寒毛的。」

「閉上你的嘴，先讓我舔乾淨好不好？」連冬青掌也在罵他。

等松鴉掌和冬青掌把獅掌身上的血漬都舔乾淨了，才真的確定他沒事。他的確沒什麼大礙，只是耳朵被咬破，腳墊很痛而已。

「你不需要藥草，」松鴉掌喵聲道，試圖掩飾因放心而開始顫抖的腳爪。「只要保持耳朵的乾淨就行了，我每天都會幫你聞一下，直到它完全痊癒為止。」

「你真的沒事！」冬青掌的聲音還是有點抖。「那些血漬都是別的貓的！松鴉掌，我真希望你在現場，因為獅掌簡直是一夫當關，萬夫莫敵！」

「我們打贏了這場仗！」獅掌的語氣終於又恢復他平常的樣子。

「可是這有什麼意義呢？」冬青掌的聲音顯得困惑。「我不相信這些入侵者，我也不確定部落貓以後能守得住這些邊界。」

松鴉掌聽見姊姊好像在重複說著古代貓磐石剛剛在尖石洞穴裡說過的話，胃裡一陣翻騰。

「如果我們贏不了這場仗，那麼我們來這裡做什麼？」她繼續說道，聲音顯得孤涼。「難道是殺無盡部落搞錯了嗎？」

松鴉掌伸出尾巴，碰碰她肩膀。「急水部落的祖靈根本不希望我們來這裡，」他喵聲道。「就連星族也沒派我們來。我們來到這裡，是為了打贏這場仗，而且也需要找到問題的答案。」冬青掌和獅掌都默不作聲，於是他又繼續說道：「我們三個都不約而同地想來山裡，不是嗎？」他們低聲同意他的說法。「你們還不懂嗎？發生了這麼多的事，就是為了能讓我們來這裡。這關係到我們三個，只有我們三個。沒有我們，急水部落也許能活下去，也許不能，不過這些都不重要了。祂們一直都在等我們——包括星族、殺無盡部落、磐石……」

「你說誰？」冬青掌問道。

「你剛剛在說誰？」獅掌喵聲說道。「你的腦袋是不是有問題？」

松鴉掌在潭邊蹲了下來，用尾巴示意他們兩個靠過來一點。「聽好，」他低聲道。「我要告訴你們一件事……」

國家圖書館出版品預行編目(CIP)資料

貓戰士三部曲三力量. III, 驅逐之戰 / 艾琳．杭特（Erin Hunter）著；約翰．韋伯（Johannes Wiebel）繪；高子梅譯. -- 三版. -- 臺中市 : 晨星出版有限公司, 2024.04
288面；14.8x21公分. --（Warriors；15）
暢銷紀念版（附隨機戰士卡）
譯自：Warriors : Power of Three. 3, Outcast
ISBN 978-626-320-788-2（平裝）
873.59　　113001530

貓戰士三部曲三力量之III

驅逐之戰 Outcast

作者	艾琳．杭特（Erin Hunter）
封面插圖	約翰．韋伯（Johannes Wiebel）
譯者	高子梅
責任編輯	謝宜真
編　輯	郭玟君、陳涵紀、謝宜真
校對	曾怡菁、葉孟慈、蔡雅莉
封面設計	陳柔含
美術編輯	陳柔含、張蘊方
創辦人	陳銘民
發行所	晨星出版有限公司 407台中市西屯區工業30路1號1樓 TEL：04-23595820　FAX：04-23550581 行政院新聞局局版台業字第2500號
法律顧問	陳思成律師
初版	西元2009年12月30日
三版	西元2022年04月15日
讀者訂購專線	TEL：（02）23672044 /（04）23595819#212
讀者傳真專線	FAX：（02）23635741 /（04）23595493
讀者專用信箱	service@morningstar.com.tw
網路書店	http://www.morningstar.com.tw
郵政劃撥	15060393（知己圖書股份有限公司）
印刷	上好印刷股份有限公司

定價250元

ISBN 978-626-320-788-2

Warriors: Power of Three series